KB139450

酩酊四十年

酩酊四十年

卞榮魯

서 序

난초 한 그루가 그윽한 골짜기에 홀로 피어 맑은 향기를 아늑히 뿜을 때 난초 그 자체가 누구를 청한 배 아니언만(바는 아니지만) 아는 이는 그 가륵한 향기를 찾아 십리유곡十里幽谷(깊은 골짜기)을 찾는 것이오. 형산荊山의 흰 구슬[1]은 그 자체가 조촐하고 밝으매 그 몸 스스로는 원래가 무심하건만 모래알과 와력瓦礫[2]의 틈에 섞이지 않고 남의 눈에 드러나는 것이다.

세상에 술이 얼마나 없어졌으며 세상에 술 마시는 이 얼마나 많으리.

술의 역사를 따져 본다면 《사기史記》에 술을 빚어낸 이가 우禹 임금[3] 때 의적儀狄[4]이라 했으니 상하천고上下千古(오랜 시간) 홍몽망막鴻濛茫漠[5]한 가운데 술 마시고 술주정하고 술로써 태평성대를 이룩하고, 글보다 술로써 망가패신亡家敗身(집안을 결딴내고 몸을 망침)하고 술로써 봉제사奉祭祀 접빈객接賓客하고, 술로써 천하를 얻고, 술로써 이음양순사시理陰陽順四時[6]

1 형산에서 나는 백옥. 보물로 전해오는 흰 옥돌을 가리킴.
2 와륵의 원어. 기와와 자갈이란 뜻으로 하찮은 물건이나 사람을 빗대어 이르는 말.
3 고대 중국 하나라의 건국자.
4 우 임금의 신하로 쌀로 술을 만드는 법을 발명.
5 하늘이 갈라지지 않은 상태의 아득함.
6 음양을 다스려 사시를 따르게 한다는 뜻으로 이상적 정치를 가리킴.

하여 태평성대를 이룩하고, 글보다 술로써 유영劉伶[7], 이태백李太白[8]이 유명했고, 술로써

주중칠선가酒中七仙歌가 나왔다.

술의 역사가 이렇게 길고 술 마시는 이 이렇게 많거니 어찌하여 오늘날 수주樹州[9]의

술 마신 내력〈명정酩酊[10] 40년기四十年記〉가 사람의 입에 오르내리고 또한 읽어보지 못한

이는 책을 얻어 한 번 읽어보기를 다투어 원하는 소이연所以然(까닭)이 어디 있는가.

수주는 그렇지 않다 하되 수주의 인품은 형산의 흰 옥이오, 수주는 스스로 죽으되

수주의 인격은 호젓한 유곡幽谷 속에 홀로 핀 난초인 때문이다. 이것은 수주 죽은 뒤에

내가 쓸 말인데 수주 살아 있어 이 글을 쓰게 되니 수주가 알면 또한 번 욕하리라 미안

하기 짝이 없다.

형산의 흰 구슬이 술을 마시니 광채가 더한 것이오, 유곡의 난초가 술추정을 40년

하니 귀한 것이다. 수주 지나간 반평생이 50여 년, 세상 됨됨이가 옥 같은 수주로 하여

금 술을 마시지 아니치 못하게 한 것이 우리 겨레의 운명이었으며 난초 같은 자질이 그

릇 시대를 만났으니 주정하는 난초가 되지 않고는 못 배겨내었던 때문이다.

7 중국 진晉나라 때 죽림칠현의 한 사람.
8 중국 당나라 중엽에 활약한 대시인.
9 저자 변영로의 아호.
10 몸을 가눌 수 없도록 술에 잔뜩 취함.

수주를 흠모하는 젊은이 많다. 수주가 시인임에 시로써 흠모하는가, 수주가 술을 잘 마시니 술로써 경앙景仰덕망이나 인품을 사모하여 우러러 볼하는가. 아니다, 그 본연이 옥인 때문, 노소가 모두 수주를 사랑하는 것이오, 그 바탕이 난초인 때문, 친구와 제자가 수주를 다시 한번 아끼는 것이다.

어찌하여 수주가 옥이오 난초인가, 왜정倭政 40년에 일본 유학생이면서도 수주는 백면일궁생白面一窮生[11]이다. 바야흐로 양풍洋風이 파도 높은 을유乙酉(해방된 1945년) 이래 7, 8년에 미국 유학생이면서도 수주는 의연히 일궁유一窮儒(일개 곤궁한 선비)다.

옥이 오히려 무색타 하고, 난초의 향기가 오히려 속俗되다 하면 수주는 또다시 나를 욕하고 주정하리라.

월탄月灘[12] 지識

단기 4285년(서기 1952년) 임진壬辰 7월 10일 판문점 휴전회담 만 1주년, 재건의 서울에서

11 백면서생에서 나온 말로, 궁색한 선비라는 뜻.
12 시인이자 소설가인 박종화(1901~1981)의 호.

목
차

1부 명정酩酊 40년

일러두기

《명정 40년》(서울신문사·1953)을 저본으로 했습니다.

주석은 2008년 수주 탄생 110주년을 맞아 수주문학상위원회가 펴낸 《주해 명정 40년》(민충환 엮음, 산과들)을 참조했습니다.

맞춤법과 어법 등은 원저에 충실하게 살리되 한문 표기는 가능한 한 한글로 고치고 부득이한 경우 한자를 병기했습니다.

문장부호 중 세로짜기에 맞춰 ˮ ˮ 는 「 」로, ˙˙˙는 「 」로 표기했습니다.

책 이름과 신문 등 정기간행물은 《 》로, 글 제목, 노래와 영화명은 〈 〉로 표시했습니다.

일본어 등 외래어 표기는 현행 외래어 표기법에 맞춰 수정했습니다.

원저의 주註에 더해 재출간본에서 현대인에게 낯선 용어의 주를 더하되 번호는 일괄적으로 처리했습니다.

1부 — 명정 酩酊 40년

서설 序說

이런 종류의 글 부탁은 받은 적이 한두 번이 아니었다. 이유는 간단명료하다. 나만이 술 먹

는 배〈바가〉 아니고 술 먹고 실태失態의 기록을 지니고 있는 자 또한 나만이 아니거늘 하필 나

를 등장시키어 만인기소萬人譏笑[1]의 대상이 되게 할까? 술로 인하여 거만巨萬〈만 단위로 셀 만

큼 많은 돈〉을 없앤 적도 없고 영예로운 지위에서 피축被逐〈쫓겨남〉된 제〈때〉 없는 채 지난 날 갖

은 실행失行과 실태를 회상할 때 말할 수 없는 불쾌와 가추가추의 회한이 뒤섞이어 난안

報顏〈부끄러워 얼굴이 붉어짐〉할 뿐 아니라 냉한冷汗〈식은 땀〉을 지경으로 이제 새삼스레 무슨 장

한 열력閱歷〈경력〉이나 내세우듯이 술타령을 늘어 놓는다는 것이 그야말로 부질없이 생각됨

이 이유의 하나이고, 남들은 툭하면 30년 해외에서 민족혁명을 하였느니 40년 독립운동

을 하였느니 대성질호大聲疾呼〈큰 소리로 꾸짖음〉하는 이 판에 내 무슨 하릴없이 50 남짓한 나이

로 40여 년을 호리건곤壺裡乾坤[2]에 부침浮沈하던 말가〈말인가〉 자괴자탄自愧自嘆을 불금不禁하

는 것이 이유의 또 하나이며, 다소 부실하고 빈약은 하나 편집자의 취재 또는 흥미 본위인

Journalistic value〈기사 가치〉에 착안한 점인 바 남이사 개망신을 하든지 마든지 오불관언吾不關

1 모두가 조롱하여 비웃음.
2 호리병 속의 천지라는 뜻. 늘 술에 취해 있음을 비유.

15

焉(상관하지 않음) 이 편 요구에 적의(適宜(알맞고 마땅함)한 기사만 써서 주면 그만 아니냐고 이야말로

고료稿料 기하幾何(얼마)에 매수감매收感이 불름不無함(없지 않음)이 마지막 이유이다.

이러고저러고 일차 승낙한 바에 중언부언重言複言할 배 있으랴. 그러나 막상 끼적거리

려 하니 하도 어수숭산란하여[3] 가리(갈피와 조리를 못 차리겠다. 말하자면 나의 반생은 약

간 비극성을 띤 희극 일관으로 경쾌쇄탈輕快洒脫[4]하게 저지른 범과 犯過(잘못을 저지름)(가) 기

백 기천인지 幾百幾千(몇백 몇천)인지 모르는 중 기중其中(그중) 추리고 추리어 몇몇 가지나 황초荒草(알아보기 어렵

게 갈겨 쓴 글씨)하겠는데, 이 서설의 끝으로 한마디 부언附言할 것은 나는 거의 이주오일생以

酒誤一生[5]하였다고 새삼스레 울고불고 몹부림칠 까닭은 호말毫末(털끝)도 없고 사이지차事已至

此[6]한 바에 나의 여생이 얼마가 될지 변절은 구자돈손狗子豚孫[7]의 계명戒銘(경계하여 새김)으

로 아는 이상 끝끝내 한결같이 마시고 마시고 꺾꺼어 산산算 놓고[8] 또 마시다가 마지막 날

도래할 때 장렬한 의부義夫나 용사처럼 흔연취사欣然就死[9]할 뿐이란 것이다.

3 어수선산란하다. 얽히고 뒤섞이어 어지럽고 뒤숭숭하다.

4 경쾌하고 소탈함.

5 술로 망친 일생.

6 일이 이미 이에 이르다. 후회해도 소용없다는 뜻.

7 개의 아들과 돼지의 손자. 보잘 것 없는 가문의 자손을 가리킴.

8 셈하다.

9 즐겁게 죽음을 맞이하다.

어느 주성酒星ー성좌星座(별자리) 중에 있다면ー밑에 태어났는지 어느 대소大小 제취신諸醉神 2 대취타大吹打 3 중에 처음으로 햇빛을 보게 되었는지 전세前世 일만 같아서 나 자신도 잘 기억치 못하겠다。 양친이나 계셨더라면 하나, 두 분마저 구몰俱沒(부모가 모두 죽음)하신 오늘 물을 데 알아볼 데 없다。

하여간 나이 몇 살부터 시작하였는지 아득한 중 이제껏도 뚜렷이 기억나는 것은 5、6세 되는 때의 일이다。 술은 먹고 싶고 어른한테 청했자 별무신통別無神通이고 빚어 넣은 술독이 어디 있는지는 아는지라 상서롭지 못하게 조숙한 나는 도음盜飮(훔쳐 마시기)하기로 결의하고 술독 앞에를 다다르니 아 그 술독 천야天耶 높기도 높을사!

어린 모험가인 나에게는 도저히 반등攀登(매달려 오름)치 못한 에베레스트 봉이었다。 그러나 전후前後를 재량裁量(헤아리지) 못하는 만용ー슬프고나 이날 이때까지도 계속됨이여ー으로 책상 궤짝 할 것 없이 포개어 놓고 기어오르다가 알프스 설붕雪崩(눈사태)을 만난 듯이 중도 실

<hr/>

1 항아리에 올라 술을 훔치다。
2 크고 작은, 여러 술에 취한 신.
3 취타와 세악을 갖춘 큰 규모의 옛 군악。
4 높이나 깊이가 천 길, 만 길이 될 듯 까마득한 모양。

19

족, 와르르 쾅하며 쓰러져 『아이고, 나 죽는다』고 호곡號哭하는 바람에 가중家中(온 집안)이 모여들었다. 곡절을 아신 어머니─어머니 역시 술에는 범연凡然(두드러진 데 없이 평범하다)치 않으셨다─는 백방으로 나를 달래시고 나 보는 면전에서 바로 반등 실패한 그 독으로부터 표주박에 술을 가득 담아 주시었다. 이리하여 도주盜酒(술 훔치기)는 결국 급주給酒(술 배급하기)로 되었다.

나의 선친2은 한말韓末 굴지屈指(손가락으로 꼽을 만큼 뛰어남)의 명名이 계시도록 시를 좋아하시고 특히 술을 사랑하시는 분으로 뇌락磊落3불기不羈4가 그 기상이셨다. 공무公務의 구애가 없으신 때는 주이계야晝以繼夜5, 야이계주夜以繼晝6하시던 풍격風格이셨다.

집에서 술을 잡수실 때에는 반드시 막내아들인 나에게 두서너 잔 주셨는데 이런 파격의 은총은 위로 두 분 형님들한테는 절대로 미치지 않았다. 인근인隣近人들은 수군수군 애를 저렇게 기르면 어쩌나 기우杞憂들을 하였으나 나의 선친은 청이불문聽而不聞7 술상만 대하시면 영복榮福ㅣ나의 아명兒名ㅣ이를 불러 앉히시고 『애 영복아, 술이란 먹어야 하는 것이고 과해서만은 좋지 않다』고 무슨 장성한 사람한테나 말씀하듯이 하시며 술을 부어 주시는 것이었다.

1 부자가 마주 상대하여 술을 마심.
2 변영로의 부친 변정상은 19세에 과거에 급제하고 12고을의 군수를 지냈다.
3 마음이 넓고 출중함.
4 작은 일이나 관습에 얽매이거나 구속받지 않음.
5 낮이나 밤이나. 불철주야.
6 낮이나 밤이나. 불철주야.
7 듣고도 못 들은 척.

아, 새삼스레 뫼시고 싶은 나의 선친, 「음주의 악습」을 조장시키어 주신 비길 데 없으

신 나의 선친이시여!

분연축석 憤然蹙席 1

부자 대작하던 이야기를 적고 보니 자연히 거기에 관련되어 기억에 떠오르는 것은 다름 아닌 초패동超悖童 2의 기록이었다. 어느 날 사랑舍廊에 아버지를 뫼시고 있을 때 아버지의 친구 2, 3인이 휴주携酒(술을 지님) 내방하였다. 찾아오는 분들, 맞이하시는 분 무던히들 반가운 모양이더라.

부랴부랴 안에 기별하여 안주를 차리게 하셨다. 미구未久(오래지 않음)에 성비盛備(성대하게 차림)된 술상이 나왔다. 나는 어른들한테 시측侍側(곁에서 모심)한다는 것보다는 차라리 어느 기대를 가지고 앉았다.

권커니 잣거니 주배酒杯(술잔)가 오락가락하는데 나더러는 먹어보라는 일언반구一言半句의 언사도 없었다. 순배巡杯(술잔을 차례로 돌림)에 한 축 들지 못하는 분한憤恨(분하고 한스러움) 이 탱중(마음속에 가득 참)한데 어느 손님은 영문도 모르고 나의 등을 어루만지며 『아아 그놈 참 잘 생겼다.』

---

1 성을 벌컥 내며 자리를 박참.
2 도리에 어긋나고 흉악한 아이.

23

아, 이 모욕적 애무와 찬사! 나는 이 이상 더 참을 길이 없었다. 얼굴이 화끈하고 숨이 가빠지며 분연히 축석蹴席하고 그 욕스러운 장소를 뛰어나왔다. 나의 험악스러운 퇴석退席(자리에서 물러남)의 낌새를 알아차린 손들은 가가대소呵呵大笑(소리내어 크게 웃음)들을 한 바나는 그 웃음소리를 내 등떠리[3]에 십이분十二分[4]으로 느꼈다.

3 「등」을 낮잡아 이르는 말.
4 적당함을 훨씬 넘어서는 정도.

나는 여섯 살 되는 해 제동학교에 입학하였다. 그때 나의 집은 맹현盂峴ー가회동 막바

지ー이었으므로 집과 학교 사이는 활 두어 바탕2쯤이었다. 그러나 출석률은 말이 아닐 지

경이었다. 까닭은 물을 것도 없이 술 때문이었다. 집의 하인이 나를 등에 업어다가 학교

교정에 부려놓고 간 적이 한두 번이 아니었다. 그럴 때마다 선생들의 질책, 뭇 아희들의

살인적 조소는 그야말로 인내 이상이었다.

술과는 직접 관련은 없으나 그 당시 회억回憶(돌이켜 추억함)의 한 토막으로 이에 적으려는

것은 현 국방장관 육군 소장인지 중장인 신태영 군과 나의 둘째 형님이 상급생으로 취

학 중이었는데 한문 선생 김우면 노공老公의 기벽奇癖(기이한 버릇)으로, 자기가 가르친 것은

꼭꼭 차례차례로 하나씩 불러들여 강講을 받는데(글을 외게함) 불통不通한 학생은 특히 선

송품송誦(잘 외움)한 학생을 시켜 교단 위에 볼기를 까서 태형笞刑(볼기를 치던 형벌)을 가하게 하

였다.

그런데 수사납게도(운수가 좋지 못하다) 걸려든 학생이 신 군이었고 고맙지 않은 영예 축

1 출석과 결석이 절반씩 서로 비슷함.
2 활을 쏘아 살이 이르는 거리.

에 선발된 학생이 나의 중형仲兄(둘째 형)이었는데 선생의 엄명이라 거절할 도리가 없어 매를 들기는 들었다.

처음으로 들 때에는 아주 기세 있게 들었지만 막상 닿는 곳에 이르러서는 매가 홍모鴻毛[3]보다도 더 가벼웠다. 이를 간취看取(보고 알아차림)한 몽매무비蒙昧無比[4]의 한문 선생님 노발대발『너 왜 이놈 사정을 두느냐?』고 인정사정없이 형님 뺨을 맹타하는 바람에 초립草笠(예전 관례한 어린 남자가 썼던 갓)ー초립을 쓰고 다녔다ー의 끈이 끊어져 뺑 선회 일 번, 초립이 교정에 헬리콥터같이 비락飛落(날아 떨어짐)하였다는 것이다. 이 역亦(또한) 취안醉眼(취한 눈)으로 망견望見(멀리 바라봄)한 광경인 바 신 군은 과거의 불명예 적발을 관서寬恕(너그럽게 용서함)하라.

3
4
사리에 어둡고 어리석기가 비할 데 없음.
기러기 털이란 뜻으로, 매우 가벼운 물건을 가리킨다.

26

안하무인眼下無人의 교동驕童[1]

나는 아소시兒少時(어릴 적)부터 교오驕傲(교만하고 건방짐하기 짝이 없었다. 거의 병적이었다.

따라서 동무가 없고 어른들을하고 어디를 갈 때에도 훨씬 앞서거나 훨씬 뒤떨어져 가며 『아무개야』하고 노상에서 이름을 부르지 못하게 하였다.

이 무슨 교만일꼬. 교驕에는 종류가 허다하니 재주가 있으면 재교才驕, 학문이 있으면 학교學驕、돈이 있으면 재교財驕, 지체(집안이나 개인의 사회적 지위)가 좋으면 벌교閥驕 등등일 것이다.

그런데 나는 아무리 생각하여도 이상의 열거한 어떤 카테고리에도 속하지 못하는 것 같다. 턱없이, 가량없이[2], 분수없이 교만하였다. 거의 고질화된 교만으로 안팎 모르는 사람이 없어 대개의 경우에는 무벌無罰(벌을 받지 않음)으로 통과되었다.

지금 생각하여도 포복절도抱腹絶倒할 것은 하룻날 술이 취하여 사랑에 혼자서 있노라니 정영택(鄭永澤) 교관이 아버지를 찾아오셨다. 세상이 다 아는 바 정옹鄭翁ㅡ당시는 30대였지만ㅡ은 바짝 마르기로 유명하다. 사랑 미닫이를 열고 보니 찾는 아버지는 안 계시고 술

27

취해 누운 나뿐이었다. 이하는 정옹과 나 사이에 진무류珍無類[3]의 대화.

정옹이 진중치 않은 어조로

「영복아!」

「……。」

「아 이놈, 영복아!」

「원숭이 왔나?」

내 성미를 잘 아는 정 교관은 못 들은 체,

「네 어르신네 어디 가셨니?」

「어디 출입하셨어。」

「어딜 가셨을까?」

「모르지。」

「이놈, 어린 놈이 대낮부터 술이 취해서 학교도 가지 않고。」

「대낮이라니, 술은 밤에만 먹는 거야?」

기경(奇警)[뛰어나고 재치가 있음]하기로 유명한 정 선생도 이에는 어안이 벙벙 『에익, 고 자식』 하고 떠나려 할 때 나는 한 걸음 더 내치어 『여보게 히로[4] 한 개만 주고 가게』 망설망설 하다가 홱 한 개를 던져 주고 총총히 문을 나서시었다.

4 우리나라에 처음으로 수입된 양담배.

훼가출동毁家黜洞[1]의 실행失行

때는 이러구러 14, 5년이 흘러갔다. 내가 부평 – 지금 부천 – 향제鄕第(고향 집)에 있을 때였다. 나의 사백舍伯[2] – 영만英晩 – 이 중국과 남양 방면의 방랑으로부터 돌아온 직후였다.

우리 동리서 5리허五里許쯤 되는 곳에 사는 나에게는 존장尊丈[3] 뻘 되는 민모 씨閔某氏가 형님이 하도 여러 해 만에 귀국하였다고 하루 건너와서 서회敍懷(회포를 풀어 말함)나 하자 청할 때 혼자만 오라기 어려워 나의 동행까지 구하였다. 말하자면 동행이 아니라 일종의 배행陪行(윗사람을 모시고 따라감)이었다.

때는 성염盛炎(매우 심한 더위)이라 당가當家(그 집)에 도착하는 길로 정수井水(우물물)에 세면 탁족洗面濯足(얼굴을 씻고 발을 담금)하고 시작이 술이었던 바 술인즉 물론 소주 – 그 집에서 곤 – 이었다. 주인인 민 공閔公과 형님과 나 3인이 일배 일배一盃一盃 부일배復一盃 수없이 술잔을 거듭하였다.

---

1 집을 허물고 동네 밖으로 내쫓음.

1 집을 허물고 동네 밖으로 내쫓음.

2 남에게 자기 맏형을 겸손하게 이르는 말.

3 자기보다 16세 이상 많은 사람을 높여 이르는 말.

얼마를 마셨는지 주객 공히 만취이취滿醉泥醉(곤드레만드레 취함)가 되어 헤어졌다. 형님은 30대요, 나는 20대로 술이 그토록 취해 가지고도 논틀밭틀[4] 5리를 무사히 걸어온 기억은 확실차岔 분명하나 그다음 일은 남의 진술로 채울 수밖에 없다.

얼마만이던가 술인지 잠에선지 깨어 사위四圍(사방의 둘레)를 둘러보니 나는 때아닌 낙엽 속에 묻혀 있었다. 아랫목에는 내 아내ー선처先妻[5]ー가 화증火症[6] 깨나 나는 듯이 나를 등지고 올연兀然(홀로 우뚝 선 모양)히 앉아 있었다.

「이거 답답해서 죽겠구려. 속시원히 말 좀 하오.」

「……。」

「대답을 좀 해요.」

「……。」

「여보 이게 웬일이오?」

4 논두렁과 밭두렁 위로 꼬불꼬불하게 난 좁은 길.
5 이혼이나 재혼했을 때 이전의 아내.
6 화를 벌컥 내는 병적인 상태.

31

나는 하는 수 없이 괴로운 몸을 일으켜 가지고 내 아내를 어르고 꼬이고 달래어 아래와 같

은 끔찍스러운 이야기를 들었다.

낙엽인즉 다름 아니고 소줏불[7]이 나서 죽은 사람한테는 감ー시柿ー잎을 따서 덮어야

한다고 해서 나의 선비先妣[8]께서 황황급급荒急荒急히 머슴을 시켜 앞뜰에 서 있는 감나무

를 베어 가지고 이파리를 훑어서 내 가시假屍(송장과 다름없는 몸) 위에 쌓아 놓았던 것이었

다. 나는 죄인처럼 내 아내의 진술을 들었다.

내 아내 계속하여 가로되, 내가 집에를 들어서자 적삼과 중의를 활딱 벗어 버리고

안마당에서 덩실덩실 춤을 추었다 한다. 이 광경을 목도目睹하신 내 선친은 사랑으로 내

선비先妣를 부르시고『집안은 갈 데 없이 망하였소. 나 역亦 술잔이나 먹지마는 애놈들이

저게 무슨 꼴이오』하고 위연탄식喟然歎息(한숨을 쉬며 크게 탄식함) 하셨다 한다.

일이 여기에만 끝이어도 엄청난데 그야말로 백척간두진일보百尺竿頭進一步、 내가 취보醉

步(술 취한 걸음) 한창 어지러이 논이고 밭의 별별別(구분)이 없이 돌아올 때 촌소부村少婦 하나가

동이에 물을 길어 가지고 가는데 취안醉眼에는 천상선녀같이 보였던지 불의에 와락 달

려들어 입을 맞추자 하였다 한다.

7 소주를 많이 먹었을 때 입과 코로 나오는 알코올성의 독한 기운.
8 남에게 돌아가신 자기 어머니를 이르는 말.

경풍을 한(놀라 까무러치다) 촌부는 물동이 인 채 『아그머니!』소리를 치며 쓰러지는 바람에 나도 따라서 쓰러진 모양이더라. 이같이 물벼락을 만난 나인지라 취중에도 척척해서 집에 들어오는 길로 옷을 벗음직도 하였다 한다.

아이고 답답도 할시고, 이 촌부 그 누구일까. 촌수도 멀지 않은 일갓집 여자였더란다! 아무리 취중지사醉中之事라 치더라도 죄당만사罪當萬死[9]였다. 내 만일 시하侍下[10]의 사람이 아니고 그야말로 당호當戶(가정을 주관함)를 한 장성한 사람이었더라면 용서 없이 훼가출동毁家黜洞의 화를 피할 길이 없었을 것이다. 나는 3、4일 동안 촌보寸步(약간의 걸음)도 내 방 밖을 나서지 못하고 자숙자계自肅自戒[11]하다가 어느 어스레한 저녁 무렵 쥐도 개도 모르게 오류동으로 나와 일로一路(곧바로) 상경하였다.

9 만 번 죽어도 마땅한 큰 죄.
10 부모나 조부모를 모시는 처지.
11 스스로 언행을 삼가고 경계함.

33

상경 제일야 上京第一夜 1

마을에서 자추방自追放(스스로 쫓겨남을 당한 나는 쏜살같이 서울에 오긴 했으나 막상 와서 놓고 보니 갈 길이 망연茫然(아득하다)하였다. 객줏집 신세를 지고 싶지도 않고, 객지 생활을 그때까지—전혀 못 해본 나로서 여관을 찾아가려니 어느 여관이 어떤지 알 길 없어 얼마 동안을 이 궁리 저 궁리 하면서 가로街路상(길 위)을 방황타가 천래의(하늘이 준) 계시와도 같이 문득 생각난 것이 청진동에 있는 고故 정구창—당시 변호사—군 집을 찾아가기로 한 것이다.

정 군 이야기가 난 김이니 군에 대하여 일언一言(한마디) 없이 지나갈 수는 없다. 군은 나의 사백舍伯과는 막역莫逆의 교交(허물없이 가까운 사이)요, 나에겐 7세 연상인 문자 그대로 선배요 외우畏友아껴 존경하는 벗)로, 나의 사백과 아울러 법학교 출신인 바 졸업 후 임관이 되려 해도 미성년인 탓으로 부득이 호적의 나이를 5, 6세—연수 미상—늘린 엄청난 조달 지사早達之士 2인 데다가 미모와 재화才華(빛나는 재주)로 당시 경중京中(서울에서) 제일인자의 호 칭이 있었다. 말하자면 호화 공자의 품격이었다. 다시금 그리웁고녀, 군의 그 온용溫容온화

1 서울 온지 첫날 밤.
2 이른 나이로 높은 지위에 오른 인사.

한 모습)! 놀랍던 그 재화!

내가 군가君家(군의 집)에를 도착하였을 때는 패 이슥해서이다. 졸지에 찾아온 나를 본

군은 내방의 경로를 다 들은 다음 예의 그 경쾌한 어조로『그러면 자네 퍽도 시장겠네. 백

목白木다리 장국밥ㅡ당시 명물ㅡ사 먹으러 나갈까?』제의하였다. 나는 반대할 이유 호무

毫無(터럭만큼도 없음)하였다.

둘이서 대문을 나서자 군은 갑작스레 무슨 생각을 하였는지 인력거 두 채를 불러서

장춘관ㅡ그때는 명월관은 없었음ㅡ으로 가자 하였다. 까닭을 묻지 않아도 명명백백하다. 자

기는 불주객不酒客(술 못 마시는 사람)이면서도 내가 술 좋아하는 줄 아는지라, 장국밥만 가지

고는 셈이 되지 않고 기왕이면 한잔 톡톡히 먹일 심산이었다.

급기及其(결국, 드디어) 요정에 당도하여 기생 수 명을 부르라 지휘를 하고 방으로 들어가

양인兩人이 대좌하니, 턱없이 술 마시는 나와 일적불음一滴不飮[3]의 군, 대조도 대조려니

와 피차간 어색하기 짝이 없었다. 매사에 유루遺漏[4]없이 기민한 군은『여보게 변 군ㅡ그

때는 수주樹州라는 호가 없을 때였다ㅡ! 자네도 알다시피 나는 술을 먹지 못하고 자네더러

만 먹으라기 무엇하니 대작할 사람을 하나 청해올 텐데 장도 씨가 어떤가?』하기에

3 (술을) 한 방울도 못 마심.

4 빠지거나 새어나감.

나는 서슴지 않고 낙낙타한(승낙하다) 바, 고 장도 씨로 말하면 역시 변호사로 나에게는 거의 부집父執5이나 되는 분으로 호음가豪飮家(술 마시기 좋아하는 사람)였다. 이에 일언一言 부기할(한마디 덧붙일) 것은 장 선생은 토월회土月會6를 경영하던 박승희 군의 빙부빙父(장인)시란 것이다.

이러구러 주석酒席은 방감方酣7하였다. 술은 양주, 일주日酒의 별別(구별)이 없이 나왔다. 야작난무순夜酌亂無順8이라더니 꼭 그때 정경이었다. 『아 참 술도 잘 먹는다』고 기생들마저 흥응하여 격려하는 바람에 득득연得得然한9 나는 철없이 술을 마셨다. 술 한 잔 입에 대지 못하는 정 군이지만 주석의 흥만 깨치지를 않을 뿐 아니라 취객들과 혼연일색渾然一色이 되어 창쾌창쾌暢快(시원하고 유쾌함)하게 노래를 부르고 춤을 추는 것이었다.

얼마를 몇 시까지 마셨는지조차 피세彼世(저세상)의 일만 같은 중 파석罷席(자리를 끝냄) 후의 일로 말하면 참으로 상상부도想像不到10의 해괴망측한 것이었다.

올데갈데없는 나를 장춘관에 방치하고 독거가獨歸家(홀로 집으로 돌아감)를 할 정 군이 물

5 아버지의 친구로 아버지와 나이가 비슷한 어른.
6 1923년 일본 유학생 중심으로 결성된 신극 운동 단체.
7 술이 한창 무르익음.
8 밤에 술 마실 때는 누가 먼저라는 예의가 필요 없음.
9 뜻대로 되어 우쭐거림.
10 상상으로도 이르지 못함.

36

론 아니었다. 정녕코 나를 자기 집으로 유도하려 하였을 것이다. 그러나 전후불각(前後不覺)(앞뒤를 못 가릴 만큼 정신없는 상태)으로 이 취니(醉泥)된 나이오, 취후(醉後)에는 반드시 쓸데없는 고집과 강정(强情)(고집 세고 완고한 성질)을 피우는 나였는지라, 어찌어찌 된 셈이고 곡절인지 몽롱한 정신을 수습하여 가지고 보니 나는 장교(長橋)[11] 교상(橋上)(다리 위)에 횡와(橫臥)(가로로 누움)하여 있었다! 이같이 나는 상경 제1야를 교상에서 무료 일박(一泊)을 하였다.

11 중구 장교동과 종로구 관철동 사이 청계천에 놓여 있던 다리.

37

일금 8원야 八圓也의 「원우 猿又」[1]

내가 동경에 유학할 때였다. 여러 달 밀린 하숙료 독촉은 성화 星火같고 수중에는 푼전 分錢(얼마 되지 않는 돈. 푼돈)이 없이 지내는 때였다. 몇 가지 아니 되는 의류衣類는 다 전집 典執(전 당 잡힘)되고 책권 나부랭이 있는 것마저 모조리 매끽 賣喫(팔아먹음)하는 궁경 窮境(어려운 지경)이었다.

이러던 판 하루는 내 눈을 스스로 의심할 두 화려한 내객들의 의외 심방 尋訪(찾아 방문함을 받게 된 것이다. 그런데 그 내객들인즉 다른 분들이 아니고 전란 前欄에 말한 정 군 형제분으로서, 정 군 계씨 季氏[2]─구충 求忠─로 말하면 세상에 널리 그 이름을 떨친 도규계 刀圭界 초界(의료계)의 명인이다. 들어와서 착석하기가 무섭게 그들은 내의 來意(찾아온 뜻)를 말하였 다. 이하는 주객 간의 대화이다.

객: 『요새 동경에서 만국변호사대회가 개최되었다는 것을 신문지로라도 보았겠네그려.』

주: 『보다시피 신문지 한 장이나 얻어 볼 주제가 되나.』

1 사루마다. 일본의 남성용 속바지.
2 상대의 아우를 높여 이르는 말.

38

객: 『궁상맞은 소리 그만두고 이거 큰일 난 일이 있어 자네를 찾아 왔네. 오늘 오후 시
바[쯔]공원 내 삼록정에서 비율빈比律賓(필리핀) 변호사단을 초대는 하여 놓고도 통역
할 사람이 없어서 그러니 좀 수고를 하여 줄밖에 없어.』

나는 아연啞然하였다3.
『가기를 어디를 간단 말인가? 이 꼴을 하고서. 그리고 쥐꼬리만도 못한 내 영어를 가
지고 도대체 아니 될 말일세.』

경쾌무쌍輕快無雙4한 정 군 행여 기회 놓칠세라 『꼴 문제는 즉석에 해결될 것일세. 그
리고 기실其實(실제) 자네의 영어 시원치 않은 것 난들 모르겠나? 그러나 동경 바닥을 털
어보아도 자네만큼 하는 영어일망정 찾을 길 없으니 딱하지 않은가? 자네 말대로 꼴
개조도 하여야 하겠고, 또 우리도 우리대로 볼일이 바빠서 가겠는데 이만하면 우선 족한
가?』하며 수백 원을 내놓고 오후 자기네 숙소에서 만나자고 부탁한 다음 훌훌히 떠나 가
버렸다.

3 너무 놀라서 어안이 벙벙하다.
4 비할 데 없이 기분이 가볍고 상쾌함.

모처럼 대하는 거금에 나는 자못 눈이 부시고 가슴조차 울렁이었다. 그런데 통역의 임무 수행으로는 그다지 우려할 것이 없었다. 『자네 영어 시원치 않은 것은 누가 모르나』『자네만큼 하는 영어일망정』 소리에 「루비콘」강 건너던 시저의 용기를 얻었기 때문에!

일각이라도 지체할 시간적 여유가 없었다. 나는 부랴부랴 전당 잡힌 옷을 찾아내고 이발소에 가서 머리를 깎고 목욕을 하였다. 참으로 장가 들러 가는 신랑의 기분이었다. 나는 잘할 줄 모르는 노래이지만 실 새 없이 입속으로 응절거렸다.[5] 이같이 기적적으로 변모가 된지라, 『이제야 밀린 밥값을 받나보다』 희불자승喜不自勝[6]하며 난데없는 요약(요망하고 간악함)을 피우는 하숙 여주인의 그때 그 야시껍던(아니꼽던) 표정은 지금도 눈에 선하다.

만나기로 상약相約(서로 약속함)한 장소에를 이르러 보니, 조선변호사 대표로 온 분들이 7, 8인 되었는데 단장은 역여시亦如是(이것 또한 마찬가지로) 상란上欄에 말한 고故 장도 씨였다. 나는 그에게 특청을 하였다.

『여보시오 영감, 내 영어 실력이 썩 시원치 못하니 제발 식사式辭는 장황히 하지 마시오.』

5 글이나 노래 따위를 입속말로 자꾸 읽거나 읊다.

6 어찌할 줄을 모를 만큼 매우 기쁨.

40

『알았네, 알았네。염려 말어』하며 우리 일행은 삼록정으로 제진齊進(한꺼번에 나아감)하였다。

그 연회식장 이야기야 이곳에서 상술할 하등 필요나 흥미가 없는 것이다。의기 자못 헌앙軒昻[8]하여 그네

대대원만리大大圓滿裏[7]에 끝을 마친 줄만 알면 그만이다。

들ー우리 변호사단 일행ー은 숙소인 「가치야바시」, 가치야 여관으로 돌아간 바 나도 따라를 갔다。

금석今昔지금과 옛적을 막론하고 돈 이야기란 참으로 하기 어려운 것이다。나는 몇 번이

나 머뭇거리고 몇 번이나 망설였는지! 이제 와 생각해도 등에 땀이 흐를 지경이다。나

는 마침내 하는 수 없이 일행 중 제일 흥허물 없는 정 군에게 고회苦懷(괴로운 심정)를 개진

開陳하였다。

『어ー내 무슨 통역비를 받자는 것은 아니나……』로 아니 열리는 말문을 열었더니

쇄락무비洒落無比[9]의 정 군 언하言下(말하는 바로 그 자리)에 답 왈『아이 참, 사람두, 누가 그까

짓 생각 못 하고 있을 줄 아나? 오전 중 자네 꼬락서니를 보고서야 그냥 쓸쓸히 갈 줄 알

았나?』하며 일행의 주머니를 털어서 수백 원을 더 마련하여 주었다。나는 갑작스레 희

랍 신화 중 미다스 왕으로 전신轉身되는 듯하였다。미쓰비시三菱이고 미쓰이三井이고 스미토

7　일의 진행이 매우 순조로운 가운데。
8　풍채가 좋고 의기가 당당하다。
9　비할 데 없이 상쾌하고 깨끗함。

모住友이고 내 안중에는 있을 배 없었다!

나는 귀로에 긴자통銀座通(도쿄 번화가) 어느 유명한 오뎅집－옥호는 잊었다－에를 들러 십수 배盃를 하고 당시 2, 30전 하던 소위 「나라시」10 자동차로 기세등등하게 나의 하숙으로 돌아왔다. 졸부猝富(벼락부자)된 나는 한참 동안이나 기를 펴지 못하고 잠들었던 야성이 내 잠 아니 오는 대신에 눈을 뜨기 시작하였다. 나는 종야終夜(하룻밤 동안) 「명일에의 낭비」 목차를 전전하여 가며 꾸미었다.

익조翌朝(다음날 아침) 나는 기상하는 대로 하숙 여주인을 불러 기삭분幾朔分(몇 달치)인지를 치르고 우육牛肉 몇 근을 사서 「스키야키」를 하라 명(－)하고 동숙자同宿者 수삼數三(둘이나 셋 또는 넷) 인을 이 조찬에 청하였다. 그 동숙인들의 이름은 필요상 뒤로 미루자. 조찬이 필畢(마치다)한 후 나는 야래夜來(밤새) 몽상을 실현차로 거리로 뛰어나왔다.

아, 어인 아름다운 동경이었던고. 그날만에 한해서는 그 짜증 나고 화증이 나던 오고가는 행인들이 거의 포옹이나 할 것같이 반가웠다. 나는 오래 굶주리던 판이라 먹고 싶던 것을 모조리 사 먹고 사고 싶은 것은 하나도 빠뜨리지 않고 닥치는 대로 사던 판에 이제 와서 생각만 하여도 얼굴이 화끈하고 달 대표적 「흥정」이 있었는데 그것은 다름 아니고 미쓰코시三越(일본 최초 백화점) 본점에를 가서 일금 8원야八圓也의 비단 원우猿又를 산 것이었다. 당시 이러한 고가의 「사루마다」는 낭비벽으로 유명하던 영국 황태자로도 사기에 다소 주저하였을지 모른다. 행여 볼세라 상기上記 동숙인들의 눈을 기이어야11 가면서 그 고가의 하의를 입고 나서니 그 상연爽然(매우 시원하고 상쾌한)한 기분 비길 데 없었다. 두 다리 틈에서 나는 버석버석하는 소리, 새로 사서 신은 구두에서 나는 빼각빼각하는 소리는 일대 해조諧調(즐거운 가락)를 이루었다.

나는 진종일 동경을 걷는다는 것보다는 차라리 날아다녔다. 대망待望의 저녁은 오고 말았다. 나는 요시와라吉原(도쿄 유흥가) 어느 명예롭지 못한 곳에를 찾아가서 기세를 올렸다. 대개로 조선인들은 일어가 비교적 능통인데 나의 어색스러운 반벙어리 일어로 해서 그네들ㅡ여랑女郞들ㅡ눈에는 나는 조선인으로는 보지 않고 어느 섬라국暹羅國(현재의 태국) 왕자나 광동廣東 호상豪商12의 자질子姪(아들과 조카)로 보였을 것이다. 맥·양주 간ㅡ계집들의 별별 까다로운 소청을 들어가면서ㅡ싫도록 마시고 밤을 지내었다. 밝는 날 셈을 치르고 나니 잔촌殘存(남은 것)은 불과 수 원이었다. 갑자기 마음이 무거워졌다. 새삼스레 동숙인들의 굶주린 그 면모가 교교交交(뚜렷하게) 떠오르는데 그때 그 회한의 정은 참으로 누를 길이 없었다.

11 기이다, 속이기 위해 사실을 바른 대로 말하지 않다.

12 아주 큰 규모로 장사하는 상인.

하숙에를 초연情然히(기운 없이) 돌아와 보니 대개는 나의 행색을 짐작하였는지 본숭만숭이었다. 사과나 변명의 여지가 없었다. 나는 온 하루를 죄인처럼 고민타가 저녁이랍시고 한술 얻어먹고 공원으로 가서 밤늦게 돌아왔다.

돌아와서 보니 동숙인들은 그야말로 약속이나 한 듯이 하나도 눈에 띄지를 않았다. 추후에 알아보니 나의 거동에 분개막심憤慨莫甚(엄청 화남)한 그네들은 보복차로 동대서東大西貸西借14、호화로운 여행을 나만 회동그랗게 빼놓고 닛코日光(도쿄 근교 관광지)로 떠났던 바 그 동숙인들인즉 고故 홍난파, 박창근, 민대호 등 3군이었다.

13　보고도 못 본 체 건성으로 대하는 모양.
14　여러 곳에서 빚을 짐.
15　매우 가뜬하다.

말 못할 창성동 추태

실태 일관一貫인 나에게도 종생終生(일생) 잊지 못할 이번 추태! 명부冥府1 심판이나 기다

릴밖에 없는 이번 추태!

내 지난날 설중생매雪中生埋(눈속의 생매장) 몇 번이고, 오투타가誤投他家(남의 집에 잘못 들어감)

몇 번이고, 전락구중轉落溝中(개천으로 굴러 떨어짐) 몇 차례며, 취와노상醉臥路上(취해서 길에 누움) 그

얼마런가. 허나 그런 것은 다 문제도 되지 않는다! 이번 창성동 추태에 비하여서는!

때는 30년 전 내가 동경서 돌아오던 그해, 아니 그해가 아니라 바로 그날이었다. 술

은 물을 것도 없이 반취半醉 이상이었다. 수중에 푼전分錢도 없으면 모르나 다행히ㅡ있는

게 불행인 경우가 한두 차례 아님ㅡ돈냥(얼마간의 돈)만 있으면 두고는 배겨낼 인내력이 없는 나

였다.

술은 동경ㅡ경성 간이었고 여정의 반 이상은 객차 중에서보다 식당차 중이었다. 역

에 내리니 출영자出迎者(마중나온 사람)라고는 척영隻影2도 없었다. 아무 예통豫通(미리 알림)없이

표연飄然히(얽매인 것없이 가볍게) 돌아오는 나에게 출영할 사람을 바람은 그야말로 무리였다.

1 사람이 죽은 뒤 심판을 받는 곳.
2 외따로 있는 조그만 그림자. 오직 한 사람이란 비유로도 쓰인다.

역에서 내려 대합실까지 나왔다. 우왕좌왕, 모든 사람 중에 아는 사람이라고는 고물도 없었다.[3] 어디서인지 홍난파 군이 툭 튀어나왔다. 동경 그「닛코 사건」이래 처음이라 무던히도 반가웠다.

『아 이게 천만뜻밖일세. 갈증도 나고 하니―역의―식당에 올라가서 이야기나 하세』하고 제의하니 홍 군은 흔연欣然(기쁘거나 반가운 모양) 동의하였다. 물론 수하물 찾을 생각도 하지 않고 식당에 올라가서 맥주 2、3병씩 마시고 거리로 나와 그때부터는 본격적 음주 행각을 하였다.

어디를 가서 얼마를 마셨는지 물론 기억이 없다. 몇 시간인지 몰라도 어렴풋이 잠을 깨어보니 분명코 내 집 아닌 남의 집인데 도대체 누구의 집임을 알 길 없었다. 때는 성염盛炎(매우 심한 더위)이라 몸에는 일사一絲(실 한 오라기)도 감지 않고 누었다가 방뇨차 그대로 방미닫이를 열고 나섰다.

안대청大廳(안채에 있는 큰 마루)에는 부인네들이 모기장을 치고 곤히 잠들어 있었다. 비를 일사불착一絲不着(한점 걸치지 않은)의 나신裸身으로 나오다가 뒤퉁스럽게[4] 모기장을 지

<hr>

3 인절미 따위에 뿌리는 고물처럼, 아주 작은 흔적도 없다는 뜻.

4 어리석고 둔하여 엉뚱한 짓을 하다.

46

리디디어[5] 툭하고 그 고[6]가 끊어지는 바람 아이고 하나님 맙소사! 나는 그 부인네들 위에 철썩 나동그라지고 말았다!

『아이고 아이고 이게 웬 변이야!』

아우성들을 치며 안방─내가 잔 방은 건넌방─으로 뛰어 들어갔다. 아, 이 무슨 야반의 광태 일막 일까!

그러나 일이 이에 이르고 보니 나는 새삼스레 경겁驚怯[7]할 필요는 없었다. 소정所定(일정하게 정한 바)대로 뜰에 내려 변소를 찾았다. 취안醉眼에 변소 비슷하길래 변소려니 하고 마음놓고 방뇨를 한 바, 그도 뒤에 알아보니 변소가 아니고 그 집 김치 광이었더란다.

방으로 다시 돌아와 누웠노라니 가중家中(집안)은 적연무일성寂然無一聲(고요하고 조용함)이었다. 그때까지도 누구의 집일 줄은 모르면서도 무던히 범절이 있는 가정인 듯 옹송망송한[8] 사이에도 짐작이 되었다.

이윽고 술은 동과 같이 트였다. 창살이 부연하여지며 술기운도 차츰 안개 걷듯 하였다. 흐트러진 정신을 가다듬어 가지고 주섬주섬 옷을 주워 입고는 창가에 준좌蹲坐(주저앉

5 발끝이나 발뒤꿈치만으로 걷다. 제겨디디다의 방언.
6 끈 따위를 맬 때 한 가닥을 매듭에서 조금 감아 빼어 고리처럼 만드는 것.
7 몹시 놀라 무서워하거나 두려워함.
8 정신이 혼미하여 무슨 생각이 나다가 말다가 하다.

을)하여 날이 활짝 밝아 일 분 일각이라도 빨리 그 집을 탈주하려고만 하였다.

어느덧 그 집 식구들도 일어들을 난 듯 두런거렸다. 나는 가슴이 조이고 숨이 터질 듯 가빴다. 범절 있는 채로 눈치 빠른 그 집 식구들. 나에게 탈출할 기회를 주려 모두들 이 웃집으로 피신을 하여 주기에 「이때다! 이때다!」 나는 구중口中(입속)으로 연호하며 구두가 제대로 발에 꿰어졌는지 검사하여 볼 사이도 없이 호구虎口[9]인 양 그 집을 뛰어나와 흘끗 문패를 보니 홍석후洪錫厚 세 자 뚜렷하더라.

「하느님 맙소사, Jesus Christ!」

광인처럼 중얼거리며 경주선수 이상의 속력으로 그 기나긴 창성동 골목을 빠져나왔다.

며칠 지나 난파蘭坡를 만나서 물어보니 자기 역시 취중이라 모르겠다고 어름거렸다.

하여간 식당 등지에서 매일 만나다시피 하던 홍석후 씨를 대면할 용기 없어 거의 반년 이상이나 그를 피하였다.

어린 신랑의 이 행색 行色

37년 전인가 보다. 내가 15세 소년으로서 인천으로 장가들러 가던 것이.[1]

송현리에 있던, 말하자면 처가집을 후행後行[2]의 뒤를 따라서 당도하니 동구 밖까지 마중꾼이 몰려나왔는데 일종 자곡지심自曲之心[3]에서 출발했었는지는 몰라도 과도히 민감하던 나에게는 그네들의 마중이 결코 정중한 마중이 아니고 어린 신랑이 서울서 온다니까 얼마나 어린가를 살피려는 심리들을 품고 나를 보는 것만 같아 보였다.

물론 마중꾼의 앞잡이는 우관又觀(이정규) 3형제로 그중 맏ー우관의 백씨伯氏로 나를 선보러 서울에 온 일이 있었음ー되는 춘계春溪(이갑규)는 나보다 8세나 연상일 뿐더러 선보러 갔던 친구랍시고 자못 점잔을 빼었으나 회관晦觀(이을규)과 우관은 당시 인천상업학교생들로서 한창 말썽꾼들이었던 바 싱글벙글거리며 『우리 매부』하며 나를 첫맞이한 것이었다. 그들 형제 태도ー매부에 대한ー가 불손不遜에 가까울 지경이었음에도 불만不滿하였지만 매부면 매부이지 「우리」 매부라고 꼭꼭 긴치 않고 친절무용의 소유격어所有格語를 사용함에는 참으로 불쾌하여 부질없는 장가를 들러 왔나 보다 하였다.

---

1 수주는 1921년만 14세 때 16세의 평창 이씨 홍순과 결혼했다.

2 혼인때 가족 중에서 신랑을 데리고 가는 사람.

3 허물이 있는 사람이 스스로 섭섭하게 여기는 마음.

그런데 그네들 뒤를 따라온 다른 마중꾼 남녀들도 그와 대동소이한 중 어느

무엄한 계집 하나는 내 귀에까지 들리도록 제 곁에 있는 사람한테 쑥덕거리기를 『저 신

랑 좀 봐요. 새색시 목에나 닿을까? 손도 꼭 고사리같구!』라고 하였다. 치욕의 절정이

었다. 허나 내 친걸음이라 무가내하지도無可奈何之道[4]이었다.

거두절미去頭截尾하고 본론으로 들어가겠다. 나는 이래저래 찐덥지(남을 대하기가 흐뭇하고

만족스럽다)[4] 않은 기분에 사모관대紗帽冠帶를 하고 초례청으로 끌려 들어갔다. 대청에 올라서

는 길로 궁금중도 나고 해서 건너편을 흘끗 보았다. 초례하는 신부ー2세 연상ー의 키는 나

보다 사실 목 하나는 더 컸었다. 마중 나왔던 어느 계집의 한 말이 과히 요망되지 않았

음을 비로소 느꼈다.

하여간 그날 우리 양인兩人의 혼례는 극히 화기로운 중에 끝을 냈다. 15세의 신랑,

17세의 신부, 네요 내요 뉘 앞날을 예료豫料(예측)하였으리만 근 40성상星霜(해) 지낸 오늘

의 나로서는 그때 그 시절을 회상할 때 참으로 참으로 만감이 교집交集[5]하는 중 이곳에서는

이제 모든 것을 억누르고 꼭 한마디만 할 것은 그는 나의 생의 반려라는 것보다는 차라리

나의 술 시중꾼 노릇을 끝끝내 하였다는 것으로, 술에 대한 고생은 장래를 점이나 치는

4 굳게 고집을 하여 어찌할 수 없음.

5 이런저런 생각이 뒤얽힘.

50

것인 듯이 첫날밤부터 시작되었다!

그때 송현리 처가집ㅡ정확히 말하면 처중부가 妻仲父宅(처 작은아버지 집)라 함이 타당하나 이에 그

설명은 약略한다ㅡ술은 맛좋기로 경향에 이름이 있었다. 누구보다도 내 처중모 妻仲母의 놀라

운 솜씨임에 틀림이 없었다.

어린 주제에 이저 사람이 권하는 대로 사양 없이 마셨다. 저녁나절까지 먹으니 웬

만큼 취하였는데 그때나 지금이나 한결같이 변함없음은 나는 술만 얼근하면 잘 떠드는

것이다. 어린 신랑으로서 술이 얼근하여 그야말로 방약무인한 태도로 수다를 하도 떠니까

큰처남ㅡ춘계春溪ㅡ이 있다가 『흥, 내 누이 볼 신세는 다 보았다……. 저게 양기가 입으로

만 몰렸으니 ! 아니 그럴 수 있나』라고 하였다. 말하는 사람은 짐짓 개탄하는 구조口調말

투로 하였지만 듣는 사람들은 모두 포복抱腹(포복절도)들을 하였다.

이번 혼사에 각처에서 내집来集(몰려오다)한 빈객들이 많았던 중 이채를 띠기는 맵시

있는 일위一位 양풍 신사洋風紳士로 이분 역시 우관 3형제들의 종매부從妹夫인 신흥우 씨

였다. 씨는 나보다 15세 연장으로 배재학당 교장 시대였던 줄로 나는 기억한다. 꽤 까다

로운 씨이지만 그날만은 대단히 기분이 좋았던지 저녁나절 자기가 한턱을 내겠다고 어

느 중화요리점으로 우리 몇을 청하였다.

다 알다시피 그 당시만 하여도 서울에는 청요리집 淸料理집이라고는 변변한 곳이 거의 없

51

을 때였다. 하여간 나는 권하는 대로 얼마를 마셨는지 나는 결국 대취이귀大醉而歸[6]를 하였다. 독자들이여 상상을 해보라. 15세 어린 신랑이 첫날밤도 치르기 전 흥숭망숭[7] 술이 대취하여 비틀걸음을 치며 처갓집이랍시고 들어가던 바로 그 광경을!

취기가 최대의 무기요 방비라 나는 용감스레 시키는 대로 신방으로 진입하였다. 진입까지는 하였으나 진입 후는 자리에 쓰러진 채 전후불각前後不覺(앞뒤 못 가림)이었다. 아아, 지금 와서 생각만 하여도 모골毛骨이 송연悚然하다. 그때 신부의 낙망은 어떠하였을 것이며 그 집 일가의 경악은 어떠하였을 것인가! 이러고저러고 나는 거의 새벽이 되도록 신부의 옷을 벗길 줄을 모를 지경이었다.

아아 슬프다 되걸을 수 없는 인생의 길이여!

6 크게 취해 돌아옴.
7 마음이 들떠서 어름어름하는 모양. 흥숭생숭.

을축년¹ 표류기

이거라고 특기할 만한 실태 실적으로서는 그야말로 「무위」 「무수확」의 4、5년이 흘러서

을축년乙丑年 대수大水(큰물、홍수)를 만났다. 말 아니해도 기억할 분은 기억하려니와 비라

하기로니 그때의 것 같은 줄기차고 기승스런(기운이나 힘이 좀처럼 누그러들지 않는 모양) 비는 드물

었을 것이다.

기십일幾十日을 연이어 주야의 별別(구분) 없이 온다든지 내리는 것이 아니라 해海와

천天이 경도傾倒(기울어 넘어짐)된 듯 그냥 퍼붓는 것이었다. 사람마다가 개벽開闢을 생각하고

「노아」의 홍수를 연상치 않을 수 없게 하였다. 각 교통은 두절 상태로 그야말로 물난리는

도처에 이만저만이 아니었다.

그런데 이 무렵 내가 살기는 혜화동ㅡ번지 망각ㅡ이었던 바、이런 경황없는데 술 먹으

러 나오라고 부르는 친구도 지각없음은 물론 그 모진 비를 무릅쓰고 나간 나도 어지간한

숙맥²이나 철부지가 아니었다. 불려간 장소는 나 있는 곳에서 가깝지도 않던 종로모주

정酒亭²이고 초대한 사람인즉 고故 강상희姜相熙 군이었다. 급기及其(결국) 가서 보니 좌중에는

1 1925년 을축년 7월에 기록적으로 큰 장마가 들어 수많은 이재민을 냈다.

2 어리석고 못난 사람. 숙맥불변에서 나온 말.

6, 7인의 선래객先來客이 벌써 포진하고 있었는데 개중에는 주객酒客、불주객不酒客、기외

其外(그 밖)에 말썽꾼ー성명은 발표를 보류ー들이 섞여 있었다。시종일관 기분이나 감정의 절

제를 벗지 못하는 나로서도 때로는 그때그때의 장면 수습을 함에 약간의 참을성은 있었

던 자리。안 갔으면 모르려니와 일단 간 이상에는 창쾌하게 끝까지 진취盡醉(매우 취함)한

다음 헤어진 바, 표류기의 본론은 이에서부터다。

하여간 나는 대취하여 술집을 나섰는데 내가 잡아탔는지 누가 태워들 주었는지 상

세사詳細事는 지우금至于今(예로부터 오늘까지) 알 길이 없는 중 인력거 한 대에 탁신託身(몸을 맡

겨의지함)하여 전기前記한 혜화동 내 우거寓居를 찾아가려 한 모양이었다。

사정없이 내리퍼붓는 비와 싸우며ー물론、전등도 없었다ー질주라기보다 무거운 짐을 끌

고 수영식水泳式으로 가던 그때 그 차부車夫의 고통이 어떠하였을지! 기진맥진하였

을 것은 상상키 어렵지 않다。

얼마를 집 있는 방향으로 걸었던지 갑작스레 차를 멈추고 『다 왔습니다。댁 문전門前

이올시다』하는 차부 말에 『이 우중雨中에 오긴 참 빠르게도 왔다』하며 어련하랴는 듯이

앞뒤 생각 않고 인력거에서 내렸다。

막상 내리고 보니 내 집 문전은 새려3 그냥 수궁水宮에를 들어선 듯한데、이제 와서는

3 새로에의 비표준어。「고사하고」、「커녕」의 뜻。

술도 언제 먹었느냐는 듯 다 깨어 버렸다. 두리번두리번 나는 사위四圍를 둘러 보려 하였

다. 그러나 보이는 것이라고는 아무것도 없었다. 귀에 들리느니 요란스러운 빗소리뿐이

었다. 나는 비에 흠뻑 젖은 채 수건과 옷자락으로 얼굴을 닦고 눈을 부비며 방향을 알아

보려 하였다. 문자 그대로 지척을 분간치 못했다. 그때 나의 실감은 앞뒤 진로 막는 일대

「은병銀屛」4 중에 갇힌 듯한 것뿐이었다.

그리하여 그때 나의 급무急務는 「철의 장막」이 아니라 「은의 장막」을 뚫고 나가는 것

이었다. 어디가 어디인 줄 모르는 채로 한 걸음 두 걸음 조심조심하여 가며 발의 감촉으로

길인 듯하면 더듬어 갔다. 물론 집을 바로 찾아갈 희망에서가 아니라 어디고 비만을 거

새일5 데면 그만이라는 생각에서였다. 좌우 연도沿道에 혹여나 하는 석유 불빛 하나 빤

짝하는 창호窓戶 하나도 보이지를 아니하였다.

향하는 곳이 집 가는 길이어니만 치고 나는 걸었다. 발등 위로 흐르는 물이 차츰 무릎

까지 범하게 되며 전후좌우 굉굉轟轟6한 물소리 귀를 찢는 듯, 나는 분명코 어느 급류권

내에를 들어선 것을 직감하였다. 그러나 벌써 시이만의時已晩矣7, 퇴각 개시도 하기 전에

4 은으로 만든 병풍.
5 「굿다」의 방언. 비를 잠시 피하여 그치기를 기다리다.
6 소리가 몹시 요란함.
7 때는 이미 늦었구나.

뒤밀려드는 격랑에 휩쓸려 풍덩하고 나는 걷잡을 새 없이 어디인지 빠져들어 가고 말았다. 순간 이제는 그만이라 모든 것을 단념하는 것이 나의 의식의 최종이었다.

몇 시간 뒤인지 나는 눈을 뜬 모양이었다. 희미한 눈과 몽롱한 의식으로도 내 집 속 아닌 것은 짐작하였다. 강잉強仍(억지로 참음히) 정신을 수습하고 필사의 용기를 내어 가지고 반신을 간신히 일으켜 앞뒤를 휘 한 번 돌아보았다.

허나 역여시亦如是 방향 부지不知였던 중, 내가 누워 있던 곳은 일 사구砂됴(모래언덕)상, 아니 사구상이라는 것보다는 차라리 일 소사주砂洲(작은 모래섬)상으로, 그 앞으로는 후효吼哮8 하는 락랑濁浪(흐린 물결)이 분마奔馬(빨리 달리는 말)처럼 닫―치馳―고 있었다.

추후해서 조사하니 내가 물속에 전락하던 장소는 혜화동 석교石橋였고, 내가 얹혀 있던 그 사구는 현 서울대학을 지나서인 어느 한 곳에 급류 격랑에 복새흙(모래흙)이 밀리고 밀려 형성된 일 소구小됴였던 바 천우신조 나는 표류타가 그 위에 얹혀졌던 것이다!

8 크게 으렁거리는 소리를 냄.

취유패성 醉遊浿城 1

그 익익년翌翌年(다음 해)으로 기억한다.

나는 수삼數三 우인-정재원, 우현직-과 국일관에서 술이 만취토록 마셨다. 우리가 술

먹고 있던 바로 옆방 어느 친구가 갑자기 보이를 불러서 평양 갈 막차 시간이 되었으니

인력거 한 채를 빨리 내어놓으라 하였다.

그 소리를 엿들은 나는 그야말로 취중 객기로 나도 평양을 가겠다고 벌떡 일어섰다. 상

기上記한 양군兩君 어이없어 『이 자식이 미쳐도 분수가 있지, 술 먹다 졸지에 평양은 무

슨 평양』하고 만류하는 것을 뿌리치고 나는 역으로 일로 직진(?), 어떻게 차표를 샀는지도

잘 모를 정도였으나 하여간 틀림없이 경의선 열차 중에 몸을 실었다. 전차내가 내 독점

한 침대인 양 오르는 길로 코를 골았으리라.

얼마 만인지 차창이 부연하여졌다. 차가 차츰 속도를 낮추고 기적을 요란히 울리며

어느 역 구내에를 당도한 것 같더니 창외窓外에서는 『평양역』『평양역』하고 외쳤다. 나는

그제서야 정신이 번쩍 나서 부랴부랴 하차, 역외驛外로 나왔다.

역전에 나서서 곰곰 생각하니 내 깡으로도 망연하여 부지중 실소치 않을 수 없었다.

---

1 술에 취해 패성에서 놀다. 「패성」은 평양을 이름.

『도대체 내가 무슨 일로, 누구를 만나러 평양에를 온 것일까?』 자문하는 것이었다. 몇몇의 평양 친구 모르는 바도 아니지만 생각도 갑작스레 나지를 않았을 뿐더러 났댔자 어디들 사는지 알 길이 없었을 것이 아닌가.

나는 여관에 들기로 결의한 다음 역전에서 우춘여관ㅡ그 당시엔ㅡ이 제일 깨끗하다는 것을 알아내고서는 그리로 갔다. 앞뒤 예산 없는 채 1호실을 치우라 하고 들어가서 해장할 술과 조반을 시켰다. 이같이 아침 사무를 마친 다음 휑한 여관방에 나 홀로 누워 있노라니 참으로 무료無聊하였다. 무료를 지나서는 불안까지 하였다. 찾아올 사람, 찾아갈 사람은 하나도 없고, 낭충囊中ㅡ주머니 속ㅡ은 일공一空 2 이기 때문이었다.

그러나 부질없는 초조는 금물이다. 무슨 도리가 열리겠지 하고 이 궁리 저 궁리한 나머지 문득 머리에 떠오르는 것이 주호酒豪로 경향에 그 성명盛名이 자못 높던 이기찬 변호사였다.

나는 무슨 활불活佛(살아 있는 부처)이나 찾아낸 듯 『됐다, 됐다』 내심으로 연호하며 호기 있게 주인을 불러 이 변호사 집이 어디임을 묻고 기실 급한 용무로 내가 그를 보러 서울서 왔노란 말까지 붙여 말하였더니 그때까지 내 행색을 의심쩍게 여기던 주인은 태도 일변, 알다 뿐이냐 하며 보이를 불러 그 집까지 안내시켜 주는 친절을 보여주었다.

2 텅 비어 아무것도 없음.

58

보이와 동행 가던 도중, 그 여관주인의 친절의 저의가 차츰 짐작이 되었다. 아무리 초

행 손이기로니 숙박료를 당일 청구키도 다소 어려웠을 점도 불무不無하나(없지 않으나) 그렇

다고 해서 손가방 하나도 없는 손을 그대로 내보낼리야 어디 있나. 정녕코 나의 행지行止
(행동거지)나 거취를 탐색시키려는 것이었다.

각설하고 나는 여러 해 만에 이 변호사를 만나 낮부터 시작, 밤늦도록 통음하고 여관

으로 돌아가서 잤다. 익조翌朝 잠을 깨어보니 나는 몸에 일사一絲도 불착不着한 채 홑이불

하나만 덮고 문장蚊帳(모기장) 속에 누워 있었다.

일어나서 옷을 찾아 입으려니 상하의는 고사하고 내의조차 간데온데없었다. 주인과

보이를 불러 곡절을 물으니 모두 당황하여 전연 알 길이 없다는 것이다. 문을 잘 신칙申

飭3하였지만 어느 틈엔지 도적이 들어왔던 까닭일 것이란 그네들의 일치된 대답이었다.

아무리 주인을 추궁했자 별무신통이고 도난계를 낼 생의生意(하려는 마음)조차도 없었다. 나

는 참으로 답답하였다. 홑이불 하나만 몸에 두른 여관방 속의 나체수裸體囚(벌거벗은 죄수)가

되고 보니 그 답답하던 것은 표현할 말이 없었다. 그야말로 웃지도 못할 희극이었다.

이 변호사한테 기별하여 옷을 빌려 입자 해도 그는 원체 거구의 주인공으로 빌려 왔

자 소용이 없었다. 천사만려千思萬慮[4] 끝에 이번엔 김찬영 군의 생각이 불쑥 났다. 주인을 다시 불러 김 군 집을 물으니 서슴치 않고 채관리釵貫里 어디라 대어주었다. 김 군은 당시 평양서 상당한 부명富名을 듣던 처지로 누구하면 뜰뜰하던[5] 판이어서 그 여관주인도 모를 리 없다. 나는 불류不留 시각[6] 하고 보이를 시켜 김 군을 데리고 왔다.

보이한테 미리서 말을 들었는지 김 군은 들어 오던 말으로―나의 설명들을 새도 없이―박장대소하였다. 하여간 나는 김 군 덕분으로 모든 난문제를 해결하였던 것이었다.

4 여러 가지로 생각하고 걱정함.
5 부족함 없이 다 갖추어진 상태.
6 시간을 지체치 않음.

60

백주白晝에 소를 타고

역시 혜화동 우거에서 지낼 때였다. 어느 하룻날 바커스[1]의 후예들인지 유영劉伶의 직손直孫들인지는 몰라도 주도酒道의 명인들인 공초空超, 성재誠齋, 횡보橫步ㅡ오상순, 이관구, 염상섭ㅡ세 주선酒仙이 내방하였다. 설사 주인이 불주객不酒客이란대도 이런 경우를 당하여서는 별도리가 없었을 것은 거의 상식 문제인데 주인이랍시는 나 역亦 술 마시기로는 결코 그들에게 낙후되지 않는 처지로 그야말로 불가무일배주不可無一杯酒[2]이었다.

허나 딱한 노릇은 네 사람의 주머니를 다 털어도 불과 수삼 원. 그때 수삼 원이면 보통 주객인 경우에는 3、4인이 해갈은 함즉하였으나 오배吾輩(우리들) 4인에 한하여서는 그런 금액쯤은 유불여무有不如無[3]이었다.

나는 아무리 하여도 별로 시원한 책략이 없이 궁하면 통한다는 원리와는 다르다 해도 일개一個의 악지혜惡智慧ㅡ기실 악은 없지만ㅡ를 안출하였다. 동내洞內에서 모인某人 집사동 하나를 불러다가 몇 자 적어 화동 남작집에 있는 《동아일보》사로 보내었다.

당시 《동아일보》사의 편집국장은 고故 고하古下 송진우이었는데 편지 사연은 물을 것

1 로마 신화에 나오는 술의 신.
2 술 한 잔 없어서는 아니 됨.
3 있으나마나 함.

61

도 없이 술값 때문이었다. 좋은 기고를 하여 줄 터이니 50원만 달라는. 우리는 아이를 보내 놓고도 마음이 여간 조이지를 않았다. 거절을 당한다든지 하면 어쩌나 함이었다. 10분, 20분, 30분, 한 시간 참으로 지루한 시간의 경과이었다.

마침내는 보냈던 아이가 손에 답장을 들고 오는데 우리 4인의 시선은 약속이나 한 것같이 한군데로 집중되었다. 급기及其ㄷ디어) 뜯어 보니 소기所期대로(기대하던 대로), 아니 소청所請대로의 50원, 우화중의 업오리 금金알 낳듯 하였다.

이제부터는 이 50원을 어떻게 유효적절하게 쓰느냐는 공론이었다. 그때만 해도 50원이면 대금이라 아무리 우리 넷이 술을 잘 먹는대도 선술집에 가서는 도저히 비진費盡(돈을 써 없앰)시킬 수 없었던 반면에 요정에를 가서 서둘다가는 안심 안 될 정도였다. 끝끝내 지혜ㅡ선악 간에ㅡ의 공급자는 나로서, 나는 야유野遊를 제의한 바 일기도 좋고 하니 술 말이나 사고 고기 근이나 사 가지고 나 있는 곳에서 지척인 사발정 약수터ㅡ성균관 뒤ㅡ로 가자 하니 일동 낙諾타 하였다.

그리하여 우리 일행은 명륜동에 있는 통신중학관ㅡ고故 강상희 군이 경영하던ㅡ으로 가서 그곳 하인 어 서방을 불러내어 이리저리 하라 만사를 유루遺漏없이(빠짐없이) 분부하였다. 우리는 참으로 하늘에나 오를 듯 유쾌하였다. 우아하게 경사진 잔디밭 위에 둘러앉았는데 어 서방은 술 심부름 안주 장만에 혼자서 바빴다. 술은 소주였는데 우선 한 말을 올

62

려다 놓고 안주는 별것 없이 냄비에 고기ㅡ육ㅡ를 끓였다. 참으로 그날에 한하여서는 특

히, 쾌음 호음豪飮하였다. 객담客談, 농담弄談, 고담古談, 치담痴談, 문학담文學談을 두서없이

지껄이며 권커니 잣거니 마셨다.

이야기도 길고 술도 길었다. 이러한 복스러운 시간 길이 계속되기를 빌며 마셨다. 그

러나 호사다마랄까 고금무류古今無類[4]의 대기록을 우리 4인으로 하여 만들게 할 천의天意

랄까. 그는 하여했든(어찌 되었든) 국면이 일변되는 사태가 의외에 발생하였다.

그때까지는 쪽빛같이 푸르고 맑던 하늘에 난데없는 검은 구름 한 장이 떠돌더니 그

구름장 삽시간에 커지고 퍼져 온 하늘을 덮으며 비가 쏟아지기를 시작하였다. 그야말로

「유연작운油然作雲 패연하우沛然下雨」[5] 바로 그대로였다.

처음에는 우리는 비를 피하여 볼 생의生意도 하였지만 인가 하나 없는 한데이고 비는

호세豪勢(크고 강한 세력) 있게 내려 속수무책으로 살이 부을 지경으로 흠뻑 맞았다. 우리는 비

록 쫄루루 비두루마기를 하였을망정 그때의 그 장경壯景(장장한 모습)ㅡ산중취우山中驟雨(산속에서

만난 소나기)ㅡ의 그 장경은 필설난기筆舌難記였다. 우리 4인은 불기이동不期而同(기약 없이 하나

되다)으로 만세를 고창高唱하였다.

4 예로부터 지금까지 비슷한 예가 없음.

5 뭉게뭉게 구름이 일어, 장대 같은 비가 쏟아지다. 『맹자』 양혜왕장구 상편에 나오는 말.

그 끝에 공초 선지식善智識6、 참으로 공초식 발언을 하였다. 참으로 기상천외의 발언이

었던 바 다름 아니라 우리는 모조리 옷을 찢어 버리자는 것이었다. 옷이란 워낙이 대자

연과 인간 두 사이의 이간물離間物(사이를 서로 멀어지게 하는 물건)인 이상 몸에 걸칠 필요가 없

다는 것이다. 그럴 듯도 한 말이었다.

공초는 주저주저하는 나머지 3인에게 시범차로인지 먼저 옷을 찢어 버렸다. 남은

사람들도 천질天質(타고난 성질)이 그다지 비겁치는 아니하여 이에 곧 호응하였다. 대취한

4나한裸漢(벌거벗은 남자)들 광가난무狂歌亂舞7하였다. 서양에 Bachanalian orgy8 — 바커스식 조

란조亂躁이란 뜻ㅡ란 말이 있으나 아무리 광조狂躁(미쳐 날뜀)한 주연酒宴이라 해도 이에 비하여

서는 「불급不及이 원의遠矣(미치치 못하고 멀다)」일 것이다.

우리는 어느덧 언덕 아래 소나무 그루에 소 몇 필이 매여 있음을 발견하였다. 이번에

는 누구의 발언이거나 제의였던지 이제 와서 기억이 미상未詳하나 우리는 소를 잡아타

자는데 일치하였다. 옛날에 영척甯戚9이가 소를 탔다고 하지만 그까진 영척이란 놈이 다

무엇이냐, 그따위 것도 소를 탔는데 우린들 못 탈 배 어디 있느냐는 것이 곧 논리이자 동

9 춘추 시대 쇠뿔을 두드리며 자기 뜻을 노래하다가 제 환공에 발탁된 위나라 사람.

8 진탕 마시고 난잡하게 노는 바커스식 잔치.

7 마구 소리쳐 노래 부르고 어지럽게 춤을 춤.

6 바른 도리를 가르치는 사람.

64

시에 성세聲勢(명성과 위세)이었다.

하여간 우리는 몸에 일사불착一絲不着한 상태로 그 소들을 잡아타고 유유히 비탈길을

내리고 똘물(갯물의 방언)―소낙비로해서 갑자기 생겼던―을 건너고 공자孔子 모신 성균관을 지나

서 큰 거리까지 진출하였다가 큰 봉변 끝에 장도壯圖10―시중市中까지 오려던―는 수포로 돌

아가고 말았다.

10 크게 도모하는 계책이나 포부.

「창평궁昌平宮 전하」의 사주賜酒로

내가 종로 중앙청년회 소년부에서 일을 보고 있을 때였다. 다소 비섭생적非攝生的(비위생적)

이야기지만 나는 그 당시 복중腹中(뱃속)에 촌충 창궐猖獗로 무한히 고생을 하였다.

촌충이란 악충이기도 하려니와 동시에 비충卑蟲(천한 벌레)이다. 사람을 괴롭혀도 떳떳

하게 정당하게 하는 것이 아니라 가장 저열한 게릴라식으로 그러는 까닭이다. 빛깔은 순

백이나 그것은 일종의 미채迷彩(위장 도색)이다.

나는 비충匪蟲(도둑 벌레)을 퇴치 또는 근절시킬 결의로 하루는 조효무曉(이른 새벽)에 미리

준비하였던 비자—비실榧實—한 식기를 공복에 몰식沒食1하고 청년회로 일보러 나갔다. 약

효를 십이분으로 발휘시키려 조반은 물론 점심조차 아니 먹고 규호叫號2하는 빈 창자를 붙

들고 있노라니 의외로 일위一位(한 분) 진객珍客(귀한 손님)이 내방하였다.

그는 당시 초초명물로 박이규—박석윤의 숙부—군으로 자칭 「창평궁 전하」라고 행세하고

다니던 판이었다. 초초草草치3만 않을 뿐 부시不啻4, 극히 호쾌한 성격의 소유자로 특기特記

1 남기지 않고 다 먹음.
2 큰 목소리로 부르짖음.
3 보잘것 없이 초라하다.
4 그뿐만이 아니라.

66

치 않을 수 없는 특색인즉 눈이 부실 정도의 진홍색 토이기土耳其(터키) 모帽ー를 Fess・모자ー를 멋들어지게 쓰고 동치서주東馳西走5하는 기남아이었음을 거듭 말하여둔다.

들어와서 한참이나 너털웃음을 치고 나에게는 그다지 흥미없는 자기식 자기류의 고견달식高見達識6을 일석一席(한 자리) 늘어놓은 다음 술을 먹으러 나가자는 것이었다. 나는

그때나 이제나 누가 술을 먹자는데 거절을 한다든지 사퇴를 한 적은 별로 없다. 나는 언하言下에 쾌락하고 둘이서 길로 나섰다.

어디를 가서 무슨 술을 먹을까 문의하기에 양주를 먹으러 가자 하였다. 나의 속요량料量에는 아무리 독충ー상기한 촌충ー이기로니 비실柜實 제압과 양주 소탕에는 무가내하無可奈何7겠지 함이었다. 그리하여 우리들은 청목당ー그때에는 유일한 고급 양요릿집ー으로 발을 옮겼다.

안주는 한두 접시 시켜놓고 「백마 위스키」를 마셨다. 나의 상투常套의 악습으로 글라스로 들이켰다. 양주 강의는 아니지만 양주를 마실 때에는 으레 탄산수나 냉수가 일종 중화제로 딸리는 법이다. 그러나 나는 그야말로 깡으로, 영어로는 Straight로 마셨다.

얼마를 마셨는지 계배計盃(잔의 수를 세다)치 못할 정도였다. 복약 후 진종일 일적미一滴米

5 사방으로 이리저리 바쁘게 돌아다님.
6 뛰어난 생각과 사리에 밝은 학식.
7 달리 어찌할 수 없음.

8 사람이 많이 물려 붐빔.
9 「돌아서다」의 비표준어.
10 현 한국은행.

(쌀 한 톨), 일적수一滴水(물 한 방울)도 들어가지 않은 공복인지라 술의 맹위猛威 발휘야말로 상상키 어렵지 않은 일이다—아무리 한창때였지만—. 나는 물을 것 없이 대취하여 청목당을 나왔다.

그런 중에도 벼르던 몇 권 책을 살 생각으로 진고개[니현泥峴]를 비틀거리며 향하였는데 막상 진고개 어귀에를 당도하니 하도 잡답雜踏[8]하여 이래서는 안 되겠다 단념하고 돌쳐서서[9] 몽롱히 조선은행[10]을 바라본 바 그 뒤는 전연 망각 세계.

나는 얼마 만인지 술이든 잠이든 간에 깨어났다. 휘둘러보니 틀림없는 우리 집이었다. 한편으로는 다행이란 생각도 있었지만 한편으로는 득득연得得然한 자만감에 사로잡혀 『아, 아, 참 용하다. 내 그토록 취해 가지고도 집에를 무사히 오다니! 아, 아……』하며 누워 있었다.

그런데 나는 그때 나의 중형仲兄(영태)과 한방에 거처할 무렵이었다. 끝끝내 나와는 성향이 다르지만 나의 형님은 그 당시는 독실한 기독신자로서 궤전机前(책상 앞)에 올연兀然(홀로 우뚝) 단좌端坐(단정히 앉음)하여 웨이무스 현대영어역現代英語譯 성경을 읽고 계시던 판『아, 아, 참 용하다. 아, 아……』하는 데는 인내의 한계가 아니었던 모양이었다. 돌연히

『네 정신으로 들어온 줄 아니?』

『그건 무슨 말씀이오? 내 정신 아니고 뉘 정신으로 들어온 것 같소?』하고 나는 불순하게 반문하였다. 어이가 없어 형님은 함구하고 말았는데 나중에 자세한 환가還家 경로를 들었다. 결국 나의 재생 은인은 고 홍난파 군으로서, 그가 야심하여 전기前記 조선은행 앞을 지나려니 노상에 무엇인지 허연 것—나는 그때 한복을 입었었다—이 횡와하여 있어 호기심으로 접근하여 살펴보니 나였더란다.

『아, 이것 큰일났다』고 부근의 인력거를 불러다가 나를 태우려 하였으나 나는 의식이 완전히 잃었을 뿐 외에 그야말로 아주 동태같이 뻣뻣하여 있었다 한다. 그때는 상당히 추운 겨울밤이었기 때문이다. 불러온 인력거의 차부車夫는 『싫습니다. 돈 아니라 금을 준대도 누가 재수 없게 송장을 이 우밤중에……』라 하며 달아나서 홍 군은 어디서 얻은 건지 신문기자증이 있었던 관계로 파출소에 가서 순사의 응원을 간신히 얻어가지고 인력거를 강제로 징발하여 처실으려 굴신이 안 되도록 뻣뻣해진 몸이라 차에 올려놓으면 떨어지고 올려놓으면 떨어지고 해서 하는 수 없이 밧줄을 얻어다가 몸을 차체에 칭칭 동여가지고 집에 운반되었다는 것이다. 이래 그런지 저래 그런지 몰라도 그때부터 이래 계속하여 촌충 퇴치는 완전히 되었다.

「조은朝銀」전前 묵극黙劇 1

시간상으로 말하면 몇 해를 격하였는지, 술은 역시 청목당에서 먹었다. 그다지 전후불각前後不覺 지경으로는 취치 않았었다. 길에 다 오니 갑작스레 오줌이 마렵더라니 돌쳐서서 나오던 청목당으로 다시 들어가도 무방, 무방만이 아니라 으레 그럴 것인데 취한 김에 짓궂은 생각으로 ─ 무슨 객기론지 ─ 전차로를 횡단하여 조선은행 정문으로 올라가서 비딱거리며 마음 놓고 방뇨를 하였다.

별안간 『빠가!』소리가 났다. 돌아보니 나는 운수 사납게 때마침 행순行巡(살피며 돌아다님)하던 일경日警에게 발견된 것이었다. 취중인 채로 선처할, 아니 사태 수습할 궁리가 준비했던 것같이 언뜻 나지를 않았다. 구차스런 변명을 했자 파출소로 끌려가든지 줄잡아 뺨이라도 얻어맞게 된 형세였다.

그렇다고 딱 버티자니 원체 저지른 일이 시원치 못한지라 그러할 용기도 나지 않고 해서 나는 하는 수 없이 궁여일책으로 직립일세直立一勢 2로 한참이나 그 순사를 부릅뜨는 눈으로 들여다보다가 아무 말도 하지 않고 직립해서 급경사 90도로 굴신屈身(몸을 굽힘)을 하고

1 무언극.
2 곧게 서 있는 자세.

있으려니 『고이쓰, 빠가다나―』이 자식 천치로구나― 하며 가 버리는 것이었다.

봉욕逢辱(욕스러운 일을 당함)은 틀림없는 봉욕이나 이런 경우에 이만 정도로 마감이 된 것

은 흔치 않을 것이다. 나는 이야기를 심심할 때면 친구들한테 하였는데 듣는 사람마다

허리를 분지르며 나의 기지를 칭찬하였다.

그런데 이곳에 부기치 않고 지나가기는 어려운 한 삽화가 있다. 이 삽화의 주인공은

고故 일성一星(이관용)으로 군이 《동아일보》 특파원으로 모스크바에 간 일이 있었다. 구주歐洲

(유럽) 유학을 다년多年한 군이었지만 초행인 모스크바에서는 모든 것이 생소하였던지는 몰

라도 이곳저곳 가로街路(길거리) 구경을 다니다가 나처럼 술은 취하지 않았지만 갑작스레

오줌이 마려워 샛골목으로 들어가서 방뇨타가 소련 순경에 붙들렸다. 소련 경관이 영·독

어에 통할 리 없고 이 군 역亦 노어露語(러시아어)를 능해能解(능히 해석함)치 못하는 처지로 그야

말로 구구한 변명을 했자, 통과가 되지 않을 것 같은 판에 불현듯 나한테서 들었던 그 조

은朝銀 전前 묵극黙劇이 생각나서 자기도 그대로 한 번 시험 삼아 하여 보았더니 불통사정

不通私情[3]의 소련 경관 군 군이 경찰서 동행을 강요한 바 이 군은 하는 수 없이 끌려가서

과료(벌금) 10루불인지 20루불인지를 치르고 나와서 혼자서 미친 사람같이 웃었다는

것이다.

3 사사로운 정이 통하지 않음.

71

명예롭지 못한 상흔

내가 양사골(종로 6가)에서 살 때였다. 하루는 우연히 상아탑象牙塔 황석우1 군이 찾아와 서 술을 먹으러 나가자 하였다. 나는 웬일인지 마음이 썩 내키지를 않았다. 갖은 칭탈2 을 다 하였으나 황 군은 내종乃終(나중)에는 노기까지 띠면서 친구가 모처럼 찾아와서 한잔 하자는데 공연한 고집을 피워서 시간을 허비하느냐고 힐문詰問(따지고 물음)하였다.

마침내 나는 하는 수 없이 끌려나갔다. 찾아간 술집은 아서원이었다. 우리는 방으로 들어가 주효酒肴(술과 안주) 주문을 하여 놓았는데, 황 군 돌연히 제의하기를 자기가 동거하는 여자가 북도 잘 치고 노래도 잘 부르니 인력거를 보내어 데려오자 하였다. 그런데 그 동거하는 여자는 그 당시 항간에 소문이 자자하던 문제의 탑골승방僧房 여승이었다.

나는 도의군자는 아니지만 하고많은 기생에 하필 동거하는 여자를 주석酒席에 불러 옴은 만만불가萬萬不可라 반대하였다. 기실 한편으로는 어떻게 생긴 여자일까 궁금증도 났었던 차 황 군은 종내乃終(드디어) 내 말을 듣지 않고 인력거를 보내기에 나는 방임하여

1 시인, 호는 상아탑(1895~1959).
2 뭐라고 탈을 잡아 핑계를 삼음.

72

버렸다.

술이 얼근하였을 무렵 그 문제의 여성은 들어 왔다. 그다지 미모는 아니라 해도 피부빛만은 희고 고왔던 것으로 기억된다. 된 소리 안 된 수작 할 것 없이 오고 가는 술잔과 함께 주고받고 하였다.

그런데 황 군은 진기한 학설인 양 여자 공유 가능론을 주창하였다. 나는 참으로 불쾌하였다.「성性의 공산共産」이란 턱도 없는 이야기 때문이었다. 부질없는 객담 말고 술이나 먹자 하였더니 황 군은 가진 조매적嘲罵的 3 언사로 나의 비진보적 두뇌를 공박攻迫하였다.

나는 참기 어려울 지경에를 이르렀다. 천 번 만 번 빈말로 떠들었자 실제가 제일 아니냐고 나는 옆에서 술을 붓고 있는 그 승녀僧女를 끌어당겨 너 보란 듯이 입을 맞추었다. 이 거동을 가만히 노리고 보던 황 군은 별안간―나도 모르는 사이에―큰 접시를 나의 얼굴 정면을 향하여 던졌다.

딱하고 접시가 내 왼뺨에 와서 부딪치며 산산이 깨졌다. 나는 얼떨김에 엄지손가락을 그 맞은 자리에 대었더니 그 엄지손가락은 입속으로 쑥 들어갔다.「완전한 관통」으로구나 하는 의식은 있었지만 그 다음은 출혈과다로 인사불성이 되어 병원에 실려 가는 것

3 업신여겨 비웃으며 꾸짖듯.

도 몰랐다. 하여간 나는 이리하여 일생에 지우려야 지울 수 없는 상흔을 우협右頰[4] 구변口邊(입 주변)에 입고 말았던 것이다.

4 오른뺨. 본문 내용에는 왼뺨에 접시를 맞은 것으로 되어 있어 표기 오류로 보임.

효가 대행호 孝可代行乎 ? [1]

다소 연대의 현도현도懸倒(뒤바뀐)는 있는 듯하나 패행悖行과 실태 이야기만 하도 해서 필자도 지루하고 독자 역시 지루할 듯 일종의 간주곡 격으로 기분을 돌릴까 하는 나머지 이번에는 미덕이나 미행美行에 가까운 에피소드 하나를 적어 보려 한다. 이 기회에 나라고 해서 어느 때든지 광음난취狂飮亂醉[2]치만은 않는다는 인상을 주어볼까?

위당爲堂(정인보)[3]하면 재학겸비 才學兼備 키로 세상에 널리 알려졌지만 그의 놀라운 효행은 아는 이나 알 것이다. 내 여러 차례 보았지만 위당은 제祭 지낸ㅡ특히 그의 양어머니ㅡ익일翌日에는 다니던 학교(연희전문)에 출강치를 못하였다. 그 당시만도 자기 어머니를 여읜 지 여러 해이건만 제 때마다 하도 섧게 울어서 목이 잠겨 버림이 그 결강의 이유였다.

그와 나는 아소시兒少時부터 알았다. 아소시라야 그것은 나의 아소시일 것이다. 그는 나보다 5세 연상으로 파란 주의周衣(두루마기)를 입고 난데없는 중산모자中山帽子ㅡ당시에는 중산모자가 대유행이었다ㅡ를 쓰고 맹현孟峴 우리 집에를 놀러 오던 것이 그의 20대로, 나는 14,

1 효를 대신 할 수 있으리오?
2 술을 미친 듯이 지나치게 마셔 몹시 취함.
3 한학자이자 교육가·역사가(1893~1950).

5세 때이었을 것이니.

세월이 한참 흘러 나는 그와 양사동에서 수년이나 인접하여 살았고 그가 효자동으로 옮긴 뒤에도 거의 축일상종逐日相從(날마다 어울림)하였다. 그런데 그때 그는 70 넘으신 선대인先大人4을 모시고 지내던 바 제반 시봉侍奉(부모를 모시고 받듦)하는 범절이 놀라웠다.

나 역시 가는 족족 그 노인을 뵈었다. 아드님과는 아주 딴판의 인상을 주는 어른으로 참으로 인후仁厚하시던 어른인 바 이야기가 훨씬 뒷걸음질을 치지만 내가 선친의 심부름으로 그때 사시던 서강댁西江宅에를 가서 뵈온 것이 처음이었다.

우리 같은 젊은 사람에게도 대우가 극진중極鄭重하였다. 술은 좋아하시는데 술벗은 많지 않고 하여 늘 심심해하셨다. 위당의 생각인들 때때로 오죽이나 간절하였으리오만, 그야말로 위자지도爲子之道(자식된 도리)에 늙은 아버지와 술집 다닐 도리는 없었다.

그리하여 언제는 한번 만나니 갑자기 제의하기를, 『여보게 수주, 오늘 우리 아버지 모시고 어느 술집에를 좀 가셔 주게』하였다. 말하자면 나더러 자기 효심을 대행하여 달라는 안타까운 주문이었다.

나는 듣는 말5으로는, 『여보게, 별소리 말게. 어떻게 노인을 뫼시고 다니며 술을 먹는

4 남의 돌아가신 아버지.
5 어떤 일을 한 바로 그때.

단 말인가』하고 거절할 기색도 보였지만 일방으로는 슬그머니 무연撫然[6]한 생각도 나고 해

서 그러마고 쾌락하였다.

자기 아버지를 술집으로 모시고 가는데 위당의 마음도 마음이려니와 노인은 더욱 희색이 만면滿面(얼굴에 가득하다)하여 『수주, 허 수주』를 연발하셨다. 그 아버지나 그 아들이나 물을 것도 없이 즐거웠겠지만 나는 즐거울 리 조금도 없었다. 봉사적 배음陪飮[7]으로 그야 말로 중책 수행인즉 발걸음은 그다지 가볍지를 않았다.

하여간 처음으로 안내한 곳이 유명한 동대문 밖 붕어우물집─어정주점魚井酒店─이었다. 독자는 상상하여 보라. 70 노인과 30 전자前者(앞에 둔 사람)의 대음對飮[8] 광경을. 그때 그 술집에 모여들었던 딴 술꾼들도 의아한 눈으로 우리 편을 부단히들 바라보았다. 참으로 음주 행락이 아니라 나에게는 일종의 고행이었으나 초심스레 술을 먹고 대만열大滿悅[9] 한 노인을 댁까지 모셔다 드리고 집으로 돌아오니 내 오늘 좋은 일을 하였구나 하는 만족감도 불무不無하였다.

그 이래로 나는 그 어른을 수삼차數三次(두서너 차례) 더 모시었는데 그 어느 때는 왕십리

6 명하고 허탈한 상태.
7 웃어른을 모시고 술을 마심.
8 마주 대하고 술을 마심.
9 크게 만족하여 기뻐함.

77

화나무집, 어느 때는 수은동 오동나무집, 될 수 있는 대로 술집을 골고루 안내해서 드렸던 것이다.

* * *

훨씬 몇 해 뒤의 일이다. 나는 술에 반취 정도를 넘어가지고 종로를 혼자서 활보하였다. 그러다가 노상에서 우연히 오래간만에 위당더러 술을 내라고 하지 않았을 것이다. 나 홀로 유쾌한 바람에 어디 가서 한잔하자는 뜻이었다.

주정酒情(술에 관한 사정이나 형편)에는 불통이나, 기지 많은 위당은 이 난국을 간단히 수습하였다. 펑계했자 별무신통일 듯하였는지 선선히 그러자 하고 인력거 두 채를 불러 분승分乘(나누어 탐)하였다. 인력거꾼에게는 무슨 귓속을 하였던지 중도에 정신을 가다듬어 휘돌아보니 위당 탄 인력거는 간데없이 사라지고 나 탄 인력거만이 내 집 있는 방향으로 질주하고 있었다.

『에익, 고현 사람……。』 소리를 치면서 나는 인력거에서 내려 불쾌를 씻기 위하여 어느 주점에 들어가 술을 혼자서 완취完醉되도록 마셨다.

이것이 과거 자기의 효심을 대행하던 친구에 대한 보답이었던지! 정군, 기억하는가?

78

담재淡齋의 관인寬忍 1

담재淡齋(청재원)는 나에게는 스승이오, 동시에 무이 無二(둘도 없음)의 주붕酒朋(술친구)이다. 스승의 내력을 캐자면 이러하다.

그는 14, 5세 때에 도미 하여 펜실베니아에서 상과를 마치고 20 자칫 넘은 약관 때에 귀국하여 종로 기독청년회 영어반 강사로 취임되었는데 그때 나는 그에게 배웠다. 그에게 배운 제자들 중에 얼뜬 생각나는 한두 분만을 들자면 전 한성일보사 주필로 있던 성재誠齋(이 관구)와 기상대장으로 있는 이원철 박사들이다.

영어반을 나오면서는 「사제」 관계는 이미 하직이다. 이래 풍풍우우風風雨雨 3 만나면 이랬지만 오다가다 우연히 만나서가 아니다. 사람을 보내고 인력거ー당시에는 택시가 없었음ー를 보내어 오늘은 무슨 정亭, 내일은 무슨 관館 격으로 1년 365일 거의 하루도 궐闕(빠뜨림)한 적이 없었는데 이런 상태가 십수년을 계속하였으니 그 간 파란은 이루다 적을 길이 없다.

기記, 불가기不可記의 광태 난행이 허다하였던 바 담재 역시 나와 비하여 조금도 손색

1 너그러운 마음으로 참음.
2 「얼른」을 구어적으로 이르는 말.
3 바람이 부나 비가 오나 언제나.

이 없는 실태 기록의 보지자保持者(가진 사람)이다. 나의 이야기만 하는 것도 심심한 일이니

그에게 사후 양해를 구할 차로 자미滋味있는 그의 일화 한둘을 적어 보련다.

한 번은 어느 요정에서 평시 벼르고 벼르던 친구를 언뜻 만났는데 그는 복도 유리창에

있었고 담재는 유리창 안에 서 있었다. 벌써 담재는 대취된 끝이라 유리 같은 엷은 장

벽이 몽롱한 그의 취안에 보일 리 없었다.

「너 이놈 잘 만났다」는 듯이 거권맹격擧拳猛擊[4]을 가하는 바람 유리창은 대파하여 그

파편에 담재만 우완右腕(오른팔)에 심상深傷(깊은 상처)을 입은 일이 있었고 또 한 번은 명월

관一당시 황토현에 양관洋館으로 건축되었었는데 기년 후幾年後(몇 년 뒤)에 화재로 소화燒火(불에 탐)되었

음一2층에서 술을 먹고 있을 때이었다. 해관該館(그 집) 주인 안모安某로 말하면 세소공지世所

共知[5]의 조선 요리계 원로로 유명하려니와 그 거드름스러운 태도도 그만 못지않게 유명하

였다. 그는 안녹산安祿山[6]의 것 같은 툭 내민 배에 장죽을 들고 이 방 저 방을 돌아다니며

손들의 사회적 지위나 연령의 별別(구분)을 보아, 혹 아무 영감, 혹 아무 주사하고, 오늘 요

리는 어떠냐고 묻는 것이 거의 상례였다.

그다지 환영되지 않는 친절 표현에 모두들 유쾌할 리는 없었지만 혹은 신사도로 참고

4 주먹을 들어 세게 침.
5 세상이 알음.
6 (703~757). 중국 당나라 현종 때 무장.

혹은 외상술 먹을 길이 막힐까 봐서 참기도 하였으나 이런 경우에 유난스레 참을성 없

는 담재, 하루는 참다못하여 분연히 안 공을 복도로 끌고 나가서 『요리 장사를 하면 하였

지 주제넘게 배를 내밀고 장죽을 뻗쳐 물고……』 일갈 후 계하階下(계단 아래)로 축락蹴落(발로

차서 떨어뜨림)시킨 일이 있었다.

이런 담재로서도 상상외로 관인성寬忍性이 풍부하여 그런 일면을 발휘한 적이 비일비

재였는데 나에게는 더욱 그러하였다.

하루는 우리 3, 4인이 국일관―역시 화재 전에―에를 갔었다. 때는 성하盛夏(한여름)로

우리는 가는 길로 2층으로 올라가 통풍 잘 되는 방을 치우게 한 다음 창호를 대개大開(크

게 열다)하고 술 먹기를 시작하였다.

술을 얼마 마셨는지 나는 술이 너무도 취하여 잠시 쉬려고 목침을 베고 누워 자 버렸

다. 얼마 만인지는 모르지만 갑자기 안면에 격돌을 느꼈다. 정신을 차려 보니 담재가 나

의 얼굴을 힘껏 걷어차댔던 것이다. 전후 사유를 따져 볼 겨를도 없이 나는 자리에서 벌

떡 일어나는 길로 창외窓外(창 밖)로 그를 집어 던졌다. 그때만 하여도 나는 체력이 상당하

였고 담재는 유난히도 체중이 가벼워서 이런 엄청난 곡예를 연출하였던 바, 천우신조하

여 창외로 투출投出(아무렇게나 던짐)된 담재는 첨하檐下(처마의 아래) 끝 홈통에 대롱대롱 매달

려 보이들의 협력으로 간신히 끌어올렸다. 그러는 통에 담재는 팔에 깊은 상처를 당하여

병원으로 가느냐 무엇하느냐고 그날은 참으로 살풍경殺風景으로 헤어지었다.

그 익조翌朝 나는 술이 깨어 작일昨日(어제)의 소행, 아니 만행을 생각하니 통회痛悔(몹시

뉘우침)의 염송을 누를 길이 없었다. 사과를 하려도 그러할 용기가 없었다. 그야말로 천사

만려 끝에 전동典洞 어느 조그만 음식점-우춘관으로 기억됨-으로 가서 보이를 그의 집으로 파

송派送하여 부상이 과히 심하지 않으면 잠시 와 달라는 간청이었다.

보이를 보내 놓고도 나의 마음은 불안만 하였다. 아무리 취중 일이라 하고, 아무리 무

관無關한 사이란대도 그러한 살인적 폭행을 당하고 올 것 같지를 아니하였다. 그러나 부르

러 간 지 한 시간도 못 되어 담재는 부상한 팔을 붕대로 감아 어깨에 메고 왔는데 방 안

에 들어서기도 전에 자꾸만 웃는 것이 아닌가?

막상 온대도 노기등등하여 오려니 하였던 나의 기대는 일종「유쾌한 실망」으로 변하

였다. 사과하기에는 너무도 싱거울 지경이었다. 내가 무어라 입을 벌리기 전에 도리어

변명의 말을 늘어놓았다. 그 전날 나의 얼굴을 찬 것은 본의가 아니었고, 왜 술을 먹지

않고 누워 자느냐고 경동警動7시키려 목침을 찬다는 것이 취여醉餘(취한 나머지) 조준 맞지 않

아 그리되었다는 것이다.

7 깨우쳐 단속하고 격려함.

인촌仁村의 인자성仁慈性

몇 해 뒤의 일이지만 나는 한때 사동寺洞 계명구락부에 있던 조선어편찬회[1]의 일원 노릇을 한 적이 있었다. 하루는 그날의 임무를 필畢하고 앉아 노라니 인촌仁村[2]이 들렀었다.

수삼인數三人이 둘러앉아 한담 끝에 인촌이 술 한턱을 내겠다고 해서 우리는 다동인지 서린동인지에 있는 모 주점으로 갔었는데 일행은 도합 3인으로 그중 한 분은 현대법관으로 있는 심농心農(김찬영金讚泳)이었다. 그는 원체 기억력이 남달리 좋은 분이니 그때 일을 필자 이상으로 잊지 않고 있을지도 모르겠다.

술이 벌어져 한참 먹는 판 어떻게 된 셈인지─전연 기억이 없다─설거설래說去說來[3] 끝에 나는 맥주 한 잔을 들어 인촌에게 끼었었다.

인촌은 『이 자식이 친구를 때리면 때리고, 욕을 하려면 욕을 하지 왜 술을 끼었느냐?』고 하였다. 나는 『그러면 어떠냐』고 또 한 잔을 끼었었다. 아는 사람은 다 알다시피 인촌은 말하자면 팩한[4] 성격으로 그 이상 더 참을 리 없었다.

1 1929년 조선어학회가 중심이 되어 만든 조선어사전편찬회를 가리키는 듯.

2 일제시대 언론인·교육자·사업가였던 김성수(1891~1955)의 호. 《동아일보》와 고려대학교를 세웠다.

3 시비를 따지느라 말로 옥신각신함.

4 성질이 몹시 좁고도 꼬여 걸핏하면 성을 잘 내다.

그는 걸에 있던 맥주병을 들어 부지불각不知不覺 중 나의 전액前額(앞이마)을 맹타하였

다. 급습을 당한 나는 일어서는 길로 상에 놓였던 신선로를 들어 반격을 하였다. 천만다

행으로 그 내던진 신선로는 표적에 명중되지 않았다. 명중되었더라면 그 결과 여하는 누

구나 상상키 무난할 것이다.

하여何如 하였든 인촌은 나의 얼굴에서 흘러내리는 피를 보더니 나의 소행 여부를 따

질 새도 없이 결으로 달려들어 나를 꺼안고 흐느끼며 하는 말이 『내가 너한테 피를 흘리

게 하였으니 이린 일, 이런 꼴도 있느냐?』하는 것이었다. 나는 두말할 나위도 없이 그의

순정일지 인자인지 모르는 채로 「아름다운 성격의 소유자」임을 가슴 깊이 느꼈다. 그리하

여 나는 무수히 나의 비행과 불민不敏(재빠르지 못함)을 도리어 말하였다. 그리고는 보이를 불

러 지혈시킬 약품과 붕대를 들여오라 하여 응급치료를 하고 나서는 별로 화해할 것까지

는 없지만 날이 새도록 그야말로 호음豪飮, 쾌음하고 헤어졌다.

칙참하행호 勅參何行乎? [1]

하도 난무류亂無類[2]하게 마시고, 돌아다니는 판이라 연대 징연하게 일지식으로 쓸 수는 없다. 이 역시 전항前項과 같이 계명구락부에 관련된 일이니 연대의 선후를 따질 것 없이 한묵(한 번에 모두) 정리 격으로 적어보려 한다.

나는 어느 날 술이 반취는 되어 상기 계명구락부 밑층에 있던 「비너스」 바에서 맥주 2, 3병을 마시고 2층인 구락부로 올라갔더니 한편에서는 당구, 한편에서는 장기, 또 한편에서는 바둑으로 법석거렸다. 이, 저것에 등한한 나로서는 구락부 일우一隅(한쪽 구석)에 앉아 있다가 문득 어느 한구석을 바라보니 그번[3] 반민법反民法[4]에 걸린 최린과 고故 박승빈 씨가 바둑을 두고 있었다.

나는 난데없이 무슨 내 체모에나마 어그러지는 객기로인지 쭈르르 건너가서 한참 열중히 두던 바둑판을 쓸어 버렸다. 물을 것도 없이 시비는 단단히 벌어졌다. 최, 박 양인은 교교交交하여 나의 비행을 자못 기세 있게 힐난하였다. 남이 두는 바둑판을 휩쓸어 버

---

1 「칙참」은, 칙임참의의 줄임말. 일제강점기 때 충주원에 속한 벼슬. 「하행호는 어찌 행하리오란 뜻.

2 비할 데 없이 난잡함.

3 「지난 번」의 방언.

4 반민족행위처벌법. 일제시대 민족 배반행위를 했던 친일파를 처벌하기 위해 해방 후 만든 법.

85

림이 무슨 온당치 않은 행세이냐고.

일이 이에 이름에 나는 나대로의 참을성이 없어 최에게 『너 이놈, 네가 내 행세 말을 하니 네 행세는 도대체 무슨 행세이냐? 네 요량料量(잘 헤아려 생각함)에는 칙임참의 칙임勅任 參議쯤 하면 온당한 줄 아느냐?』하면서 어느덧 이야기는 과거로 옮아가서 자치운동 하던 내력과, 소위 「시중회時中會」[5] 설립 등등으로 설법이 시작되었다. 그러자니 구락부 내는 아연俄然(매우 갑작스럽게) 소연騷然(시끄럽고 어수선함)이랄까 숙연肅然(조심스럽고 엄숙함)이랄까 긴장 일색으로 그곳에 회집會集하였던(모여 있던) 모든 사람들은 이구동성으로 취담辭談(?) 너무 말고 가라고 권고를 지나서 강요하였다. 그때만 하여도 칙참勅參이니 자치를 운위云謂(일러 말함)함은 불출구외不出口外[6]에 그야말로 생명 떼어 놓은 방언放言(함부로 하는 말)이었다.

되풀이 같지만 여러 사람들은 제발 나더러 진정하고 집으로 돌아 가라고 강권을 한 바 그 강권을 하던 여러 사람 중에는 필연코 두 「진영」이 있었으리라. 말하자면 척, 박 양인은 당시 그 구락부의 군림적 존재들로서, 나의 취담인지 방언이 그네들의 존엄을 그 이상으로 손상시킬까 기우杞憂하던 일파와 「저 사람이 저런 수작을 하다가 무슨 봉변을 하려노」하고 참으로 나의 신변 생각을 하던 축이었을 것이다.

5 중추원 참의이던 최린 등이 1934년 결성한 친일단체.

6 입 밖으로 내지 아니함.

나는 귀가 취침 후 그 익일 하루 내내 경찰서 호출을 기다렸다. 그러나 감감히 아무 소식이 없었다. 식은 재 ― 사회死灰 ― 속에도 불씨가 남았던가? 밀고나 전화 한마디면 나는 일경日警에 끌려가서 갖은 고초를 치렀을 것이다.

『오이가, 난다』[1]

어느 날 나는 술이 얼근해서 종로에 있는 어느 바ー낙원회관이었던 듯ー에를 혼자서 들렀다.

어느 구석에서인지 수주, 수주하고 부르기에 소리 나는 곳을 바라보니 부르는 사람은 하몽何夢(이상협)[2]이었다. 그는 누구인지 나는 모를 어느 딴 사람과 대작 중 나를 보고서는 합석하자는 의사였다.

나는 주저치 아니하고 가서 동석하였다. 하몽은 같이 먹던 사람을 나에게 정중히 소개한 바 그는 그 당시 성대成大 교수로 있는 다전多田(라다) 모라는 일인日人이었다. 주배간酒杯間(술잔 사이로) 무슨 소리가 오고 갔든 그거야 이곳에 상설詳說(자세히 말함)할 필요가 있나. 결과만 이야기하자면 나는 그 다전에게 일대 만용을 발휘하였다. 그를 모처럼 소개한 사람은 무던히도 당황하여 하였다.

이러고저러고 나는 불쾌한 주석을 떠나 거리로 나와 종로 네거리를 지나려 할 즈음 이번에는 난데없는 『오이, 오이』 소리가 났다. 처음에는 나 부르는 소리는 아니겠지 자위

1 「이봐가 뭐야」란 뜻의 일본말.

2 언론인이자 소설가(1893~1957). 《동아일보》 편집국장을 지냄.

하고 걸음을 계속하자면 『오이, 오이』하는 소리는 그치지를 아니하였다. 사위를 둘러보니 때는 이미 늦어 행인이 그친 판이라 그 『오이, 오이』는 틀림없이 나를 부르는 소리였다.

조금 전에 불쾌하게 술집을 나온지라 그 소리 듣던 그 순간 나는 어찌도 격앙했던지 쏜살같이 길을 횡단하여 가지고는 다짜고짜로 『오이가, 난다』하며 나를 부르던 그 궐공厥公[3]을 무수 난타하였다. 장소는 종로경찰서이고 부르던 자는 파수 순사였다.

나에게 구타당한 순사의 응원 청하는 바람에 경찰서 내 숙직하던 딴 경관들이 와르르 몰려나와 나를 항쇄족쇄項鎖足鎖[4] 뭉뚱그려 어디로인지 끌고 들어갔다. 참으로 중과부적이었는데 얼마 만인지 정신을 차리고 둘러보니 아무리 하여도 집은 아닌데 어딘지 얼뜬 생각나지 않았다.

그런데 내가 누워 있던 자리는 참으로 딱딱하였다. 이것이 도대체 웬 셈일꼬, 어리둥절하고 있던 판에 문이 열리며 일위 순공巡公(순경)이 들어와서 그다지 공손치 않은 아침―아침임을 짐작하였다―인사를 하였다. 퉁명스러운 구조口調로 『여기가 어디인지 아느냐』고 나에게 물었다. 나는 짐작치 못하겠다 대답하였다. 그랬더니 그 순사공巡查公 계속하여 문기를 지난밤의 행사를 기억하느냐 하였다. 나는 도무지 어떻게 된 까닭을 모른다고 시

---

3 「그 사람」을 낮추어 부르는 말.

4 죄인 목에 채우는 칼과 발에 채우는 차꼬를 함께 이르는 말.

치미를 뗐다.

참을성 적은 그 순사의 설명을 들으니 내가 누웠던 그 딱딱한 침대는 바로 서장─총로경찰서─의 책상이오, 위하威嚇(힘으로 으르고 협박함)의 말인지는 몰라도 나에게 구타당한 순사는 부상이 심하여 입원하였다는 것이다. 일이 이에 이르고 보니 나로서도 맹랑치 않을 수가 없었다.

가만히 생각한 나머지 나는 그 순사에게 서장실에 취침케 한 호의랄까 후의를 다사多謝(깊이 감사함)한 다음 유치장을 자원하였다. 이 같은 의외의 제의에 순사도 적이 놀라왜 유치장 들어가기를 바라느냐 하였다. 나는 내가 저지른 일이 무사히는 나가기는 어렵게 되었고 조금 있으면 각 신문사 출입기자들이 몰려들 것인데 그네들 눈에 띄기가 싫다는 이유로 나는 유치장을 고집한 바 그 순사는 제 자의로는 할 수 없고 얼마 기다리면 서장이 들어올 것이니 그때에 어떻게든지 하라 하였다.

사실 얼마 동안인지 기다리고 있으려니 체구 비만한 경관 하나가 위풍 있게 들어왔다. 물론 그 순사 그에게 최경례를 하였다. 「아, 이 사람이 서장이로구나」 나는 직각直覺(바로 깨달다)하였다. 나를 힐끗 보더니 시립侍立(곁에 서다)한 순사에게 『고이쓰까?』5 하며 착석하더니 나에게 성명과 주소와 직업을 물었다. 나는 최대한으로 완곡하게 답을 한 나머

5 「이놈은?」이란 뜻의 일본말.

90

지 거짓말까지 한마디 보태었다. 나는 원래 술을 못 먹는데 어쩌다가 그렇게 과취(過醉술)따위에 지나치게 취함)하여 가지고 실수하였노라고.

말말끝(이런 말 저런 말 하던 끝)에 서장은 태도와 어조를 일변하여 가지고 돌연히 나더러 아무개하고 어떻게 되느냐고 하기에 어떻게 된다고 하였더니 그거 무슨 일로 점잖은 신분으로 술이 취하여 순사를 구타하였단 말이냐 하며 창피한 일이니 어서 나가라고 하였다. 특대(特待특별한 대우)였다.

동대문경찰서

훨씬 몇 해 뒤의 일이지만 기왕 경찰서 이야기가 난 김이니 거기에 일괄시켜 이번에는 동대문경찰서 인야一夜(하룻밤) 수난기를 적어보자.

하루는 신문사ー《동아일보》ー에 앉아 있노라니까 당시 선천宣川지국장으로 있던 이영학 군이 찾아와서 자기가 선천서 휴래携來(가지고 오다)한 좋은 술이 있으니 사무 필한 뒤에 금계錦溪(박찬희)하고 자기 숙소인 광화문 호텔로 오라 하였다. 여담 같지만 한마디하여 둘 것은 이 이 군으로 말하면 금계나 나같이 상음가常飮家(술 마시는 사람)는 아니고 「선 보름후 보름」식 간헐적 음벽飮癖(술버릇)이 있었는데 마실 때는 우리들이 따르지 못할 정도의 호음객으로 밤을 새워 마셔도 몇 잔 몇 병을 일일이 기억하는 정신 절륜한 기남아이란 것이다.

약속대로 금계와 나는 석양머리1에 광화문 호텔을 찾아갔다. 물을 것도 없이 3인이 정좌鼎坐2한 다음 시작이 술이었다. 권커니 잣거니 서로 호쾌하게 마시고 나오는데 이군은 주인ー일녀日女ー을 불러 자동차로 나를 집까지 모시되 자동차 요금은 여관 셈에 넣고

1 석양이 비치기 시작하는 바로 그 무렵.

2 솥발처럼 세 사람이 삼각형으로 벌려 앉음.

아예 가서 요금을 받지 말도록 신신당부를 하였다.

그런데 내가 그때 혜화동 초입에서 살았으니 그 광화문 호텔에서 내 집까지를 아무리 느린 차라도 20분도 아니 걸렸을 것이다. 집 문 앞에 당도하여 차에서 내리니 운전수는 난데없이 요금을 달라는 것이었다. 요금은 광화문 호텔에서 지불할 것이니 나에게는 청구치 말라고 하였으나 고집불통 자꾸만 요금을 달라는 것이었다.

그때만 하여도 요금이라야 그만 거리에 불과 1、2원 하던 차라 돈이 많거나 없어서가 아니라 그 운전수의 태도가 하도 불쾌하여 아니 주기로 결심한 바 내려거니 안 낸다거니 자연히 시비가 벌어져다. 길모퉁이에 있는 파출소 순사가 뛰어와서 시비의 곡절을 묻기에 나는 전후 사유를 설명하여 주었다.

그러면 그 순사는 의당 운전수를 돌려보내야 하였을 것이 아닌가? 그럼에도 불구하고 순사 역시 나더러 요금 지불을 하라고 강요하였다. 그리하여 나는 그 순사에게 나의 말―광화문 호텔에서 지불한다는―이 미심未審(일이 확실치 않아 마음이 놓이지 않음)커든 곧 그곳으로 전화를 걸어보면 알 것이 아니냐 하였다.

나는 격분한 나머지 그 순사에게 『너는 아예 경관 자격이 없는 놈이다. 그 복장은 어디서 훔쳐 입었느냐?』고 일갈을 하고 뺨을 한껏 갈겼다. 이놈, 경관에게 폭행을 한다고 파출소에 있던 다른 순사들의 응원을 청하여 나를 내가 타고 간 바로 그 자동차에 실어 가지고 동대문경찰서로 압송하였다.

동대문경찰서에서 나를 취조하던 놈의 불손무례가 아니라 잔학스러운 그 태도에 나는 더욱 격분하여 옆에 놓여 있던 석탄 상자를 들어서 메어치는 바람 비산飛散(흩어져 날린)하는 석탄 덩어리에 맞아 창유리가 한두 쪽이 깨어질 뿐 그 이상의 피해는 입힐 방도가 없었다.

그들은 나를 마구잡이로 끌어다가 유치장에 집어넣었다. 그런데 어찌 된 셈인지 내가 들어간 유치장 내에는 아무도 없어 나의 독방으로 되었다. 이윽고 간수는 모포 둘을 갖다가 떨어뜨려 주며 긴밀緊치 않은 친절한 설명으로 하나는 깔고 하나는 덮고 자라 하였다. 내 아무리 너희들 힘에 못 이겨 이런 곳에를 들어오기는 하였으나 잘 까닭이 없다 하고 그 떨어뜨려 준 모포들을 차곡차곡 개어 유치장 한 모퉁이에 가지고 가서 마음껏 방뇨를 하였다. 나는 밤새도록 뒷짐을 지고 유치장 내를 거닐었다. 악이 극도로 바쳐 의자로 피곤한 줄도 모르겠더라.

그 익일 거의 정오경이나 되어서 나는 2층 고등계로 불려갔다. 나는 즉시 고등계 주임의 취조를 받게 되었는데 그때 그 고등계 주임인즉 삼륜三輪(미와)에게 대비될 만큼 악랄키로 유명하던 고촌高村(다카무라)이었다.

그런데 이곳에서는 상설詳說(자세한 설명)을 피하지만 고촌이는 내가 누구인지를 잘 알 만한 불행 중 다행의 인연이 있었다─독자는 오해치 말라─. 나를 바라보더니 앉으라고 자리를 권하고는 직업상의 설명을 그야말로 순순연諄諄然히(타이르듯이) 하는 것이었다.

『어젯밤 당신의 저지른 일로 말하면 한 달쯤 고생시키는 것은 문제도 아니오. 첫째로 경관에게 폭행한 것, 둘째로 집물什物(갖가지 세간이나 그릇, 연장)을 파쇄한 것, 셋째로 침구를 오손汚損(더럽히고 손상함)시킨 데다가 이 주간週間이 어떤 주간인지는 거리에 포스터만 보아도 알았을 것이오. 국민정신 작흥作興(정신을 단번에 일어나게 함) 주간으로 이 주간은 특히 금주 여행勵行(행하기를 장려함)을 하자는 판에 도리어…… 나가긴 나가되 파쇄된 유리창 두 쪽 값과 모포 세탁료나 내고 가시오』하는 것이다.

나는 마침 수중에 가진 것이 없으니 후일 틈 있는 대로 보내주마 하고 그 경찰서를 나오는데 나는 내내 그 지불 약속을 이행치 않았다. 아무리 일경日警이기로서니 내 신사도에 어그러진 일이 아닌가 생각하고 혼자서 웃은 일이 종종 있었다.

오호, 석봉石峰이여

『향연香煙(담배)、연음嚥飮(술)、연정戀情(계집) 그러다간 인생이란 한줌 재 되고 만다』.

이것은 하도 유명한 이태리伊太利(이탈리아) 어느 무명 시인의 시구이고,

『수하樹下(나무 아래)에 일권一卷 시서詩書、일준주一遵酒(한 잔 술)、면포麵鮑[1] 한 덩이、그리고 그대 내 곁에서 노래 부르면 오오! 이 황야도 곧 극락되리!』

이것은 너무도 유명한 파사波斯(페르시아) 시인 오마르 하이얌[2]의 유명 시구인 바、두 시구가 명시구임엔 틀림없으나 불만인 점은 이태리 시인은 술을 담배의 차위次位(다음 자리)에 놓은 것과、파사 시인은 술을 시의 하급으로 돌린 것이다. 둘이 다 주도에는 「정통」이 아닌가 한다.

물을 것도 없이 우리、생사를 술에 바치다시피 한 우리는 주색지도酒色之徒(주색에 빠진 무리)요 주식지배酒食之輩라면 이었겠지、결코 색주지당色酒之堂이거나 식주지파食酒之派는 아닌 것이다. 무엇보다 일 왈一曰(한편으로 일러 말하기를) 술、술의 우위를 절대로 저락低落(낮게 떨어짐)시킬 수 없는 것이다.

---

1 「빵」의 이전 말.
2 페르시아의 수학자 · 철학자 · 시인(1048~1131). 시집 《루바이야트》를 남겼다.

그런데 이 「주교酒教」의 대제사大祭司 격은 나 알기만도 이루 헤이기 어려운 중 고故 석

봉石峰(윤홍열)이야말로 틀림없이 찬연한 존재였다. 석봉과 나는, 이러구러 30여 년 친교

를 맺어 내려왔는데 그 장구한 세월에 경성이면 경성, 대구ー석봉의 생지生地ー면

대구서 만나서 일차도 거저 헤어져 본 적이 없다.

수중에 있는 게 한이오, 없다면 그야말로 전의고주典衣沽酒3는커녕 그 이상의 무리를

하여서라도 기어이 마시고, 마시고는 취하고 말았다. 만나서 술을 열 차례 마신다면 8、

9차는 석봉이 내었다. 그는 늠연凜然(위엄이 있고 당당한)한 풍채와 뇌락불기磊落不羈4의 기상

과 유유불박悠悠不迫5하는 태도의 소유자로 매사에 애체礙滯(걸리어 막힘)ー노력도 많이 섞였지

만ー를 몰랐다.

그 일사逸事(숨겨진 사실)의 일례를 들면 언젠가 한번은 3、5 우인友人과 작반作伴(길동무

삼음)하여 동대문 외를 산책하다가 우연히 도중에서 석봉과 마주쳤는데 눈치를 보니 우

리 일행의 낭락囊橐(주머니와 전대)은 일공一空(텅 비어 있음), 속수무ー책 서로 맥맥脈脈6 상간相看7

하고 있으려니 석봉이 결연히 나만 따르라고 선봉을 서서 일차도 거래하여 본 적이 없는

3 옷을 전당잡혀 술을 삼.
4 마음이 너그럽고 작은 일에 얽매이지 않음.
5 침착하고 태연하여 서둘지 않음.
6 대처할 방법이 생각나지 않아 답답함.
7 서로 바라봄.

어느 주점으로 들어간 것이었다.

우리는 국척跼蹐[8]만 할 뿐 아니라 내심 자못 불안하였다. 들어서던 말(바로 그때) 석봉은 그 헌앙한 태도와 석봉 독특의 표정으로 주파 酒婆(술 파는 늙은 여자)를 불들고,

『나는 제기동 모처에 사는 사람인데 이 부근에를 왔다가 노상에서 우연히 좋은 친구 몇 분을 만나 사태는 꼭 술을 몇 순배 해야 할 참 마침 수중에 소존所存(남아 있는 것)이 없으니 초면에 미안은 하나 외상을 줄 수 없는가? 줄 수 있다면 수일 내로 신실信實히 갖다 가 갚으마』고 서슴지 않고 제의를 하였다.

주파는 일행의 의표衣表(옷차림)를 보거나 늠름연凜凜然한 석봉 태도에 아무리 보아도 술 몇 순배 값 떼일 자리는 같아 보이지 않았는지 선선히 쾌락을 하여 군색窘塞(딱하고 옹색함)을 피하였는데, 이러한 기습적 외상술을 전후하여 가졌던 것이다.

이번에는 장소를 대구로 옮기어 난행의 한 토막을 적어 보기로 하자.

나는 석봉을 만나는 길로 낮부터 술을 시작하여 전전하여 가며 마시다가 석양머리에는 동암東庵(서상일)과 양대경 씨―당시 변호사로 음주의 지성至聖(지극히 뛰어난 성인) 소리를 듣던―를 만나서 그 당시 대구서 일류 요정인 식도원으로 가서 기생 수인을 불러 가지고 환담, 쾌소, 호음을 하였다.

8 황송하여 몸을 굽힘.

98

그런데 불려온 기생 중의 하나는 녹주綠珠―그렇게 기억된다―이었는데, 주酒 본위가 아

닌 동암은 거동이랄까 행색이 좀 수상하여 틈틈이 녹주와 남남사어喃喃私語9를 주고받고

하다가 시간은 얼마 되었던지는 잘 기억치 못하나 얼마간 좌석을 둘러보니 동암이 온

데 간데없었다. 보이를 불러 물어보니 먼저 갔다는 것이었다.

그런지 얼마 아니 되어 갑작스레 녹주는 배를 쥐어뜯으며 몸이 괴로워 집에를 가야

겠다는 것이었다. 낌새를 우리는 역연히 알아차렸지만 사실의지차事實矣至此10한 판 군이

붙들고 싶지도 않아 못 이기는 체 보내 버렸다.

물을 것 없이 주흥은 다소 감쇄되었다. 그리하여 나는 취중 짓궂은 생각으로 석봉에

게 『여사如斯히(이렇게) 주국제도酒國制度를 어지럽힌 이단적 남녀는 징치懲治(징계하여 다스림)

할 필요가 있으니 군의 생각은 어떠냐?』고 하였더니 시인 의사 동격意思同格으로 절대 찬

의를 표하였다. 그리하여 우리―석봉과 나―는 취보醉步 난만亂慢(어지럽고 느림)하게 녹주 집을

찾아가서 질러놓은 빗장을 비틀어 열고 쳐들어가 녹주 자는 방으로 돌입하였다.

꺼놓은 불을 다시 붙이고 휘둘러보니 일견 우리의 예료豫料(미리 헤아려 짐작함)와는 어

굿나는 듯하였다. 까닭인즉 한 베개에 머리 둘이 있어야 옳은 귀결인 터인데 이불 밖으

10 사실이 이에 이르다.

9 자기들끼리 정답게 주고받는 이야기.

로 노출된 것은 녹주 1인의 머리뿐으로 곤한 잠을 자는 척 하였다. 일이 이에 이르매 우

리는 「……부지처 지재차 금중不知處只在此衾中」[11]이러한 악희惡戲(못된 장난) 일념에 사로잡혀

서로 눈짓을 하여 가지고 이불을 획 벗겼다.

꿈틀꿈틀 다소 반항은 있었으나 이런 경우에는 언제든지 수세는 불리한 법이었다.

이불을 벗기고 보니 머리는 하나이더니 기실 몸은 둘이었다! 한편은 무색하고 당황도

하였지만 이편은 『아뿔싸 장난이 지나쳤구나』하며 이 이상 감몽酣夢(달콤한 꿈) 방해의 의

사 없음을 선포하고 부랴부랴 녹주 집을 튀어나왔다.

다른 밤도 아니고 바로 그 밤이었다. 우리는 우리 악회의 보응으로인지 단단한 봉변을

그 밤에 하였다.

우리는 손에 손을 맞잡고 비틀거림을 치면서 석봉 댁을 향하여 가던 판인데 어느 골

목 어느 문전에를 당도하자 『이것이 대구의 유명한 기가妓家(기생집)이니 들어가서 보자』고

석봉이 돌연 제의하였다. 나는 원래 대구에 서투르고 석봉은 그곳 생장生長(태어나고 자람)이

니 어련하랴 턱 믿고 들어서서 아무개, 아무개 없느냐고 외쳤다. 천만 의외로 기가妓家가

아니고 여염閭閻 양가良家로 매복이나 하였던 것처럼 4、5인의 청장년이 우르르 몰려나

11 어디 있는지 모르나 다만 이 이불 속에 있다.

와 『어느 놈들이 야반에 남의 집을 무단히 틈입闖入하여 가지고 야료[12]를 빼는 거냐』하며

격지타지擊之打之[13]를 개시하였다.

우리는 무수히 일이 그릇됨을 변명하였으나 피방彼方(저쪽 편)의 치열한 투지는 꺾을

길이 없던 차, 지옥 활불活佛같이 때마침 지나가던 정해운 군의 요령 있는 거중조정居中調

整으로 대화大禍는 근면僅免(겨우 모면함)하였다. 슬프다, 한 걸음 앞서 간 석봉이여 혹여 구원

九原(저승)에도 주사酒肆(술집)가 있는가 알고 싶구나.

금주패禁酒牌와 금주 단행론

술 먹지 않는 사람으로서는 술의 해害를 그다지 절실히 느껴본 일이 없을 것이다. 객관적이기 때문이다. 술과 인연 없는 사람으로서는 술의 폐弊를 그토록 통심痛甚[1]하게는 깨닫들 못할 것이다. 그 역亦 객관적이기 때문이다. 술 먹는 사람만이 술의 해와 폐를 참으로 가슴 쓰리게 느끼고 깨닫게 되는 때문이다.

술 깨인 뒤에 치르고 겪는 그 고통은, 그 비참은 필설로 표현할 길이 없다. 때때로 자살까지도 염念마음에 두어 본 적이 한두 번 아니었다. 방언할 수 있는 광태쯤은 「통과성」이 있는 수도 있지만, 제아무리 솔직하고 대담타라도 차마 구외불출口外不出의 취한醉漢 특유의 「남모르는 은미隱微[2]한 실행」은 언제든지 회오悔悟(잘못을 뉘우쳐 깨달음)의 씨가 되는 것이다. 허물이란 크다고 말하기 어려운 것이 아니고 적은 것이라 하여 으레껏 다 말하기 쉬운 것은 절대로 아니다.

루소의 《참회록》이 얼마나 그의 허위 없이 진실한 생활기록인지 아예부터 의문시되지마는 누구나의 음주 일지─그런 것이 있다면─나 고백에서는 그만 못지않은 누락이 필시

1 매우 아픔.
2 숨겨져서 드러나지 않음.

102

必是(반드시) 있으리라고 나는 생각한다.

이러저러한 이유 ─ 말할 수 있고 없고 ─ 로 나는 풍풍우우설설風風雨雨雪雪[3] 중 그다지도 기승스럽게 줄기차게 술을 먹으면서도 1년 365일 술 끊음을 결심을 하지 않는 아침이 없었다. 그러나 슬픈 일은 그 결심을 실행으로 옮기는 저녁이나 밤도 없음이었다! 그야말로 그 식이 장식이었다.

불란서佛蘭西(프랑스)의 유명한 시인, 폴 베르렌은 일생을 주사酒肆와 성당 사이에서 보내었다 한다. 취하자니 술집에를 아니 갈 수 없고 따라 취후醉後에는 참회나 정죄淨罪(죄를 씻음) 차로 성당에를 아니 갈 수 또한 없었던 것이다. 그런데 나는 베르렌 같은 천부天賦의 시골詩骨(시인 기질)은 타고나지 못한 채 주점, 교회 사이를 일과 삼아 왕복하는 19세기 데카당식의 약지박행자弱志薄行者[4]는 아니다. 여하한 고통이 나에게 있고 남들이 나에게 무슨 말을 하든지 총불관總不關(모든 것에 관계하지 않음)하고 음주 행각을 십수 년 계속하였다.

그러나 역여시亦如是 나의 내심은 늘 불안하였다. 날로, 달로 늘고 쌓이는 마음의 고민은 참으로 억제할 길 없었다. 『어허, 이래서는 아니 되겠다. 나는 단연 금주를 해야 하겠다』고 하루는 비장한 결의를 하였다.

3 바람이 부나 비가 오나 눈이 오나. 때를 가리지 않고.

4 의지가 약하고 행동이 가벼운 사람.

결의는 하여 놓았으니 실행이 참으로 문제였다. 무엇보다도 술친구를 만나서 일일이
변명하는 것도 딱한 일의 하나였다. 나는 천사만려 끝에 구차스러운 채 일안一案(한 가지

생각)을 내어가지고 집에서 나오는 길로 종로 신태화은방申泰和銀房ー화신和信 전신前身ー으로
직행하여 큼직한 은패 하나를 만들라 부탁한 바 일면一面(한 쪽 면)에는 국문으로 「금주」、
타면他面(다른 면)에는 한자로 「禁酒」라는 파란5을 씌겨지지 않게、패어지지 않게 놓으라 하
였다. 물을 것 없이 초급超急의 주문으로 나는 그 익일 전기 은방銀房으로 가서 그 패를 찾
아가지고 긴 검은 줄ー당시 유행하던 만년필용의ー로 꼬아 구교 신부의 십자가같이 목에 걸고
거리로 나왔다.

마음이 한결 가라앉는 듯하였다. 그 은패가 나에게는 일종의 호신부 역할을 할 듯하
였기 때문으로. 그제부터는 문자 그대로 일적불음一滴不飮、어느 주석이나 회석會席에를 나
아가면 제일차 사무가 탁상에 그 패를 내어놓아 뇌고牢固6한 불음不飮의 결의를 표함이었
다. 그러던 중 나의 수난은 일필난기一筆難記7로 술에 대한 유혹이려니와 『술 먹는
자가 술 먹지 않고 이게 무슨 못난 수작이냐』고 술 세례를 받은 적도 한두 번이 아니었고
그 패를 탈취당할 뻔한 것도 그 또한 한두 차례가 아니었다.

5 유리질의 유약.
6 의지 따위가 굳셈.
7 간단히 적기 어려움.

하여간 나는 이와 같이 악전고투 기년간幾年間(몇 년 동안)을 금주 속행속行을 하였는데 그러는 동안에 나에게는 가지가지 불명예로운 비난성이 들려왔다. 혹왈或曰, 『금주패는 무슨 놈의 금주패야, 개패이지』 혹운或云 『개가 똥을 끊지, 그자가 술을 끊다니 거짓말이다』 등등으로 종시終是 나의 금주를 의아히들 여기었다.

그러나 그것은 턱도 없는 오해였다. 상식적으로 보더라도 세상에는 가금주假禁酒(거짓 금주)가 있을 리 만무한 중 밀주는 도처유지到處有之[8]지만 나의 주량으로서는 밀음密飮(몰래 마심)은 절대 불가능사不可能事(가능하지 않은 일)이었다. 가사假使(혹시) 가능하다 하기로니 내 갑작스레 무엇에 구애되고 누구에게 얌전히 보이려고 그랬더란 말인가. 나의 성정이나 기질을 전연 이해치 못하는 그야말로 이오지심以吾之心[9] 탁타인지심度他人之心[10]하는 도배들의 오해였음을 다시금 한번 더 증언하고 「금주심」항은, 우선 이만으로, 이왕 금주 논란이 난 판이니 연대의 거리는 있는 채로 일종 정리식으로 이제부터는 「금주 단행론」항으로 들어가 보자.

8 어디에나 있음.
9 자기 마음으로.
10 남의 마음을 헤아리다.

105

***

한동안 도하都下 각 신문에 「탈당」 광고나 성명서가 뻔질나게 계속되는데 탈당까지에 이르는 경로에는 무한한 고통이 반수伴隨(짝이 되어 함께 따르다)될 것은 정리定理(정해진 이치)로, 투족投足(발을 내디딤)이 어려운 것이 아니고 중간 이탈은 참으로 어려울 것이다. 그와 같이 나의 주당 탈적脫籍도 확실히 그만 못지않은 고통을 치르고 겪었다.

첫째 길에 나서면 술친구 만나는 것이 딱한 노릇의 하나로 오다가다 딱 마주치면 어색하기만 할 뿐 아니라, 무슨 「배신행위」나 저지르는 것같이 느꼈던 것이다. 일종 도덕적 패멸감敗滅感(싸움에 져서 멸망한 느낌)까지 품게 되었던 것이다. 가사假使 술은 피할 수 있다손 치더라도 조석상대朝夕相對(아침저녁으로 마주함)하는 친구들이야 어이 영영 피할 길이 있겠는가? 봉착즉逢着則(만나면) 술타령으로 딱하고 답답한 경우가 거의 매일같이 계속하였다.

그러나 나는 다소 과장일진 모르나 절치마아切齒磨牙[11]하고 그 호신부 격의 은패를 몸에 지니고 6년여를 끊었다. 그러다가 불본의不本意(본의가 아님)의 미주행美洲行을 하게 되었는데 그때 미국은 금주 시대로 근 10일 지루한 항해 끝에 배―내가 탄―가 미국 영해에를 들어서자 「주보酒保(술 파는 곳)」는 폐쇄되었다. 주당들의 낙망은 이만저만이 아니었다. 그

11 이를 갈며 분해함.

106

러나 금주한 나에게는 하등 통양지감痛痒之感[12]이 있을 리 없었다. 「금주법」이라니, 이러한 전고미문前古未聞(이전에 들어보기 못함)의 명법안은 미국에나 있을 법한 노릇이란 막연한 감상뿐이었다.

제잡담除雜談(잡담을 없앰)하고 미국에를 가서 얼마 지내보려니 금주는 말뿐으로 밀주가 성행하였다. 공공연히 판매하는 것을 방지하던 정도로, 아주 빈번한 가정 외에는 술은 가가호호 있었다. 그리하여 어디를 가든지 술 얻어먹기는 거의 무난하였으나 마음 놓고 마시다가 명정대취酩酊大醉를 하여 길거리에 나가다가는 큰 봉변이었다. 비틀걸음을 치다가 운수 사납게 곤봉 든 거구의 순경을 만나면 일호반점一毫半點[13]의 용서가 없었다.

『어디서 술을 먹었느냐?』고 그다지 온공溫恭(온화하고 공손한)치 않은 어조로 힐난한 다음 20불 벌금을 물든지 만일 가진 돈이 없으면 하룻밤 유치를 당하라는 것이었다. 불본의의 미주행이라고 상기上記하였거니와 그 곡절에 대한 상세한 이야기는 그만두기로 하자. 어느 친구의 배신만을 폭로시키는 까닭이다.

하여간 나는 도미 후 매사가 소기所期에 어그러져 하도 울울불락鬱鬱不樂[14]하던 차 만리타향에서 한두 잔으로 해우解憂(걱정을 풀다)한들 어떠냐는 생각으로 그야말로 「금주국」에서

12 통양지감痛痒之感
13 일호반점一毫半點
14 울울불락鬱鬱不樂

12 사물이 자신에게 직접 영향을 미치는 느낌.
13 털끝만큼 적은 정도.
14 마음이 답답하여 즐겁지 않음.

107

해금을 단행하였다. 술이란 입에 대기가 불찰不察[15]이지 일차 댄 다음에는 꼭 절도 있게 마셔지는 것은 아니었다.

그리하여 하루 나는 그 세계적으로 유명한 상항桑港(샌프란시스코)의 중국인가中國人街(차이나타운)에 있는 어느 밀추상ㅡ물론 중국인ㅡ집에를 찾아가서 배갈을 마시었다. 일배 일배 부일배復一杯(한 잔 또 한 잔), 나는 상당히 취하여 귀로에 오른 바 드디어 그 「법의 옹호자」ㅡ순경을 지칭함ㅡ에게 피착被捉(붙잡힘)이 되고야 말았다. 구차한 변명도 하고 싶지 않아 수삼어數三語(몇 마디 말) 힐난 끝에 「살인적 검약으로 보충하리라」는 비창悲愴(슬프고 서러움)한 결의하 20불을 치러주고 말았다.

이와 같은 금주국 해금으로 이래 나는 다시 술을 일삼아 마시었는데 귀국 후에도 『그러면 그렇지 별수 있나』하는 기소譏笑(조롱하고 비웃음)를 들어가며 4、5년간 강음强飮(몹시 마신) 행각을 한 바 그간에 실행은 이만저만이 아니었다. 고민 고민 끝에 나는 재금주를 단행하기로 결의하였다가 그러나 이번 금주에는 그 금주패를 다시 목에 걸고 다니고 싶지 않았다. 금주패는 벌써 실효가 되었기 때문이다.

나는 허청거리 술을 끊기는 궁리궁리 끝에 금주 단행론 일문一文(한 편의 글)을 초초

15 주의 깊게 살피지 않아 생긴 잘못.

16 자꾸 몹시 비틀거림.

108

하여[17] 《동아일보》에 실어 금주의 뇌고불발牢固不拔[18]의 결의를 천하에 선포하였다.

『……나의 생도 이미 정오를 지나 석양길로 진입하였다. 술 마시느라 「늘 놓친 허다한 기회」와 「이루지 못한 무수한 원망願望」은 이제 와서는 일종 마음의 중하重荷(무거운 짐)가 되었다. 마음이 끝없이 괴로웠다. 그렇다고 개탄만이 무슨 소용이 있으랴? 늦었더라도 「수습의 길」을 걸어야 하겠다. 「정리의 길」을 밟아야 하겠다. 술로 해서 정신상으로 짊어진 빚은 죽는 날까지 갚아도 끝이 나지를 않을 게다. ……나는 다시는 술을 입에 대지를 않으리라. 하여 何如한(어떠한) 조건과 하여한 사정이 있더라도 나는 술과는 하직이다. 해가 뜨건 지건, 날이 흐리건 청명하건, 꽃이 피건 시들건, 나는 절대로 술을 마시지 않으리라. ……본국이나 외국이나 어디서나 간에 술과 다시는 사귀지 않을 것이다』라는 이상이 그 금주 단행론의 골자로 이에 회고담 삼아 한 가지 부기하여 둘 것은 당시 《동아일보》의 문예부장은 서항석 군이었는데 나의 금주 단행론 게재 건으로 해서 편집회의 때 물의 분분紛紛(떠들석하고 어수선함) 책망을 톡톡히 들었다는 것으로, 요는 왜 《동아일보》의 귀중한 지면이 「변영로의 금주 광고란화」했느냐는 것이었다.

17 「초하다」대강 적다.
18 의지가 튼튼하고 굳셈.

사기 결혼의 오명

금주 패를 걸고 끊었던 첫 단주斷酒는 6년이나 걸렸지만 이번 재단주는 불행히도 수명이 짧았다. 그런데 오비이락 격의 뜻하지 아니한 사단이 발생되었다. 이 금주 기간은 내가 바로 상처喪妻한 직후로 홀아비 생활을 하고 있던 판 가정 형편으로 보나 무엇으로 보나 는 조만무효(이르든 늦든) 재혼의 필요를 느끼고 있었다.

하루는 청년회에를 들렀더니 당시 총무이던 구자옥 군과 사교부 간사이던 고故 김응 집 군이 나를 만나자 이구동성으로 가합可合(마음에 합당함)한 혼처가 났으니 빨리 결혼을 하 라고 하였다. 캐어 보니 신붓감은 양 모梁某의 종매從妹(사촌 여동생)로 그때 진주 일신여고에 재직 중이었다. 그러나 나는 들은 체 만 체 몇 달을 지나는 중 구·김 양군은 만나는 족 족 양 모 종매설을 주장하였다. 그런데 양 모란 나도 친히 아는 양정식 군으로 나에게 직 접 말하기가 거북하여 상기한 바와 같이 간접으로 졸랐던 모양이었다.

그러던 중 하루는 황해도의 명승인 몽금포에를 가게 되었다. 《동아일보》에서 그곳 기행문을 써 달라는 부락이 있었기 때문이다. 모처럼의 지방 여행이라 늘 담천曇天(구름 낀 흐린 하늘같이 침울沈鬱(간힌 듯 답답함)하던 기분을 일시라도 소산消散시키려 하는 데다가 가는 곳 지명이 몽금포夢金浦라 이름만 들어도 그 시적임에 마음이 끌려 가지 않을 수 없었다.

나는 자못 상랑奧朗(상쾌하고 밝은)한 기분으로 여장을 차리고 남대문역으로 나갔다. 역에
서 차 시간을 기다리노라니 대합실에서 어성버성하던[1] 판에 우연히 전기前記 양 군을
만났다. 피차에 소향지所向地(갈 곳)를 물은즉 그는 자기 고향인 개성으로 간다고 하여 개성
까지는 동행이었다. 발차 시간이 되어 우리는 차에 올라 2등석 일우一隅(한 구석)에 자리
를 잡았다.

이 이야기 저 이야기 하던 끝 무책임한 농담 좋아하는 나는 앞으로 초래될 결과 여하
도 생각지 않고 돌연 양 군에게 『벌써부터 나는 구와 김한테서 들은 것이 있으니 이제부
터 구나 김 같은 부질없는 중간 다리를 치워버리고 직접 담판하여 볼까?』하였더니 양
군은 너무도 의외 제의에 놀라며 일변 반가워하였다. 차내가 하도 훈증[2]하니 식당차로
옮기자고 해서 우리들은 자리를 옮기어 아이스크림과 사이다를 먹고 마시며 가는 중양
군 왈,
『……내 종매로 말하면 사실대로 인물은 그다지 보잘것없으나 그 심덕만은 보증할
만하오. 수주도 여러 남매 있는 판에……』의미심장하게 말을 맺지 않았다. 객스러운 농
담 한마디로 사태가 이에 이르니 이야말로 농가성진弄假成眞[3]이 되지 않나 나는 생각하
였다. 물론 결정은 보류한 채로 우리들은 개성역에서 작별하였다.

1 분위기가 서먹서먹하다.
2 찌는 듯이 더움.
3 장난삼아 한 것이 진심으로 한 것같이 됨.

111

나는 10여 일간의 몽금포 여행을 마치고 귀사하여 열심으로 기행문을 쓰고 있던 차 어디서 전화가 왔다고 해서 받았는데 전화를 걸은 주인공은 예의 양 군으로, 『급의 사急議 事(서둘러 의논할 일)가 있으니 아무리 바쁘더라도 틈을 좀 내시오. 나는 청목당 2층에서 기 다리겠소』나는 제6감까지를 발동시키지 않고도 넉넉히 깨달았다. 참으로 딱한 초청이 었다. 지난날 차 중에서 하던 이야기를 실현 단계로 옮기자는 기세였다.

나는 망설망설하다가 심약한 나인지라 하는 수 없이 청목당으로 향하였다. 가면서도 마음은 불안하여 자연히 걸음이 느렸다. 저편에서 강경히 나온다면 나는 태도를 어떻게 취할까를 곰곰 생각하며 걸어갔다. 일종의 운명 결정을 하러 가는 길이니 만큼 이제는 불안을 지나 다소 어느 위구危懼(염려하고 두려워함)까지 느끼면서 나는 청목당에 다다랐다.

2층 지정되어 있는 좌석에를 이르니 천만의외 양 군 일인만이 아니고 그 곁에는 30 내외 되어 보이는 여인 하나가 앉아 있었다. 나는 생후 처음 겪는 「딜레마」에 참으로 태도를 갖기가 어색할 밖에는 없었다. 그러나 이미 가 놓은 노릇이니 하는 수 없이 착 석하고 나서 불본의의 담판을 하였다.

나는 때때로 동석한 여인을 주시한 바 머리를 너무 숙여 잘 보이지는 않았다. 내가 먼저 용기를 내어 그다지 수줍어만 하지 말고 내가 누구인지를 아느냐고 물었다. 그때 서야 숙였던 머리를 다소 들어, 자세히 살펴보니 이화전문 음악과에 다니던 양창희임 에 틀림없었다! 사람은 사람대로, 이름은 이름대로 기억나는 일종의 착오였다. 하여

112

간 사이지차事已至此(일이 이에 이르니)하니 모든 것은 「결정」이란 단애斷崖(깎아지른 듯한 낭떠러

지) 위에 서게 되고야 만 것이다. 나는 이 이상 더 어름어름할 것 없이 단도직입 본인에

게 물었다.

『말하자면 사제 간인데 사제 간 결혼도 좋은지?……』

『………』

『이러한 중대한 결정을 짓는 판 본인의 의사 여하를 표시치 않는 것은 좀 우습지 아

니한가?』하고 다져 물었더니 그때서야 간신히 입을 떼어 말하기를 『매사 선생님 하실

탓이지요』라 하였다.

『그러면 약혼식이고 무엇이고 번거로운 것은 다 그만두고 3일 후 결혼식을 다니던 모

교 채플에서 할 터이니 모든 것을 급속도로 준비하라』이르고 그 익일 재회를 약속하고 그

날은 헤어를 진 바, 이것이 현재 내 아내와 결혼하던 속임 없는 틀림없는 경로였다.

결혼 후 1개 년은 무사평온하였다. 그런데 문제는 단주에 대한 나의 결심이 날로 미

약하여짐이었다. 무슨 핑계만 있으면 하고 그날그날을 우울히 보내는 중 동대문부인병원

에 입원한 나의 아내에게서 첫아들-자기로서는-을 순산하였다는 길보가 비래飛來(날아 오

다)하여 오자 나는 부랴부랴 병원으로 가서 산모, 산아를 둘러보고 병원을 나왔다.

회로回路(돌아오는 길)에 나는 득남 자축이란 구차스러운 명목하 수년 끊었던 술을 다시

터놓았다. 가정 풍파는 일어나고야 만 것이다.

113

『왜 남자가 그다지도 비겁하오? 나는 그럴 줄은 몰랐소. 주정뱅이한테 시집올 년이 없을 것이니까 뻔뻔스럽게 신문에다 글까지 내어가며……참말 교묘한 수작이지……사기 결혼이 아니면 무엇이야!』하며 나의 아내는 심심하면 야료를 빠는 것이었다.

시비 판단은 현명한 독자들에게 일임하고 이 「사기항」을 끝을 내버리고 딴 취태 하나를 더 적어보기로 하자.

상기한 동대문부인병원에서 낳은 아이의 돌날이었다. 나는 물을 것도 없이 아침부터 술이었다. 찾아오는 사람들마다 붙들고 마셨다. 이제껏도 생각만하여도 미안한 것은 황신덕, 박승호 양 여사가 와서 놀고 있는데 대취한 나는 양 여사에게 집합적으로 그네들 부군 공격을 하였다. 요는 두 편이 다 시원치 않으니 가는 길로 이혼들을 하라는 것이었다. 아무리 취한 醉漢이기로니 이 무슨 광담패설狂談悖說4이었는지. 황, 박 양 여사, 어찌나 내 술주정에 놀랐는지 황황히 돌아가는 바람에 두 분이 다 핸드백을 놓고 간 것이었다.

그날 밤도 사기 결혼극은 재연되었는데 내 아내는 『남한테 그런 창피를 떠는 당신 따위야말로 아내에게 이혼 당할 적격자이오』라고 외쳤다.

114

수구문水口門 내 광장극廣場劇

원청강[1] 책임 없는 명정기酩酊記인 바에야 연대 선후에 구애될 배 있으랴. 취보醉步와도 같이 비틀비틀 오락가락 이번에는 10여 년을 뒷걸음질쳐 수구문水口門[2] 내 광장에서 일대 사루를 한 이야기나 적어보려 한다.

나는 그때, 지금엔 집터도 없어졌지만 숙명여학교 바로 옆집에 살았었다. 하루는 혼자서 무료히 사랑에 누워 있으려니까 돌연히 횡보橫步(염상섭)가 찾아왔다. 반가웠다. 소설 쓰는 횡보라서 반갑지 않을 배도 없지만 술 마시는 횡보로서 더욱더 반가웠다.

무슨 핑계든지만 있으면 더 퍼놓고 마시던 판 주붕酒朋이 멀리 찾아왔는 데다가 그날이 때마침 중복中伏이라 이래저래 그저 헤어질 도리는 없었다. 이 저 구활久闊[3]한 한담 끝에 본담인 술 이야기로 돌아가서 어찌하면 창쾌하게 한잔 먹어볼까 의논하기 시작하였다.

하도 오래 시내에서만 지내려니 갑작스레 답답한 생각이 나서 문밖 소풍을 나가기로 의견이 일치되었다. 문밖 소풍이라야 기껏 절간 찾아가는 수밖에는 없던 중 화계사華溪

---

1 「워낙」의 비표준어.
2 서울 중구 광희동에 있던 조선 시대의 성문.
3 오랫동안 소식이 없거나 만나지 못함.

흥는 거리가 너무 멀고 신흥사新興寺나 영도사永導寺는 알아볼 것도 없이 대잡답大雜踏(크게 복잡함)일 것이니 하고 비교적 한적한 안정사安定寺를 우리는 찾아갔다.

급기야 가서 보니 과히는(한도를 넘어 지나치게) 소료所料[4]에 틀림없었다. 불한부답不閑不踏
(한가하지도 복잡하지도 않음)할 정도였다. 우리는 그중에도 사람들이 덜 꼬이는 집을 찾아가서
세면락족洗面濯足[5]하고 시작이 술이었다. 술이란 단 둘이선 먹기가 좀 빡빡하다. 「기분의

완충」이 자칫하면 결해질 염려가 있기 때문이다. 그러나 갑작스레 청병請兵(지원병을 요청함)
을 하는 수도 없고 해서 우리 둘이서는 서로 권커니 잣거니 하고 마시었다.

하여간 오후 한 시경부터 시작한 것이 몇 순배나 거푸 하였는지 해는 이미 석양이
되었다. 횡보 선생의 안경테는 점점 코끝으로 흘러내리고, 그다지는 맑지 않은 어음語音(말
소리)으로 횡설수설 떠들거리어 술 취한 도수를 짐작케 되었다.

그런데 나는 비교적 덜 취하였다. 술이란 이상하고 야릇한 음식이라 둘이서 술을 먹
을 때는 평소의 주량을 불허하고 한편이 이취泥醉하면 한편은 보호 격으로 덜 취하는 것
이 일쑤이었던 바 그날은 내가 염생廉生의 보호「번番」을 들게 되었다.

문자 그대로 횡보橫步(비틀걸음을)하는 횡보를 부추겨 들고 전찻길로 나와 광회문행 차를

4 미루어 헤아려 본 바.
5 여름에 더위를 씻기 위해 물이 좋은 산이나 들을 찾아 손발을 씻고 노는 모임.

잡아탔다. 전차에를 오르니 동승한 취한 둘이서 무엇인지 서로 네 것이니 내 것이니 하고 왁자지껄하였다. 남들이사 무엇을 가지고 다투든지 아무리 취중에라도 초연히 본체만체하였던들 사무송사無訟6하였을 것을 다소 우직하고 짓궂은 횡보는 비틀걸음을 치면서 그 취한들에게로 가서 안경 너머로 그네들을 흘겨보며 『무엇이 어쩌고 어째? 내가 재판을 하여 주지』하며 수작을 거는 것이었다.

사태는 심상치 않게 되었다. 그 두 취한 중의 한 자 벌떡 일어서며 다짜고짜로 횡보의 뺨을 갈기며 『주제넘고 건방진 자식 같으니, 무슨 오지랖 폭이 넓어서 남이 무엇을 가지고 싸우든지 제 조상 신주가 아닌 다음에야 무슨 참견이냐?』하며 역습이 맹렬하였다. 참으로 사태는 수습 무로無路로 되었다. 전단戰端(싸움의 실마리)은 벌어진 이상 비겁한 퇴각은 무용無用이다. 나는 자리에서 벌떡 일어나서 횡보 뺨 갈기던 자한테로 가서 『……시시비비 간에 여러 딴 손들도 타고 한, 차내에서 싸우는 것은 무엇이냐. 조금만 더 가면 종점이 될 것이니 차에서 내려 싸워 보자』고 제의를 하였더니, 『그 말도 딴은 그럴듯하다』하여 우선 잠정적 휴전은 되었다.

한창 내 요량에는 종점까지 가는 동안 흐지부지 하려니 하면서도 내심은 심히 불안하였다.

6 서로 잘 타협하여 시비가 없도록 함.

차에서 내려 나는 염 군을 부축하다시피 하며 조심조심 수구문 안을 들어섰더니 때마침 서대문행 전차가 와서 기다리고 있었다. 『됐다』하고 나는 염 군을 전차께로 끌고 가서 올려대고 나도 따라 오르려는 판이었다.

막 한 발을 발판에 올려놓고 단 한 발을 마저 올려 놓으려는 고비였다. 난데없는 길이 덥석 나의 뒷덜미를 쥐며 『이 비겁한 놈들아, 어름더듬[7] 내빼고 말 작정이냐?』하며 그 임시 휴전 하였던 양 취한이 끝끝내 도전을 하는 것이었다.

나는 경각頃刻에 심결心決(마음을 굳히다)을 하고 내려서려니 염 군은 『싸움은 내가 걸어 놓고……』 중얼대며 따라서 내려려 하였다. 나는 염 군더러 제발 타고 가라고 굳이 차내로 치밀어 놓은 바 차는 곧 떠나고 말았다.

그제부터는 나는 단신이었다. 그러나 마음은 도리어 홀가분하였다. 염 군은 내렸자 간순簡純히(단순히) 부담만 되는 존재인 까닭이었다. 처음에는 그래도 될 수만 있으면 온언순사溫言順辭[8]로 해결을 지으려 하였다. 저쪽 태도는 너무도 완강한 데다가 어느덧 보니 웬 놈인지 하나가 더 가세하였다. 그래서 결국 나는 3대 1의 결전을 하게 되었다.

새삼스러운 내 힘자랑이지만 30 전후인 그때의 나의 체력은 말하자면 한참이었다.

7 자꾸 더듬으며 우물쭈물 하는 모양.

8 따뜻하고 부드러운 말.

118

50봉도封度(파운드, lb)의 철아령을 두 손에 들고 20회가량은 무난히 거상擧上(들어올림)하던 때이었다. 이윽고 혼전 난투는 벌어지고 말았다.

사이지차事已至此한 바 인정사정이 있을 바 있었으랴? 나는 혼신의 용력을 다 발휘하여 사투를 한 바 필경 저쪽은 일종의 오합烏合[9]이오, 나는 사생을 결한 판이라 종전終戰은 나의 승리로 돌아갔다.

집으로 돌아와서 보니 꼴은 말이 아니었다. 그 당시 50원을 들인 특제의 산동주山東紬 양복이 갈기갈기 난 데다가 피두루마기가 되었던 것이다. 다만 광희문 내 쌈패를 퇴치시킨 쾌감(?)으로 나는 그저 손실을 보상하려 하였다.

술 먹는 사람에게는 이런 종류의 기록이 종종 유지有之(있음)하나 지내고 보면 턱없이 그지없을 뿐만 아니라 일종의 도덕적 추락감을 골수 깊이 느끼게 되는 것이다.

9 까마귀처럼 질서 없는 모임.
10 중국 산동 지방에서 나는 명주.

119

청송관 귀로

청송관은 없어진 지도 벌써 수십 년이나 되는 서대문턱 언덕 위 평동平洞 어귀에 있는 2층 양관 요릿집이었다. 하루는 그 일실一室에서 《폐허》 동인들이 주가 되어 고故 남궁벽[1] 군의 추도회가 있었는데 우리는 밤늦도록 마시며 가지가지로 경애하던 고인의 추모담을 하였다.

나는 매사에 등한하였는데 그는 치밀하였고, 내가 소루疎漏[2]할 때엔 그는 병적으로도 다심多心[3] 침착하였다. 무엇보다도 그의 유난스러운 결벽은 지구知舊(사린 지 오래된 친구) 간의 평판이 있었다. 한 집에 일 년 이상이나 동거한 일이 있었는데 그러던 동안 나는 그의 물 시중을 드느라고 바쁠 지경이었다.

원고 한 줄 쓰고도 손을 꼭 씻고 어느 때는 하루에 면도를 두 번씩 한 일이 있으며, 칼날같이 다려 입은 바지 금이 행여나 퍼지고 구길까 어느 때 어느 좌석에서나 발 위에 발을 고이고 두 다리를 쭉 뻗고 있었다.

1 시인(1895~1922). 김억, 오상순, 염상섭 등과 함께 1920년 창간된 문예지 《폐허》의 동인으로 활약.

2 생각이나 행동 따위가 꼼꼼하지 않고 거칠음.

3 자질구레한 일까지 지나치게 걱정이 많음.

120

모처럼 군의 이야기가 나온 일이니 그와 나와의 지내던 과거의 일이나 잠시 적어 보자. 이제껏도 아는 친구들은 잘 알고 있지만 우리 두 사람의 교분은 참으로 두터웠었다. 그다지도 두터울 내력이 소호小毫(아주 작은 분량)도 없었지만 두터울 대로 두터웠었다. 건건사사件件事事에 나와는 부합되는 점이 없었기 때문이다. 첫째로 나는 주광酒狂인데 그는 일적불음一滴不飮이었을 뿐만 아니라 둘째로는 감정으로나, 성향으로나, 취미로나 서로 배치되는 점이 한둘이 아니었다.

이만 것으로도 나와 그가 친하게 될 아무런 근거와 이유가 내적·외적으로 없었다. 그랬음에도 불구하고 우리는 초상식일 지경으로 떨어지지를 못하였다. 그러던 군의 추도회 날 밤 전기前記한 바와 같이 우리 친지들 몇 사람이 모였던 바, 그때 참석하였던 분들을 일일이는 기억치 못하나 대개로 공초空超, 횡보橫步, 고故 김만수(철학자) 유방惟邦ㅡ김찬영, 화가요 서화 수장가ㅡ, 안서岸曙ㅡ시인 김억ㅡ, 일엽一葉ㅡ김원주, 당시에는 여류작가이고 현재로는 모사某寺인지는 모르나 여승 생활을 하고 있음ㅡ등이 머리에 떠오른다.

추도회를 마치고 우리 일동은 자정이 지나서 거리로 나왔다. 추운 겨울밤이었다. 춥고 늦은 탓인지 거리에는 사람들의 왕래가 희소하였다. 뿔뿔이 헤어져 돌아가려는 판일엽이 자기 집까지 굳이 바래다 달라는 것이었다. 이유는 그는 그 당시 화동 살았는데 이슥한 밤중에 호젓한 안동 골목을 갈 수 없다, 일종의 탄원이었다. 긴치 않고 반갑지 않은 청이긴 하나 차마 떼어칠 수도 없어 나는 하는 수 없이 응종

121

應從(부락 등을 받아들여 따름)하였다. 불원不願하는 동행이라 그다지 유쾌치는 않았는데 황토현 가까이 가서는 참으로 걷기가 싫었다. 나는 그때 내수동에 살던 관계로 방향이 달라지는 까닭이었다.

그러나 아무리 취중에 변덕이 나기로니 중도에서 떼어 버리기는 어려웠다. 비틀비틀 보일보步一步(한 걸음 한 걸음) 비각碑閣을 지나서 종로 네거리로 나와서 전동典洞으로 꺾어 안동네거리에 이르렀을 때 마신 술 탓인지 먹은 안주 탓인지 나는 돌연히 급사急瀉(갑작스런 설사)를 느꼈다.

취중에도 노릇은 딱하기 그지없었다. 속보로 걷자니 금방이오 완보緩步(천천히 걸음)로 걷자니 끝없이 지루하여 때로는 두 다리를 꼬고 옷쓸옷쓸4 추진하였다. 도중 그 괴로운 곡예를 몇 차례고 거듭하던 중 《청상靑孀》의 작자 일엽은 그럴 때마다 눈치도 없이 왜 그러느냐는 것이었다. 내가 졸지에 발광이나 한 줄 알았으리라. 나는 미운 나머지 대답할 체도 않고 추운 밤이건만 나는 땀을 흘리었다.

이럭저럭 나는 용하게도 안동 별궁을 지나서 있는 공동변소에까지를 다다랐다. 막상 당도하고 보니 참을 고비는 이미 지났었다. 나는 변소로 돌입하여 공습시 하는 식으로 부복俯伏(고개를 숙이고 엎드림)한 채 기여 기여其餘(그 나머지)는 자연에 방임하였다.

4 몸이 자꾸 조금 움츠러들거나 소름이 끼치는 모양.

임무를 필하고 횡와橫臥하여 조심스레 바지를 뭉개어 벗고 내의를 주섬주섬 거두고 뭉쳐서 변소통 속에 도리 없이 들여뜨리고 나니 꼴도 꼴이지만 춥기가 이만저만이 아니었다.

나와 보니 김 여사, 초지初志를 불굴不屈코 밖에서 기다리고 있는 것이었다. 나는 나오는 맡으로 거반다 오기도 하고 더는 더 동행할 길이 없으니 이제는 혼자 가라 소리를 치고 사시나무 떨 듯하며 병문으로 나와 인력거를 타고 부랴부랴 집으로 돌아갔다. 이것이 바로 그 결벽의 인人인 고 남궁 군의 추도회 회로回路(돌아오는 길) 말할 수 없는 나의─실태도 채는 못 되는─추태를 연출하던 광경이었다.

123

하루는 전동(典洞) 있는 천은광업사에를 들렀는데 동사同社는 현 로스앤젤레스 영사로 있는 민희식 군과 현 영英공사로 가서 있는 윤치창 군과 한상억 군 등 4、5인이 합자

형식으로 경영하였었다.

들러 갖은 쇄담한설瑣談閑說 2 끝에 민 군은 무슨 재미스러운 발견이나 한 듯이 돌연

히 나에게 『변 군、자네 이관구 부인 아명을 아나?』

참으로 기상천외의 진질문珍質問(진귀한 질문)이었다.

『모르지、내가 알 길이 있나』하고 태연히 답을 하여 놓고도 이 사람이 말만 꺼내놓고

아니 알려주면 어떻게 하나 속으로는 퍽 졸이었다가 민군과 성재誠齋 부인과는 종남매

로 그분의 아명을 말할 최고 자격자임에는 틀림없었다. 알아볼 것도 없이 그분의 아명은

그 시가媤家는 물론、남편인 성재 자신도 몰랐던 것이다. 나는 차츰차츰 궁금증의 열도가

올라서、

『그래 무엇이야?』

1 꿩 대신 닭.
2 심심풀이로 하는 자질구레한 이야기.

『나한테서 들었다고 할려고.』

『천만에 그게 무슨 소린가.』

하며 나는 맹세까지를 섞어 가지고 우선 군의 안심을 사 놓았다.

『○○○세, ○○○야!』

나는 여득기화如得奇貨[3] 천은광업사를 뛰어나와 가지고 음주 행각을 하였다. 참을성 없는 나로서야 객기 발산의 호기를 놓칠 리 만무하였다. 나는 석양머리에 성 재 집을 찾아가서 길로 난 사랑문을 열고 들어서니 아무도 없었다. 나는 다짜고짜로 내실로 통하는 중문에 서서 『○○○야, 시애비 왔으니 술상을 보아 내어 보내라』하였다. 물론, 답이 있을 리 없었고 따라서 수응酬應(남의 요구에 응함)이 있을 리는 더군다나 없었다. 나는 혼자서 한참이나 서성대다가 별도리 없어 『에잇, 괘씸하다』중얼거리며 집으로 돌아갔다.

이 일이 있은 후 그 반향이 궁금하던 차 수삭 數朔(몇 달)이 지나서 나는 우연히 정순원 (중국요리 대가) 여사를 만나 이 말 저 말 끝에 그는 나를 책망하는 어조로,

『술을 자시면 조용히 자시지, 그게 무슨 해거 駭擧[4]란 말이오……。』

3 진귀한 재물이나 보배를 얻은 듯 흡족하게 여김.
4 괴상하고 얄궂은 짓.

125

『갑작스레 그게 무슨 소리요.』

『언젠가 이관구 씨 집에 들른 일이 있지 않아요?』

나는 소이연所以然을 황연대각晃然大覺[5]하였다.

『그래 무어라고 합디까?』

나는 용기를 내어 물었더니 정여사는 한동안 망설망설 하다가 마침내는 터놓는 것이었다.

『……일전에 이관구 씨 집에를 들렀더니 그 부인이 당신 이야기를 합디다…….』

『무에라고?』

변영로 그 개자식이 남의 아명은 어디서 조사하여 가지고 해괴망측을 떨더라는 것이 정여사의 솔직한 답이었던 것이다.

아무래도 실수임에는 틀림이 없었다. 그러나 나의 구차한 변명은 아니나 이만 실수는 흉허물 없는 친구 사이라면 저지를 수 있는 성질의 실수였다.

나는 그 이상의 실수, 예사 실수라기보다는 용서치 못할 해거를 또다시 성재 집에서 떤 일이 있는데, 이번은 사직동 모가某家에서 술이 반취 이상은 되어 당주동 골목을 내려오려니 불현듯이 성재 생각이 나서 찾아 들어갔더니 찾는 성재는 온데간데없고 사랑

5 환하게, 크게 깨달음.

마루 끝에 그의 어르신네가 앉아 계셨다. 문안에는 들어섰고 술은 취했고 의외로 노인을

대하니 얼떨결 불쑥 한다는 수작이,

『자제 어데 나갔나?』

『……』

『꿩 없으면 닭이라고 나하고 한잔하러 나가세……』하였더니 그 온화무쌍穩和無雙[6]하신

노공老公께서는 아무 대꾸도 하지 않으시고 방으로 들어가셨다.

나는 『괘씸한 놈』『후레자식』의 호령을 기다리는 판이었다. 그런 호령이 나오면 응수

할 말까지 준비하고 있던 차라 한편으로는 싱겁기도 하고 한편으로는 난데없는 겁이 나를

사로잡고야 말았다. 무엄태심無嚴太甚[7]하고 부적절 천만의 살똥스러운(독살스럽고 당돌한) 비유

이지만 백낙천白樂天 비파행琵琶行 시에 나오는 시구대로 「차시무성승유성此時無聲勝有聲」[8]

은커녕 「차시무답此時無答」에는 나는 속속들이 놀랐다.

『아뿔싸, 과했구나!』

나는 혼자서 범인처럼 중얼거리며 집으로 돌아갔다.

6 조용하고 부드럽기가 비할 데 없음.
7 아주 심하게 버릇없이 행동함.
8 이때는 말을 않는 것이 말하는 것보다 낫다.

기삭幾朔(몇 달) 후인지 나는 노상에서 성재를 만났다. 딴 때 같으면 인사의 말보다도 웃음을 앞세워 가며 반가워할 군이 나를 흘끗 보더니 노목怒目(성난 눈을 부라리며 딴 방향으로 가려 하였다. 그러는 이유와 곡절을 짐작치 못하도록 둔감한 나는 아니었지만 시치미를 떼고 쫓아가서,

『이 자식 친구를 오래간만에 만났으면 반가이 인사를 할 게지, 그게 무슨 태도이냐?』고 그야말로 적반하장격으로 시비를 걸었다.

다소 얼띤 성재 군 주저 장구長久(매우 길다)에 답 왈―

『네 놈 하고는 종금從今(지금 이 시간부터) 이후 절교세!』하며 달아나 버리는 것이었다.

심심하면 가끔 가던 성재 집을 나는 한동안 찾아갈 용기와 담력이 없었다. 전 가족적으로 나를 보이코트하는 때문이었다. 이러구러 수년을 지냈다. 그만하면 노염도 풀릴만한―기실은 가끔 회음會飮(만나서 술을 마심)하였다―데다가 전언傳言에 들으니 그 집에는 안동소주가 한 초롱 와서 있다는 것이었다.

나에게는 염의廉意(염치)를 돌아볼 길이 없는 기회였다. 나는 없는 용기를 긁어모아 가지고 반죽 좋게⁹ 찾아를 갔다. 물론 그 집 문전에 이르기까지 하고서도 쑥 들어가지를 못

<hr>

9 「반죽 좋다」부끄러움이나 노여움을 타지 않다.

128

하고 머뭇거리며 문외에서 형세를 관망하였다.

사랑문에 성재가 있는 기척이 났다. 나는 이에 용기를 얻어 불쑥 들어서니 성재가 나오며 맞이를 하는데 그 표정은 참으로 망연^{茫然}하였다. 나의 내의來意(온 뜻)를 짐작한 군은 설왕설래에 앞서서 손을 들어 나의 입을 막으면서,

『쉬쉬, 자네가 온 줄만 알면 나올 술도 절대로 나올 리 없으니 오늘만은 꿀꺽 소리도 말고 조용 먹고 가게……』하는 것이었다.

그래서 성재는 안으로 들어가서 딴 손님이 왔다는 군색스럽기 짝이 없는 핑계로 술 한 상이 나왔던 것이다.

악희 일장一場

어느 날 나는 진주晉州 하영진 군의 초청으로 사동寺洞에 있던 천향원으로 갔었었다.

가서 보니 벌써 5、6인의 선래객과 남도 명기名妓 수삼 명이 와 있었다. 나를 빼놓

고는 나머지는 모두 남중南中 친구들이었다. 술잔이 오락가락함을 따라서 재석지인在席

之人[1]들은 가진 재담, 고담古談(옛이야기)、희담戱談(실없는 이야기)、농담 등을 제각기 남에게

낙후치 않으려는 듯이 서로 주고받고 하였다. 새새로(사이사이로) 기생들의 창곡唱曲이 있

었다.

절대로 심심커나 소주燒酒 2치 않은 좌석 광경이었는데 하필 바로 내 곁에 자리를 잡

고 있는 일위一位(한 분) 풍류남아ー특히 성명은 감춘다ー가 종시終始 틈만 나면 일본 정국담

을 늘어놓는 것이었다. 물론 누가 듣기를 원하는 배도 아니언만 그는 자기의 사회적 우

월성을 과시하려는 의도에서인지 부단히 동경행 「토산담土産談」을 꺼냈다. 정우회政友會

가 어떠니 구산鳩山(하토야마)을 만났다는 둥 평소平沼(히라누마)하고 바둑을 같이 두었다는 둥

등등으로 술맛 감쇄 노력에 진췌盡悴3하였다.

1 자리에 있는 사람.
2 분위기가 아주 쓸쓸함.
3 마음과 힘을 다함.

나는 수삼차 말로, 태도로 경고를 하였지만 별무효과였다. 나는 자못 불쾌를 느끼기 시작하였다. 제지시킬 방도를 생각하고 있던 판에 그는 때마침 변소에를 갔다. 물실차기 勿失此期(이때를 놓치지 않다)라 나는 결의를 한 다음 큰 컵에다 오줌 반 맥주 반 섞어 가지고 빙괴 氷塊(얼음 조각)를 넣어서 잘 식혀 놓았다. 좌중은 모두들 실소를 하였다.

얼마간 그가 옆자리에 와서 앉았을 때 나는 무엇 하러 이 더운데 변소에를 가서 그토록 오래 있었느냐고 책망 비슷이 하고는 어서 한잔하라고 컵을 들어 권하였다. 영문도 모르는 그는 안심하고 꿀떡꿀떡 두어 모금 마신 다음 아무래도 미각이 달랐는지 『으악, 으악』하며 토해버린 것이다.

직감적으로 나의 악회 惡戱(못된 장난)인 줄 깨닫고 그의 노기는 이만저만이 아니었다. 임기응변의 진사무용 陳謝無用[4], 좌중의 박장대소들이 그의 노기에다가 그야말로 박차를 가하였다. 그는 근 6척의 기골 장대한 사람으로 뚝심으로나 무엇으로나 접전(싸움이 붙음)만 된다면 나는 도저히 그의 상대가 되지를 못하였을 것이다. 말하자면 심판이정 審判已定[5]인 셈이었다.

산우욕래풍만루 山雨欲來風滿樓[6] 겨울 지나서 저편 도전으로 전단 戰端은 벌어지고야 말

4 까닭을 말하여 사과함이 소용없음.
5 승부는 이미 정해짐.
6 누각에 바람 가득하니 산 비가 오려 하네.

131

앗다. 그러나 그날 밤 주인공인 하 군을 비롯하여 기생들까지 총동원하여 중재에 노력을 하여 유혈 격투의 참극은 근면僅免하였다.

수라장화한 좌석을 다시 정돈하고 화해술을 그와 마시게 되었던 바 나는 나의 비非ㅡ악희ㅡ를 확인하였고 그 또한 답답치 않은 풍아지사風雅之士7라 피역彼亦(그 역시) 곧 석연釋然(꺼림칙한 일이 풀려 개운함)하여져 진취盡醉토록 마시고 헤어졌다.

두말할 것도 없는 살풍경의 광태이긴 하고 악희이긴 하였으나 나이 50을 넘고 보니 그런 광태, 그런 악희나마를 재연할 기회가 앞으로 다시금 도래할까 하고 마음은 적이 쓸쓸하여지는 것이다.

월강주 越江酒

성재誠齋에 관한 이야기가 중출重出(거듭 나옴)되는 것은 본인에 대하여서는 미안은 하나

이 이야기를 실태기失態記에서 뺄 수도 없는 관계상 몇 마디를 하는 수 없이 적어 보려 하

는데 그때는 무슨 객기로였던지 내가 수삭간 금주를 단행하고 있던 동안이었다.

모처럼 궁금도 하고 성재가 출사하는 신문사로 그를 찾아갔다. 그런데 가는 날이 장날

이란 격으로 바로 그날이 봉급 지불일이었다.

성재는 그 월급 — 80원으로 기억된다 — 봉투를 주머니에 넣고서 「판단」이 자못 곤란한 기

색이었다. 월급은 받았고 늘 같이 마시던 친구는 와서 앉아 있으니 만큼 쉬 만나자 떼어

치고 나설 처지도 못 되었다. 머뭇머뭇 망설망설 하다가 이윽고 성재는 『자네 요새 술 않

는다지?』하고 물어서 『글쎄……』하고 어리뻥뻥한 대답을 하였더니 천사 차위次位(다음 자

리) 가는 성재는 참으로 곤란한 모양, 부드러운 중에도 답답을 참지 못하여

『이 사람아, 글쎄 소리만 하지 말고 어찌하면 좋단 말인가?』하고 나의 용답勇答을 기

다리기에

『글쎄……나는 수삼 삭數三朔(두어 달) 동안 금주를 하였는데 오늘은 갑작스레 한잔 생

각이 나서 맹랑한데 차마 문 안에서야 먹을 수 없고 월강주越江酒(강을 건너가 마시는 술)면 한

잔……。』

이왕 월강주 이야기가 나왔으니 일언(一言)(한마디)의 설명이 없을 수 없다. 그 당시 종반 宗班[1] 이모씨가 노량진 넘어서 주점 경영을 하였는데 미주가효美酒佳肴[2]로 성내에도 드문 유명 주점이었다. 그때만 해도 둘이서면 10원 남짓하면 기껏 양껏 먹고 마실 때이었다.

우리 양인은 취차포취차포醉且飽[3]하여 돌아오는 도중 누구의 창안唱案이나 제의인지는 기억불명이나 잠을 깨어보니 집은 분명 아니고 곁에는 난데없는 분내 기름내를 풍기는 20 전후의 소부少婦(젊은 아낙네)가 개벽開闢 시에나 깨어날지 말지 군잠[4]을 자고 있었다. 나는 부랴부랴 일어나서 그를 깨우려 하였으나 아무 반응이 없다. 나는 미안한 채 잡아 흔들어서 겨우 깨워 놓았다.

『같이 오셨어요.』

『올 때 나 혼자 오디, 누구하고 같이 오디?』

『번연히 아시면서……』

『대관절 예가 어디냐?』

1 임금과 성과 본이 같은 겨레붙이.
2 좋은 술과 맛난 안주.
3 실컷 마시고 먹어서 취하고 배부름.
4 아주 깊이 든 잠. 귀잠.

『그분 어디 계시냐?』

『옆방에서 주무세요.』

나는 그 방으로 뛰어가서 보니 이 공숙公은 참으로 천지를 모르고 「취醉침寢침」하는 것이었다. 아무리 흔들어도 일어날 체를 하지 않았다. 나는 아침 일찍이 대어갈 시간이 있어서 정신 놓고 자는 사람 따라 지체할 수는 없었다. 나는 뒷수습 없이 불쑥 오기는 무엇하여 재방在傍(결에 있음)한 두 소부少婦들에게 긴치 않은 분부를 늘어놓았다.

『저 누워 주무시는 분은 ○○동 ○○일보사에서도 높은 자리에 계신 이 주사主事이신 데, 내가 간 뒤에라도 깨시거든 잘 대접을 하여라. 참 성질이 인자하시어 혹시 아침 일찍이 방물장사가 오면 분갑이나 사주실 것인데 마음이 내키신다면 저고리 한 감씩이라도 떠서 주실지도 모른다. 알아들었지? 그런데 저분이 한번 이같이 백로白鷺 지난 듯한다 면 섭섭한 노릇이니 가신 뒤 일후日後에라도 뵈옵고 싶거든 「○○일보 이 주사전李主事殿」 이라고 기별하면 언제든지 또 오실 게다. 알아들 잘 들었지? 항뚱거리다가6 잊어서는 아니 된다. 자, 나는 바쁜 일이 있어 먼저 간다. 깨시거든 먼저 가더라고 그리해, 응……』

5 이떤 일을 해도 그 자취가 남지 않음.
6 긴성으로 엉뚱한 짓거리를 하다.

135

나는 더 놀다 가라고 붙잡는 것을 뿌리치고 거리로 나왔다. 나와서 휘ー사위를 한번 둘러보고서야 경야經夜(밤을 보내다)한 처處(장소)가 어디인지를 깨달았다. 그 전날 밤 둘ー성재하고ー이 술이 대취하여 노량진 종점에서 전차를 잡아타고 오다가 무슨 객기나 광증으로인지 현 남영동 네거리에서 내려 가지고 구 용산 막바지를 찾아갔던 것으로 틀림없는 「도산桃山」유곽이었다. 작취昨醉(어제 취한 술)는 미성未醒(아직 깨지 않음)이라 머리는 띵하고 다리는 그제도(그때도) 헛놓였다. 아아! 자욱한 조무朝霧(아침 안개) 낀 유흥가의 새벽 풍경이여!

수삭 후였다. 어찌어찌하여 단서를 얻어 알았는지 다름 아니라 그 요망스럽고 살뜸맞은[7] 것들이 잊어 버리지도 않고 진짬[8]으로 편지를 써 보냈다. 하루는 괴발개발 여필女筆로 끼적거린 일통一通의 염찰艷札[9]이 ○○일보사 이 주사 앞으로 틀림도 없이 날아들어 갔는데, 그것을 눈치 빠른 기자들은 본인보다도 먼저 뜯어보고 술 한잔 톡톡히 생겼다고 좋아서 수군수군하고 있는 판에 이제껏 짐작 못하는 성재는 터덜터덜 신문사로 들어오는 것이었다.

<hr>

7 당돌하고 생뚱맞다.
8 잡것이 섞이지 않은 순수한 물건.
9 남녀 간에 애정을 담아 보내는 편지.

136

갑 기자, 「요새 선생 염복艶福(여자가 따르는 복)이 많으시더군요.」

성재, 「그게 다 무슨 소리요?」

을 기자, 「변명 소용 없외다, 딱 증거물이 있으니까요.」

성재, 「도대체 무엇이란 말이요?」

병 기자, 「술 한잔 톡톡히 내시지 않고 거저 아시려구요? 안될 말씀이지요.」

이같이 승강昇降(옥신각신 다툼)하는 판 예의 증거물을 내어놓는 데는 아무 도리가 없었는 지 성재 측 양보로 문제는 귀결이 되어 파사罷仕 후(일 끝난 후) 성재는 참으로 톡톡히 한잔을 낸 바 그 당시 기억의 한 토막으로 달아둘 것은 안석영도 그 토주討酒(술을 강제로 청해 마심)꾼의 한몫을 본 것이다. 월강주 여독이라고나 할까?

137

야반夜半 **화장장행**

잠은 분명코 깨었다. 그러나 눈은 뜨이지를 아니 하였다. 아무리 애를 써서 눈을 뜨려 하였으나 눈가죽은 종시 말을 듣지 않았다. 몸을 추슬러 보려고도 하였지만 천 근인지 만 근인지 요지부동搖之不動이었다. 사지四肢(두 팔과 두 다리)는 커녕 일지一指(손가락 하나)도 꼼짝할 수 없었다. 전신이 자두지족自頭至足[1] 경화硬化된 것이 거의 감각을 상실한 중에도 희미하게 깨달아졌다.

『아뿔사, 이 추운 밤에 한데서 잤구나!』란 생각이 떠올랐다.

이래서는 아니 되겠다고 나는 헝클어진 정신을 가다듬고 있는 힘을 다하여 일어서려고 노력하였다. 그러나 두 팔두 다리가 뻣뻣하여진 데다가, 허리조차 구부려지지 않아 일어나서 앉기까지 쓴 애만 하여도 이만저만이 아니었다.

하여간 나는 그때 생후 처음으로 「사死의 암영暗影」이 내 위를 스쳐 지나감을 느꼈다.

취안이라기보다 동안凍眼(얼어붙은 눈)을 억지로 뜨고 이를 악물고서 그야말로 혼신의 사력死力(죽을 힘)을 들여 일어나 앉아서 사위를 돌아보았다.

어딘지 산중만 같고 그 외에는 전연 방향을 짐작치 못하겠는 중 언제 내린 눈인지 백

1 머리부터 발끝까지.

설만 애애 瞳瞳[2] 하였다. 참으로 기막히고 놀라운 행차였다. 감각이 없으면서도 유일하게 감각한 것은 습골 髁骨[3] 하는 한기였다. 상하악 上下顎(위아래 력)이 부스러질 지경으로 이는 딱 맞쳤다.

살펴보니 누구의 무덤 상석 床石 위에서 몇 시간인지는 모르는 채로 나는 경야 經夜를 한 것이다! 둘러보는 대로 난데없는 비석이 우둑우둑 초병 哨兵들같이 서 있었다.

『아하 묘지로구나.』

나는 중얼거리면서 이번에는 제법 일어나서 보려 하였으나 두 다리가 굴신 屈身(굽힘과 편이 잘 되지를 않았다. 일어서려 하다가는 쓰러지고 쓰러졌다가는 다시 일어나기를 몇 번이나 되풀이하였는지 알 길이 없었다. 칠전팔기라더니 나는 그날 밤 소불하 少不下(적어 도) 칠십전팔십기는 하였을 것이다.

그렇다고 산중, 아니 「제물 묘지」에서 동사 凍死를 하여서는 아니 되겠다는 생각을 하니 악에 받친 탓인지 용기는 다소 돌아왔다. 최후라는 각오로서 문자 그대로 전지도지 顛지도지 之倒之[4] 하며 걷는다는 것보다는 차라리 그 묘지 사로 斜路(비탈길)를 굴러 내렸다. 전지도지를 우리말로 쓰면 엎드러지며 곱드러져 가면서인데 바로 그대로 분간 못할 길ㅡ눈 탓으로ㅡ을

2 눈이나 서리가 내려 회디회다.
3 뼈에 스머듦.
4 엎어지고 넘어짐.

139

지세地勢의 경사를 단벌가는[5] 지침으로 유치원 원아나 소학생들이 「슬라이딩 보드」를 내리듯이 굴러 내렸다.

하여간 나는 천신만고千辛萬苦 큰 거리까지 굴러 내려 가지고는 이제는 참으로 기진맥진 만사를 천운에 일임하고 노방路傍(길 옆)에 횡와하여 버렸다. 각일각刻一刻[6]으로 증대되는 한기는 참으로 배길 수가 없었다.

얼마를 그곳에 누워 있었던지 어디서 딸랑딸랑하는 방울과 소의 영각슝角(소가 길게 우는 소리) 소리가 들려왔다. 적무인寂無人(사람 흔적이 없음)한 동야冬夜(겨울밤) 노상에서는 그 소리만도 반가웠다.

나는 구조를 청할 차로 소리를 질러보려 하였으나 목소리조차 굳어 버렸는지 무효과이었다. 하여간 워낭 소리와 영각 소리가 내가 누워 있는 편으로 향하여 오는 것이었다. 이제는 제법 사람들이 두런거리는 소리조차 들려왔다.

어디서 어디로 가는지는 모르나 그러나 실은 우차牛車들이 내 앞에 이르는 것이었다. 살아날 기회는 이때뿐이라고 최후의 용력勇力을 내어 그 차부車夫들에게 나의 치른 곤액困厄[7]을 말하고 한시바삐 최근거리에 있는 주막집으로 끌어다가 달라고

5 지침으로 유치원... 단벌가는
6 시간이 지남에 따라.
7 곤란과 재액. 몹시 어려운 상황과 재앙이 겹친 불운.

호소하였다.

그 심덕心德(너그럽고 착한 품성) 좋은 차부들은 딱한 듯이 나를 보다가 흔연히 낙낙諾諾 하고
둘이서 나를 부축하여 가는데 나는 차부들에게 대관절 여기가 어디냐고 물었더니 홍제
원이라 하였다! 그러면 나는 그 추운 겨울밤—시간은 모른다—을 홍제원 화장장火葬場에서
치렀던 것이다.

「화장장의 동사」할 뻔이란 그 끔찍한 대조에 다시금 놀라지 않을 수 없었다. 주막집
으로 들어가는 맡으로 주파酒婆에게 술국이라도 끓이라고 부탁하고 방으로 들어가서 그 차
부들과 수삼 배씩 나눈 뒤에 원체 얼었던 몸이 일시에 풀리는 탓으로 나는 그 자리에 쓰
러지고 말았다.

착각의 척도 일속一束[1]

나는 당시 살기를 노량진 넘어 흑석동에서였다. 흑석동과 홍제원 엄청난 방각方角(어떤 방향의 위치)의 차위差違(차이가 크게 틀림)이었음에 틀림없다. 그러나 사후 냉정히 생각하여 보니

사리 당연한 일이랄 것까지는 없어도 가장 「정확」한 논리적 「귀결」이었다.

내가 그때 술 취하기는 종로 부근이었는데 취후醉後 전차를 탄다는 것이 그릇되어 노량진 종점에 가서 내려야 할 내가 영천 종점에서 내렸던 모양이다. 나는 종시 방향을 깨닫지 못하고 바로 가는 길이어니 하고 녹번리 고개편으로 한없이도 걸었던 모양이었다. 영천 종점을 노량진 종점으로 착인錯認(잘못 알다)하였고, 녹번리 비탈길을 한강변 언덕길로만 치고서 가고 가다가 도착된 곳이 상기上記 화장장이었던 모양이다.

그런데 나는 역시 취후에 방향을 그르치어 사는 곳과는 딴판의 곳으로 방황한 적이 그런 뒤에도 한두 번이 아닌 중 그중에도 기록적인 것은 취중에 청량리 밖에서도 상당히 원격지인 전농동행이었다! 동서낙락東西落落[2]이라더니 흑석동과 전농동은 방위로나

1 한 묶음.
2 동과 서의 사이가 떨어짐.
여간 어그러지고 사이가 먼 곳이 아니었다.

그러나 내가 상기한 화장장행같이 전농동행을 합리적으로 설명할 수 없다. 무슨 경

로로 전농동에를 이르렀고 어떻게 집에 돌아온지도 전연 모르고 그 익일 잠을 깨어 가인

家人(집안사람)에게 물어보니 보지 못한 학생 하나가 데리고 왔더라는데 그는 내 주머니에

서 명함을 꺼내어 주소를 알아 가지고 그야말로 절대 호의로 장거리 호위를 한 것이라

하였다.

오래 지난 것은 그만두고 10여 일 전에만 해도 술이 대취하여 삼각지에서 전차를 바

로 내리기는 한 모양인데 어찌 된 셈인지 나는 집을 지척에 두고 원효로 방향으로 나아가

서 도화동 쪽으로 번지어 그곳 노상에 쓰러졌던 것이다.

몇 시간을 헤매었는지 양각兩脚(두 다리)의 피곤이려니와 끊어질 듯한 요통으로

해서 그럭저럭 취기는 걷혔으나 촌보寸步(조금 걷는 걸음)를 떼어 놓을 수 없어 노상 경야經夜으로

를 결의하고 있던 판 난데없는 군인 하나가 지나다가 이를 보고 차마 발길이 떨어지지

를 아니하였던지 나를 흔들어 일으키며 친절한 어조로 나의 주소를 묻는 것이었다.

나의 집이 삼각지라고 하니 그는 다소 당황한 듯 여기는 도화동으로 삼각지까지 상당

히 멀 뿐더러 교통시간도 지나고 했으니 어서 가자고 나를 부축하여 일으켰다. 나는 그 군

인에게 술은 웬만큼 깨었지만 한 걸음도 걸을 수 없다고 솔직히 말하였더니 그 인자한

군인은 나를 잡아 일으켜 내 한 팔을 자기 목에 걸치게 하고 나의 집까지를 떠메어 오다

시피 하였는데 그 군인으로 말하면 당시 육군본부에 근무하고 있는 이등중사 장대근 군

으로 가족들은 그저도 중국 방면에 있고 자기 홀로만 와서 외로운 생활을 하고 있노라고 하였다.

참으로 아름다운 심정을 지닌 군인이었다. 남이야 취와노상醉臥路上[3]하였든지 말았든 지 본체만체하고 지나갈 것을 자기의 귀영 시간도 바쁠 터임에도 불구하고 그러한 난행難 行(하기 어려운 행위)을 함에는 나는 참으로 그 고마움을 표할 말이 없었다. 우리 민국民國의 군 인정신이 모두들 이랬으면 하고 심중으로 기원할 뿐이었다.

사死의 도약

이번에는 내 건강에 대하여 잠기暫記(잠깐 적음)하여 보려는 바 나는 아소시兒少時부터 50 이 넘은 오늘까지도 무병無病으로 일관이다. 입 빠른 건강 자랑을 하다가 명일에 가서 여하히 될지도 예단키 어려우나 나는 다만 과거와 현재만의 나의 건강 상태를 적는 것으로 나의 건강은 언제든지 호조였다.

나는 나의 몸을 천대한다는 것보다는 차라리 학대를 하였다. 학대를 하여도 지지리 하였으나 남만 못지않게 근기 강한 몸의 건강은 끝끝내 나를 저버리지를 아니하였다.

나는 50 평생에 소화제 한 봉, 감기약 한 첩 신세를 지지 아니하였다. 하도 몸에 고장이 생기지를 아니하여 30 전후 한창 젊었을 때에는 건강이 도리어 짐이 되어 주체를 할 수 없던 중 때로는 자진하여 치레스러운¹ 체 성병에나 걸려보려는 유혹에도 빠지었지만 그 병마저 않아볼 행운이 나에게는 없었다.

나는 참으로 건강하다, 아직까지도. 보통 건강으로 나와 같이 몇십 년을 하루같이 먹었더라면 벌써 총중고골塚中枯骨²이 되었을지도 모른다. 술을 마시는 것이 「수」가 아니라

1 실속 이상으로 꾸며 드러내다.
2 무덤 속의 마른 뼈.

145

잘 배기는 것이 첫째다. 하루 먹고 하루 병이 나는 것은 술이 아니다. 이틀 사흘 앓는
면 더욱 술이 아닐 게다. 나는 그런 사람들에게 동정은 한대도 경의는 결코 표하지 않는
다.

나는 아무런 독주, 악주, 혼주混酒를 질러 없이 난음하고서도 그 익일 절대로 자리에
누운 적이 없었다. 학교면 학교, 신문사면 신문사, 풍풍우우風風雨雨 개근 일관이다. 그리
하여 어느 친구는 나의 건강은 일종「원시적」이라고까지 말하였다. 난데없는 책임감으로
날이 밝도록 마시다가 집에 돌아갈 시간의 여유가 없을 때에는 집무처執務處로 직행한
적도 한두 번이 아니었다.

그런데 차항此項(이번 항)에 제題를「사死의 도약」이라 하였으니 도약담跳躍談은 빠뜨릴 수
없는 것으로 그때 그 도약이야말로 나의 명정 기록 중에도 특기를 그린 까닭이다.

때는 15、6년 전 여운홍 군이 종로서 백합원을 경영하고 있었다. 하루는 내가 그
백합원에를 가서 술을 마셨다. 얼마를 마셨는지는 나 외에 딴 손님은 한 사람도 없었
다. 주인 여 군이 참기가 어려웠던지 마침내는 나와서 술도 어지간히 취했고 시간도 벌
써 자정이 지났고 보이들도 곤해서 쉬어야 할 터이니 어서 가라고 퇴거를 명하는 것이
었다.

그러나 나는 술을 더 먹어야 한다고 항의하였다. 여 군은 절대 무양보 태도로 나중에
는 보이들의 협력을 구하여 가지고 거의 반폭력으로 나를 길거리로 끌고 나와서 마침지

나가던 자동차에 쓸어 넣고서는 『이 양반 댁이 동대문 밖 동묘 부근이니 빨리 모셔다드

리라』고 여 군은 운전수에게 분부하였다.

차는 적무인寂無人한 가상術上을 동대문으로 향하여 구르고 있었다. 나는 참으로 차내에

서 분개하였다. 불본의不本意한 끌려가는 그때 그 분격! 누를 길이 바이 없어 전력을 다

하여 가지고 차 창을 맹축猛蹴(매우 심하게 차다)하여 열고 길바닥으로 뛰어 내렸다.

경겁驚怯(놀라서 겁을 냄)한 운전수는 급정거를 시키고 내려 나를 안아 일으키는 것이었

다. 어찌 된 기적인지 절완절각折腕折脚3은커녕 나는 미상微傷(가벼운 상처)도 입지 않은 「듯」

하였다. 그때 그 일은 지금껏도 생각만 하면 모골이 송연하였다. 절완절각은 그만두고 떨

어지는 길로 그 아스팔트 위에 뺨만 긁혔더라면 어찌 되었겠나를 독자 여러분은 상상하

여 볼 것이다.

참으로 사死의 도약이오, 참으로 기적적 구명救命이었다. 나는 다시 차에 실려 가다가

동묘를 지나 영미교 앞에서 하차하였다. 요금을 물으니 운전수는 엄청나게 청구하였다.

차창이 파손되어 수선료까지 합친 것이라는 것이다.

갖은 승강과 타협으로 나는 몸에 가졌던 3, 40원을 주어서 돌려보냈다. 그때 백합원

런치 값이 50전이었음을 알아서 둘 필요가 있다. 나는 영미교 다리를 걸어가는데 차에

3 팔다리가 부러짐.

147

서도하跳下(뛰어내림) 후 미상도 입지 않은 줄만 알았더니 뜻밖에 왼편 발목이 몹시 불인不

仁4하였다. 비척비척 집—상왕십리—에를 걸어 가서 자고 그 익일 깨어서야 비로소 발목이

부러진 것을 발견한 것이다.

그러나 「자연치료」의 묘법을 믿는 나로서는 병원 신세지는 것은커녕 침 한 대도 맞지

않고 누워 있었다가 오후가 지나서 역시 꿍무니가 들썩거리어 단장短杖(짧은 지팡이)에 몸

을 의지하고 음주 행각차로 다시금 종로 가상街上의 사람이 되었다.

실태가 아니라 이어인 광태인고!

4 몸의 한 부분이 마비되어 움직이기 거북한 상태.

철원주점담 酒店譚

회고만 하여도 지긋지긋한 일정 시대의 술의 기근! 우리 같은 음주당은 눈만 뜨면 그날의「모募」주酒[1]에 전 신경을 쓰고 전 노력을 경주傾注(집중하여 기울임)하였다. 대색사방大索四方[2]하는 주점에를 앞자리를 빼앗기지 않으려 3시만 지나면 가서 대기하고 있었다. 5시에 개문開門(문을 열음)하는 오후 5시 소위「나라비」[3] 술밖에는 없을 때였다. 개문 되어 들어서서 일정량의 술을 급히 마시고는 부랴부랴 튀어나와 뻥 돌아 그 행렬의 뒤에 가서 또 대어서는 것이었다.

이같이 대노력大努力을 하던 결과 운이 좋으면 두 차례는 걸리고, 대운이 뻗치면 세 차례까지는 걸리는 수가 있는데 지금 와서 생각하여도 그지없이 안타깝던 것은 한 사람씩 한 사람씩 행렬이 줄어져 내 차례가 가까워올수록 마음은 초조하기 짝이 없던 중대망待望의 내 차례에 이르러 술이 떨어졌다고 술집 강아지가 외치는 것이었다! 더군다나 추운 겨울밤에 동동 발을 굴리며 기다리다가 이 꼴을 당할 때의 상심傷心되는 것이

1 술을 모음.
2 사방으로 찾음.
3 「줄」을 속되게 이르는 말.

란 비길 곳이 없었었다.

주욕酒慾(술 욕심) 많은 나는 일안一案을 얻어 가끔가끔 불주객不酒客[4]하고 동행하는 것이었다. 그에게로 돌아가는 술 사발은 내가 마시고 내 안주는 그가 먹자는 것이다. 이 무슨 편무적片務的[5]、 일방적、 봉사적 동행이었던고! 가끔은 해도 자주는 못할 노릇이었다.

이러던 판 어느 날 나는 종로 2가 뒷골목에 있던 철원주점을 찾아갔다. 그때 그 집주인은 나와는 면분面分[6]도 있는 데다가 그날은 유난스레 기분이 좋아서 나에게 특배特配(특별 배급)의 은전을 베푸는 것이었다. 그리하여 10여 대접을 따라 놓던 대로 안주 먹을 새도 없이 연음連飮(잇달아 마심)하였다.

그러던 참 내 옆서 술을 먹고 있던 일위 주객酒客은 손에 술잔을 든 채로 마시는 것도 잊어버리고 나의 「초속超速의 경음鯨飮[7]」을 감탄 불이不已(그치지 아니 함)하는 태도로 바라보고 있다가 『참、 참、 참、 참 술 잘 자십니다』하며 더는 참기가 어려웠던지 내 앞에 와서 예찬을 퍼붓는 것이었다.

<hr>

4 술 안 마시는 손님.
5 어느 한쪽에서만 의무를 지는.
6 얼굴이나 알 정도로 사귐.
7 고래가 물을 마시듯 술을 마심.

의외로 나는 음주 문제門弟(문하생) 하나를 얻은 셈이었다. 그럭저럭 술이 취하여 주인에게 술값을 내려 하였더니 그 미지未知의 우인友人은 한사限死하고[8] 자기가 나 먹은 것까지 전부의 셈을 치르겠다는 것이었다.

나는 취중에도 어이없어 『대관절 뉘 댁이시오?』하고 물었더니 『네, 또 뵈올 날이 있을 것입니다.』부리나케 술값을 내고는 표표연거지飄飄然去之[9]하는 것이었다.

8 죽기를 각오하고.
9 가볍게 훌쩍 떠나가다.

151

근구일명 僅救一命 1

역시 흑석동에 살고 있던 때였는데 그곳에는 애류崖溜(권덕규), 담재淡齋(정재원), 허인許人(이동

석, 이제는 고인 된 팔극八克(유지영)도 살았었다. 왜정의 은택으로 완전 「룸펜」들인 우리는

특수한 기회 외에는 시내 진출은 거의 망계妄計(옳지 않은 계책)이어서 영세한 주머니를 서

로서로 털어 드문드문 그 근처에서 막걸리 추렴을 내었다.

그러다가 하루는 시내 진출의 호운好運이 나에게 비래飛來(날아 옴)하였다. 돈암동 사는

어느 친구가 자기 집에 가양家釀(집에서 빚은 술)이 있으니 먹으러 오라고 전인傳人을 보내었던

것이다.

때는 장마통이라 비는 주룩주룩 내리건만도 나는 흔연히 옷을 떼어 입고 집을 나서

려니 나의 아내는 술도 좋지만 미친 사람이 아닌 다음에야 이 우중雨中에 나갔다가 이번

엔 무슨 꼴을 볼 것 같소? 더군다나 몽조夢兆(꿈에 나타난 징조)가 좋지 않으니. 부질없는 객

담 말라고, 나는 판잔을 주고 용기 있게 문을 나서 소향지所向地(가기로 한 곳인 돈암동으로

가서 모처럼 흔한 술에 이취만취가 되었다.

1 간신히 목숨을 구함.

고래 古來(예부터)로 흥진비래 興盡悲來2란 말도 있지만 이번 나의 경우는 흥진비래의 유가

아니었다. 지레 말하지만 까닥 하였더라면 흥진「참慘」래 할 뻔하였던 것이다. 돈암동에

서 어떻게 노량진까지 왔는지 그 기억은 전연 나지 않는 채로 나는 틀림없이 내렸던 까

닭에, 다행히 녹번리행 하던 때와는 달리 이번에는 제법 방향을 「불행」히도 그치지 않

고 한강변 언덕길을 더듬더듬.

길바닥은 논이라기보다는 수렁이었다. 흙탕물은 신발목 위에 올랐다. 그리하여 걸어

간다는 것보다는 차라리 진 메주를 밟는 격이었다. 찔꺽찔꺽 꿀꺽꿀꺽 걸음 떼일 때마

다 신발이 벗겨지는 것을 감각할 지경이었다. 그런데 설상가상으로 그 원수의 대동아 전

쟁의 덕택으로 등화燈火는 완전히 관제되어 그야말로 아무런 올빼미라도 지척을 분간할

도리가 없을 지경이었다.

이런 때이 경우에는 두 눈은 완전 무용無用의 장물長物3이다. 다만 전신의 총감각을

발끝에만 집중시키고 빠지며 미끄러지며 그 비탈길을 천방지축 있는 오른쪽을 버리고

강편인 왼쪽으로 넘어가다가 아뿔사! 미끈둥 나는 불가항력으로 그 강비탈을 굴러 내리

는 것이었다!

2 즐거운 일이 다하면 슬픈 일이 옴.

3 불필요하거나 남는 물건.

술은 그럭저럭 깨었다. 굴러 내리며 곰곰이 생각하니 참으로 기가 막혔다. 풀뿌리 나

뭇등걸을 부여잡고 아무리 오르려 애를 썼으나 도로 徒勞(헛수고)였다. 원청강 미끄러운 판이

고 나 자신의 체중 관계로 해서 나는 자꾸자꾸 밀려만 내리는 것이다. 천신만고하여 한

자를 오르려다가는 두 자、석 자、넉 자 가속도로 나는 전락하는 것이었다. 강물은 창일漲

溫(물어 넘침)하여 언덕 밑 굴러만 내리면 수장水葬은 필정必定(반드시 그렇게 됨)의 운명이었다.

나는 다만 기적을 바라며 밀려 내리던 중 무엇인지 두 다리 틈에 덥석 하고 끼어지

는 것이 있었다. 손으로 더듬어 보니 틀림없는 나뭇등걸이었다. 나는 정신을 바짝 차리

고 그 나뭇등걸을 애인인 양 꺼안았다. 그때 그 나무는 나에게는 보통의 나무가 아니라 내

생명의 지주支柱(기둥)이었다.

나뭇등걸을 껴안고 밤을 새는 그 경황없던 판에도 몽조가 좋지 않으니 제발 나가지 말

라는 마누라의 권고를 물리친 것을 통회痛悔(매우 뉘우침)하였다. 그 지루하던 밤도 끝이 나

고 동은 트기 시작하였다. 그러나 반등攀登(기어 오름) 개시에는 시기상조였다. 나는 이왕이

면 날이 활짝 밝기를 기다렸다.

이곳에서 만약에 또 실족을 한다면 그 결과는 불문가상不問可想4이었다. 결사적 인내

의 보수로 그 언덕 비탈길 중 최안전처이려니 생각되는 골짜기를 발견하여 가지고 나는

4 묻지 않고도 상상 가능함.

마침내 반등에 성공하였다.

언덕 위에 올라는 왔으나 행색은 참으로 말이 아니었다. 자두지족自頭至足 진흙투성이

만 되었을 뿐 아니라 그때 내 얼굴을 내가 못 보았으니 말이지 그 광경은 참으로 비참막심

悲慘莫甚5하였다. 물을 것도 없이 모자, 우산, 신발은 온데간데가 없었다. 나는 동리 사람

눈에 뜨일세라 한 덩어리 진흙으로 화하여 집에 돌아갔던 것이다.

5 비참하기가 더 심할 수가 없음.

애주의 심도 深度

모든 것에 아낌성 없는 나는 술에 대하여서만은 유난히도 인색하였다. 인색이라니 말이 지 그 인색은 내가 마시고 남에게 권하는 데 인색이란 말이 아니다. 도리어 그 반대로 호붕好朋(좋은 친구)만 상대하면 피차에 쾌음하기를 즐겼는 바 문제는 상대방이 술 한 잔만 흘려도 하도 술이 아까워서 그 술 흘리는 친구를 밉게 볼 지경으로 술 방울에 인색하였다는 것이다.

참으로 일적천금一滴千金[1]의 원리를 나 이상으로 체득한 사람은 드물 것이다. 나는 집에서나 술집에서 술을 마실 때 병이면 병, 주전자면 주전자, 주배酒盃(술잔)가 오락가락하는 사이 점점 줄어가는 것이 무엇보다도 안타까워졌다. 과장 같지만 술이 한 모금씩 줄 때마다 생명의 한 토막이 끊김을 느꼈다. 더욱이 돈이 넉넉지 못할 때에는 그리하였다.

그다지도 안타까운 술이 연석宴席(잔치 자리) 같은 곳에서 천대를 당할 때처럼 나는 불쾌를 느끼는 적은 없었다. 흘리고 쏟고 엎지르는 것은 술이 흔한 탓도 있겠지만 어차어피 남이 대는 술이니 아껴 무엇하리오 하는 태도로 술을 마시는 천

1 (술) 한 방울을 천금처럼 귀하게 여김.

於此於彼(이러거나 저러거나)

장부 賤丈夫²들을 나는 심저 心底(마음 깊은 곳)로부터 증오하였다. 일적주一滴酒(술 한 방울)의 귀

중한 가치를 모르는 그 우맹愚氓(어리석은 백성들이 민연憫然³하여 보였다.

하여간 나는 술에 대하여 무저無底(밑바닥이 없음)한 관심이 있어 애주 정도를 지나서 탐

주貪酒(술을 욕심냄), 익주溺酒(술에 빠짐하였지만 내가 의식하고 기억하는 한에서 술 한 방울

이라도 「허비」한 적이 없는 것이다. 이토록 사랑스러운 술을 상항上項(앞의 글)에도 말한 바

와 같이 나는 소위 대동아 전쟁 통에 참으로 굶주렸다. 말하자면 주란酒亂(술 난리)을 뼈저

리게도 치른 것이다.

한 잔 술에는 원근遠近이 없었다. 술만 있고 술만 있을 듯한 곳이면 전후를 불계不計

(따지지 않음)하고 찾아가는 것이었다. 또 「나라비」술 이야기가 나지만 지금껏도 기억에 어

제 일같이 새로운 것은 현 충무로 당시 본정통本町通에 있던 「금강산」이란 역시 5시 정

각이면 개문개문開門 하는 술집─주간은 다방─에를 3시경만 되면 쏜살같이 가서 1、2、3착

을 다투는 것이었다.

주는 것은 일 인당 일본 브랜디 두 컵─극히 적은─씩이었는데 눈치 있고 민속敏速하게

만 동작을 한다면 역시 1、2、3회는 차례가 간 것이었다. 가령 2회면 네 컵, 3회면 여

섯 컵으로 불주객과 작반(作伴)(길동무를 삼음)이 될 때에는 물론 그 배(倍)이었다. 참으로 악전고

투랄까 나는 요 갈증(渴症)4하기에 그같이도 고초를 치르고 겪었다.

이같이 구차스럽고 군색스럽게라도 몇 잔을 얻어먹고 길거리로 나오면 잠시 기분은 도

연(陶然)5하여지나 걱정이 그다지도 애를 써서 얻어먹은 술이 금시에 깨면 어찌 하나로 아

무리 더운 여름이라도 나는 바람이 무엇보다 싫었다. 바람이란 취기를 보유시키는 커

녕 발산시키는 임무를 언제든지 하는 장난꾼인 까닭이었다.

그리하여 술이 「설」취하거나 반취쯤 되었을 때에는 전차를 타도 술기운이 가져지는

것이 아쉬워서 성염(盛炎)(무더위) 중이라도 차창 가나 운전대는 피하는 것이었다. 이만하면

애주에 대한 심도(深度)를 독자들은 추측할 것이다. 일점의 과장이 아님을 사족 삼아 부

언하여 둔다.

4 목마름을 면하기 위해 물이나 술을 조금 마심.

5 술이 알맞게 취하여 거나함.

실화기 失靴記 일절

소위 해방 후 미군이 주둔하게 되자 갑자기 영어 마디나 하는 사람들이 등장하는 시대는 온 것이었다. 통역으로, 관리로 웬만만하면 무난 채용이 되었다. 자동차로, 지프차로 미군 장교들과 병견並肩(어깨를 나란히 함)하여 그네들은 치구馳驅[1]하였던 것이다.

필자 역亦 영어 마디나 아는 관계로 만나는 사람마다는 여출일구如出一口[2]로 『아, 이제는 자네 뽐낼 시대는 도래하였으니 한번 나서서 보게, 아까운 영어를 썩히지 말고』라고 나를 들먹이는 것이었다. 하여간 나는 아무 데나 무엇으로나 나서지를 아니하였다. 이같이 「아까운 영어」를 썩혀 버린 탓으로 발신양명發身揚名[3]의 천래天來(하늘이 내림) 호기는 상실된 것이었다. 군소리는 그만하고 본론으로 들어가자.

다 알다시피, 다 겪다시피 해방 전후를 통하여 계속되는 무직 생활로 해서 나의 궁상은 현저하였는데 남들과 「대조적」으로 볼 때는 더욱 그러하였다. 어느 날 창주滄柱(현동완)를 만났는데 그는 나의 파화破靴(망가진 신발)를 유심히도 보더니 『여보 수주, 신발이 그래 가지고야 되겠소? 내가 얻어둔 신발이 한 켤레가 있으니 갖다 신으라』고 하였다. 참으로

---

1 말이나 수레 따위를 타고 달림.
2 여러 사람의 말이 한결같음.
3 구차한 환경에서 몸을 일으켜 이름을 드날림.

159

아름다운 아무 타의(他意=다른 뜻) 없는 증여였다.

나는 이같이 창주의 증여화 덕택으로 4、5일 동안은 발씨(발걸음을 옮겨 놓는 모양) 가볍

게 다녔다. 그러던 중 어느 날 우연 종로 노상에서 월란月灘을 만났는데 그는 박씨집ㅡ밀주

를 뜻함ㅡ좋은 데를 아는 곳이 있으니 가자고 하였다. 반대할 내가 아니다. 의외 분복分福

(라고난봄)에 작약崔躍할 지경이었다.

그리하여 우리 양인은 상기上記 박월朴月ㅡ월란과 동성同姓임이 미안ㅡ집에 가서 마시고는

피차에 반취 이상은 된 셈인 판인데 그 집을 나와 가지고는 역시 우연히 지금은 월북한

이상호李相昊 군을 만났는데 그는 그날 기분이 자못 헌앙하여 자기가 한잔을 더 낼 터이

라고 관수동 국일관으로 우리를 이끄는 것이었다.

그곳에 우리 3인은 환담, 환음하고 헤어졌는데 이번에는 또 어찌 된 셈이나 곡절인

지 기다란 딱딱한 벤치 위에 누워 있었다. 드나드는 경관들만 보아도 파출소임이 틀림없

었다. 나는 벌떡 일어났다.

재방在傍(곁에 있음) 하였던 경관 하나는 나에게 술이 어지간히 깨었느냐고 다소 야유적

으로 묻는 것이었다. 나는 그 말에 대답할 사이도 없이 도대체 이곳이 어디냐고 반문하였

더니 을지로 입구 파출소라고 답하였다.

4 기뻐서 날뛰며 좋아함.

나는 밤새 폐를 끼친 것을 진사陳謝하고 나오려다가 갑자기 발이 허전허전함을 감각
하였다. 아뿔사! 또 실화失靴(신발을 잃어버림)로구나. 내심으로는 번연히 알면서도 나는 시
치미를 떼고 내 구두 보지 못하였느냐고 물은 바 그 경관은 노발대발하며 『여보시오, 누구
신지는 모르겠지만 보아하니 낫살이나 자신 처지에 그게 무슨 수작이오? 그러면 하룻
밤 보호해준 보수로 우리를 도둑놈을 만드는 것이오? 물에 빠진 사람을 건져주면 보따
리 찾아내란 말도 있기는 있더니 당신이 꼭 그런 수작을 하는 사람이오. 기실 어제 당신
이 어디서 그리 취하였는지 식산은행 월편越便(건너편) 길에 누워 있는 것을 우리가 끌어
다가 벤치 위에라도 쉬게 한 것이오. 그런데 지금 와서 구두를 어쨌느냐는 수작이니 그게
될 법이나 한 말이오?』라고 순순연諄諄然(타이르듯이) 설법을 하는 것이었다.

아무리 젊은 경관의 말이라도 부수청명俯首聽命5할 뿐이었다. 나는 하는 수 없는 나
의 불미不美와 불찰不察을 사과하고 집으로 돌아가겠다고 파출소 문을 나서려니 그 경관은
아무리 집에 돌아가는 것이 바빠도 교통시간이 해제되기 전에는 허락할 수 없다고 하였
다. 파출소 나무 벤치 위에 그 경관과 대좌하여 날이 새기를 기다리고 있던 나의 초라한
맵시 누구의 눈에 뜨일세라 하였을.

이제는 그 지루한 시간도 지나고 마침내는 교통 해제의 우렁찬 사이렌 소리가 효천曉

5 고개를 숙이고 명령을 들음.

天(새벽) 하늘을 흔드는 듯하였다. 나는 그냥 나올 수가 없어서 주소성명을 자진하여 적고

버선 바닥으로 거리에 나섰다. 전차는 아직 통행치를 아니 하였다. 통행이 되었더라도

나는 전차는 타지 않고 내 집 있는 삼각지까지 내처 걷기를 결의하였다.

원체 이른 새벽이라 거리에 행인은 없어도 곧 누구에게 띄일 것만 같아서 나는 될

수 있는 대로 큰길을 버리고 샛길로 꼬불거리며 집 편으로 향하였다. 그러는 동안 길에는

행인들도 늘었고 전차도 다녔다.

삼각지에 도착하였을 때는 날이 활짝 밝았다. 을지로 4가에서 삼각지까지 상기한

채로 그 양장로洋腸路(꼬불꼬불하고 험한 길를) 거쳐 갔기 때문에 상당한 시간이 걸렸던 까닭이

었다. 동네 길을 두리번두리번 살펴보며 집으로 들어가려던 판 어느 부지런한 계집아이

가 장보러 가는 길에 행색을 보고 거저 지나가기가 심심하였던지 『아아, 저이 좀 봐라

양말 바람으로 간다』고 재미있게 외치는 것이었다.

실모기失帽記 **일절**

전초前草에는 실화기 일절을 썼지만 이번에는 실모기失帽記 일절에 대하여 몇 자 적어 보려는 바 순위나 순서로서는 상하 전도顚倒(거꾸로 함)다. 그러나 상하 전도는 비단非但 실화失 靴, 실모失帽에 한할 배 아닌 이상 차례를 그르치지 않으려 편리껏 실물失物은 할 수 없는 것이다.

그런데 실화니 실모니 하고 실자失字 타령이 나왔으니 말이지 나의 명정 40년간은 솔직히 「실」자로 일관이다. 생래生來(라고 남)로 야성을 띠고 난 나로서는 남에게 실태나 실례는 기천幾千(몇천) 번 저질렀을 것이고 「실신失信」이나 「실의失儀」도 기백 번 범하였을 것이니, 거기에 비한다면 기회幾回(몇 회)에 불과하는 실화나 실모쯤은 문제도 아니 될 것이다.

각설하고 나는 해방 전후 기년幾年 동안 무모無帽(모자 없음)로 지내었는데 나의 대머리는 여름에는 「해받이」요, 겨울에는 「바람받이」였다. 여름철 뜨거운 것도 곤란하였고 겨울철 추운 것도 곤란하였다. 같은 곤란 중에도 후자에 이르러서는 더욱이 모자의 필요를 느끼는 것이었다.

이러던 중 창주滄柱(현 동완)를 만났는데 그는 자기가 미주 여행 중 나를 생각하고 가져왔다고 이번에는 모자 일개를 또 증여하는 것이었다. 나는 참으로 여득보물如得寶

寶物1하였다. 필요튼 모자려니와 창주의 후의를 저버리지 않기 위하여서라도 나는 조심
하여 쓰고 다니었다.

이래 나는 아무리 취하더라도 모자에만은 주의를 불태不怠(게으르지 않음)하였다. 그리
하여 비가 오면 젖을까 벗어들고 바람이 불 때에는 날릴까 챙을 꼭 잡고 다니도록 그 모
자를 애지중지하였던 것이다. 그 모자에 대한 관심이 어찌도 깊었던지 혼취昏醉(정신없도록
취함)하여 자다가도 개안開眼 일번 첫밧(첫 국면)으로 찾는 것은 『내 모자!』하고 부르짖을 지
경이었다.

그러던 중 어느 날 나는 수인數人과 오찬의 약속이 있어 「미장그릴」에를 들렀다. 당시
미장그릴은 경중수일京中隨一(서울에서 첫 번째)의 양요릿집으로서 출입하는 사람들이 군정軍
政의 일긴一緊2들인 모 부장, 모 처장 등인 데다가 그네들을 위요圍繞(빙 둘러싸다)하는 추종
도배로 해서 자못 활황을 정묷(드러내 보임)한 것이었다.

그런데 특히 2층 초입실이 소위 「특별실늠(?)로 그 특별실이란 누가 일부러 붙인 이름
이 아니고, 그 특별실에 매일 출근 식으로 드나드는 것이 모모 군정 요인, 모모 당간부들로
해서 일반 식객들은 자연히 격리되어 특별실화 된 것이다. 그 실에는 급조 아작俄作(갑자기

1 보물을 얻은 듯함.
2 퍽 긴요하게 쓰이는 사람.

그때의 진신縉紳(버슬아치들로 독점된 바)지난 일이지만 폐담弊談(군소리) 삼아 하나 할 것은

그 일실 전체 당시 공기로 보아 한국민주당 주간 사무실의 관觀이 농후하였던 것이다.

이러한 특수한 일실에를 우리는 다소 이색異色진 채 들어가서 보니 아니나 다를까서

상일, 김준연, 윤치영, 장택상 등 당시 동당同黨의 아장牙將(버금 가는 장수)들인 제공諸公이

벌써 와서 있었다. 후래後來한 우리는 말석 일우末席一隅(끝자리 한 구석)를 점하고 식사를 하

였는데 위스키 두 병을 나 혼자서 마시니 오주午酒(낮술)로는 과도하였다.

취후에 나는 짓궂은 생각으로 인락鱗卓(옆 테이블)에선 그만 먹으라고 제지들을 하는 것

을 불청不聽하고 상기 장 군—당시 수도청장—에게 위스키 일 병을 또「징발」을 하여 가지고

마셨다. 그러니 나는 도합 세 병을 마셔 버렸던 것이다. 그런데 그 이후사己後事(다음 일)는

오역부지吾亦不知3 지경으로 대취 만취하였던 모양이었다.

얼마 만인지 눈을 번쩍 뜨고 사위를 둘러보니 횅뎅그렁한 큰방 락자 위에서 일야一夜

를 지냈던 모양으로 구석구석에는 락자들이 쌓여 있는데 난로에 불을 꺼트리지 않으려

옆에 있는 젊은 사람 하나는 부절不絕히(끊임없이) 장작을 피우는 것이었다.

혼수상태에 빠진 나로서는 도저히 그 숙박처가 어디인지 분별할 수 없었다. 얼떨결

에 처음에는 경찰서이거니 하고 의아하였다. 나는 참다 못하여 그 열심으로 불을 피워주

던 젊은 사람을 붙들고 『여기가 도대체 어디냐?』고 물었더니 미장그릴이라 답하는 것이었다.

나는 이런 일을 한두 번 겪고 치른 것이 아니었지만 이때에 한하여서만은 참으로 망지소조周知所措[4] 하였다. 몸 둘 곳을 모를 지경으로 나는 그 미장그릴 보이 대할 낯이 없었다. 나는 자리에서 벌떡 일어나서 가겠다고 하였더니 그 친절한 보이 공은 못 간다는 것이었다. 밤새 큰 눈이 와서 무릎까지 빠질 정도로 전차, 자동차는 물론 불통이었다.

이윽고 큰 보이들도 들어와서 나는 다시 금부끄럽고 창피를 뻐저리게 느꼈다. 나는 여좌침석如坐針席(바늘방석에 앉음)으로 일각이라도 미장그릴에서 벗어나려 귀가를 강요하였다. 그러나 보이들은 이구동성으로 길이 트이기 전에는 절대로 못 간다 하여 저희들끼리 비장하였다는 양매주와 햄으로 해정解酊하고 분연히 일어나서 나오려니 보이들은 굳이 만류하며 점심까지 자시고 길이 완전히 트이거든 가라는 것이었다.

보이들의 호의는 극진하였지만 가다가 숫눈길[5]에 생매生埋가 되는 한이 있더라도 귀가의 결의를 하였다. 나는 참으로 일시 일각이라도 그 미장그릴에 잔류할 수는 없었다. 어성버성 그곳에서 지체하다가는 나의 작일昨日(어제) 누陋추태醜態를 자초지종 포간飽看(싫

4
5 갈팡질팡 어찌 할 바를 모름.
  눈이 온 뒤 아무도 지나가지 않은 길.

166

중나도록 실컷 볼)한 다른 식사꾼들의 눈에 뜨이고 싶지 않았다. 그리하여 나는 결연코 보이

제공들의 후호의 厚好意(두터운 호의)를 사각 辭却(말로 거절함)하고 문을 나섰다.

참으로 근년 희유稀有(드물게 있음)의 장설壯雪(큰 눈)이었다. 나서기는 나섰으나 막상 나서

보니 용기는 좌절될 지경이었으나 나는 다시금 마음을 뼈물고, 무릎에 차는 그 설중雪中

에 도보로 전지도지顚之倒之하며 삼가지 방면을 걸었다. 천지는 몽몽6, 은銀 일색으로 일대

장경壯景임에는 틀림없었다.

나는 용산인 듯한 방면으로 갖은 신고후품를 들여 걸어갔다. 얼마를 걸었는지 어림짐

작에 미군부대 영사營舍(군대가 머물러 있는 집)가 있는 곳까지는 당도가 된 듯하였다. 『아, 아,

이제는 안심이다.』

나 홀로 부르짖고 조심껏 걸음을 계속하였다. 그러나 안심은 비참히도 무용無用의 것이

었다. 나는 발을 헛디더 미군부대 앞 설추雪推로 매몰되어 있는 어느 은구隱溝7에 도입到

入(넘어져 빠짐)하였던 것이다! 외관은 눈이더니 들어서서 보니 웬셈인지 장류수長流水(길게

흐르는 물)로 제법 용용溶溶8히 흐르고 있었다.

부라부라 그 개천 언덕 위에를 올라와서야 나는 그 장류수에 나의 모자가 유실된 것

6 자욱하게 끼어 흐릿함.
7 땅속에 묻어 만든 수채.
8 물이 넓고 조용하게 흐르는 모양.

을 발견하였다. 필요한 모자도 모자려니와 구해준 창주의 호의를 저버리는 것 같아서 어심於心에 미안하였다.

물론 실모 후에도 창주에게 보報(알리다)할 용기는 나지 않았다. 그러던 중 삼사삭三四朔(서너 달) 지나서 창주는 모자 하나를 구해주며 하는 말이 『여보 수주, 고 월남月南 선생갈이 노끈으로라도 매고 다니라』 웃음의 말 반반으로 신신부탁을 하였다. 나는 물론 근신을 확약하였지만 그 근신 확약한 보람도 없이 제 2차의 실모를 한 것이다. 창주에게 대한 미안은 중대 일방一方이었다. 제 3차의 모자를 또 한 개를 작동昨冬(지난 겨울)에 주면서 제발 이번 겨울이나 나라고 부탁하는 것이다.

그런데 이제 3차로 증여된 모자는 얻어 쓰고 다닌 지 4、5삭(너댓 달)인데 우금于今(지금까지) 건재, 나는 이 이상 모자로 해서 창주를 비신費神(정신을 소모한) 시키지는 않으려고 내심 뇌고牢固히(튼튼하고 굳세게) 결심한 것이었다.

초지능적 절도

남의 것을 폭력으로 강탈하는 것은 야생적이고 원시적이다. 될 수 있으면 지력智力을 기울여 유도식으로 해서 피해자의 불쾌만이라도 덜게 하는 것이 가장 「지능적·진보적」 절도이라겠는데 나는 해방 후 차종此種(이런 종류) 도배의 이식餌食[1] 노릇을 한 셈이다.

명정 생활 기십 년에 아니 당한 봉변이 없었다. 수십 년 전 일이지만 나는 홍수동에서 강도를 만나서 곤봉의 세례를 받고 혼도昏倒[2]하여 누웠다가 정신을 가다듬은 뒤에 보니 상의와 양화洋靴(구두)가 피탈被奪(빼앗김)된 것을 발견하고 동묘전 파출소에 가서 호소하였으며 일호말一毫末(털 끝) 반점의 성의도 없는 순경공 나에게 도리어 『실물失物만 당하고 생명은 구한 것이 다행이오, 당신이 대취하지 않았더라면 물론, 반항을 하였을 것이오, 그 결과는 물을 것도 없다』고 씁쓰레히 응수하며 속수무책이라 하였다.

나는 하는 수 없이 실의失衣 실화失靴의 초라한 꼴로 영미교를 넘어서 집으로 들어갔다. 이래 차종此種 실물失物은 빈번히 계속된 바 그중에도 지능적으로 보아 기록적인 것은 물론 해방 이후이었다. 해방의 소요 틈을 타서 도처에 강절도는 창궐하는 것이었다.

1 먹잇감.

2 정신이 어지러워 넘어짐.

한번은 빙설氷雪이 심한 밤이었는데 혼자서 만취하여 비틀거리고 그 미끄러운 길을 걸어가던 중 난데없이 친절한 일위 신사는 출현하여 제의하기를 『댁이 어디신지 이 험한 길에 아저씨 못 나가십니다. 이 부근에 좋은 여관이 있으니 안내하여 드리지요』라는 것이었다. 사리 당연한지라, 나는 그를 믿고 여관 안내를 받았던 모양이다.

그 익조翌朝에 알몸뚱이만 남은 것을 직각直覺(바로 깨달음)하게 되었다. 나는 당황하여 주인을 불러 전후사前後事를 물으니 아무것도 모른다고 하였다. 그 여관 소재지는 저축은 행 후측이었는데 무엇보다도 문제는 집에를 어떻게 나신 상태로 돌아가랴는 것이었다. 자리에 다시 누워 만단 궁리萬端窮理(여러 가지 궁리)를 다한 끝 이번에는 차의 借衣(옷을 빌림)를 하여 입고 집에 가서 곧 돌려보내려 하였다.

궁즉통窮則通 격으로 바로 그 여관 인근에서 사는 서산瑞山 이충진이 생각이 불현듯이 떠올랐다. 나는 부리나케 여관 보이를 불러서 이 군에게 급파시켰다. 나의 곤액困厄3을 위곡 委曲4하게 씨 보냈더니 보이가 간지 한 시간도 미급未及(못 미침)하여 상하의 일착一着 (한 벌)과 트렌치 코트ー참호용ー외투를 보내왔다.

그런데 또한 걱정이 있으니 다름이 아니고 여관 숙박비를 어떻게 치르냐는 것이다. 나

3 곤란과 재액. 매우 어려운 상황과 재앙이 겹친 불운을 가리킴.
4 찬찬하고 자세하게.

는 그 전날 수천 원의 돈이 내 수중에 있었으나 사이지차事己至此한 판 잔존殘存(남아 있음)이 있을 리 없다. 그런데 이제 와서 생각하여 보아도 요절腰折5할 것은 이 군한테서 빌려온 옷을 입는 중인데 셔츠 주머니가 부석거리는 것이었다. 무엇인가 하고 꺼내 보니 4절四折(넷으로 접음)한 200원이었다.

그때만 하여도 시내 웬만한 여관이라도 일숙一宿(하루 묵음)에 대개 200원 하지 않을 때였다. 그런데 그 교묘도 하려니와 초인적으로 냉철한 그 절도 군, 나에게 모조리 가지고 가면서도 숙박비로 해서 내 얼마나 곤경을 치르려나 제 깐에도 걱정이 되었는지 나의 셔츠 주머니에 차곡차곡 4절된 200원을 넣고 가는 침착성을 보였던 것이다.

이 일이 있은 후에 그 익년翌年(다음해) 겨울은 역시 대취하여 수도청 부근에서 대개 전년의 것과 대동소이한 수단과 방법에 걸렸던 바 지난해의 그 절도와 동일인 여부는 미판未判(판정되지 않음)이었다.

<hr>
5 매우 우스워서 허리가 끊어질 듯함.

171

나의 음주변 飲酒辯

나의 음주변이라 하였지만 음주에 「변辯(이유를 들어 해명하는 것)」이 새삼스레 있을 리 없다. 기호물嗜好物이니 그저 마시는 것이다. 음주에 대하여 이유를 붙이는 것, 청명하니 한 잔, 날씨 궂으니 한 잔, 꽃이 피었으니 한 잔, 마음이 울적하니 한 잔, 기분이 창쾌하니 또 한 잔 등등의 구차스러운 변명이나 이유를 붙이는 것은 자고유지自古有之[1]나 엄밀히 말한다면 그네들은 정통 주도酒徒나 순수 주배酒輩는 아닐는지 모른다.

하여간 나는 이유를 불계不計(따지지 않음)하고 주작 酒酌(따르는 술)만 대하면 자연히 수미愁眉[2]가 피어지는 것이다. 나는 주주야야 晝晝夜夜(낮이든 밤이든) 술만 있으면 마시는데 책임 상 내가 맡은 사무를 전폐하고 마시기커녕 보기만 하여도 마시기 전부터도 열락悅樂(기빼하고 즐김)하여지도록 나의 신경 계통은 마비가 되었든지 이완된 모양이다. 다소 천박淺薄은 한 채 그 기경奇警(기이하고 놀라움)한 사구 詞句가 취할 점도 있어 영국의 희극 작가 R·B·세 리던의 〈주덕송酒德頌〉 일절을 파적破寂(적막함을 깨뜨림) 삼아 이에 역출譯出(번역해 내놓음)하려 한다.

1 옛날부터 있어 왔음.

2 근심스러운 기색.

술병은 우리 식탁 위에 태양—

그의 양광陽光(햇빛)은 감홍색 술

우리는 그의 위성들

그의 도움 없이는 부추김 없이는

우리만으로서는 빛나지 못하리

환락과 환희는 끝도 없어라

그가 뻥 일순회一巡回하면

우리는 그의 차광借光(남의 덕을 빌림)으로

우리 따라 빛나리

하여간 객스러운 소린지는 몰르나 나는 「우리의 태양」인 술의 「차광」을 과거 수삼십 년
간 풍우일여風雨一如3하게 받았는데 때로는 술의 양이 지나치면 도리어 「우리의 태양」인
술에게 「대광貸光」을 하게쯤 되었다!
아는 이는 알다시피 나는 호주好酒를 지나 탐주耽酒를 하였고 그간 금주 연한 몇 해를

3 바람이 부나 비가 오나 한결같이。

빼놓고는 무일불취無日不醉4 하였으나 의롭지 않고 떳떳치 않은 술은 되도록 사퇴하였다.

어느 친구는 날더러 농세弄世5를 한다지만 천만부당의 선고이다.

나는 이태백의 시골詩骨(시 쓰는 재주)은 타지 못하였으니 기경비상천騎鯨飛上天6이라든가 더 줄여 말하면 일시 채석강7 월희月戲(달을 희롱함)를 하는 「풍風」의 생활은 모조부득模造不得8이오, 따라서 19세기 데카당9들의 어느 강렬한 자극─주로 마약류─이 없이는 잠시도 붙이지 못하는 「식式」의 생활로 나로서는 취할 배 아니나 상기 두 범주에 편입될 도리가 없음은 자변自辯(스스로 변명함)의 일이다.

그렇다고 그 양종兩種 생활에서 탈락된 것을 나는 참으로 기쁘게 생각할 정도의 「모럴리스트」(도덕론자)다. 「모럴리즘」은 남이야 나의 말을 믿든 말든 나의 생활의 신조이다. 이 신조까지 없었다면 그나마의 나의 생활의 지주는 무너지고 말았으리라.

나는 불의와 악수는커녕 타협하여 본 적이 없음을 50이 지난 오늘날 자허自許10 삼

4 취하지 않은 날이 없음.
5 세상을 희롱함.
6 고래를 타고 하늘로 날아 오름.
7 중국 당나라 시인 이태백이 배를 타고 술을 마시다가 강물에 비친 달을 잡으려다 빠져 죽었다는 강.
8 흉내 내도 얻지 못함.
9 퇴폐주의를 추종하는 예술가나 문인.
10 스스로 인정함.

아 말하여 두는 동시에 어느 권세나 금력 앞에 저두평신低頭平身[11]하여 본 적조차 없다.

잘났으나 못났으나 사람이란 독왕자지獨往自恣[12]할 길이 따로 있는 것이다. 세계가 따로 있다는 것이다.

갑작스레 딴 이야기가 나오는 것 같지만 인생 전체에 일률로 부과된 운동일지는 모르나, 진부한 논리 그대로 인생이란 모순과 상극相剋 속에서 부침시종浮沈始終[13]한 것은 고금이 일여一如(마찬가지)인 것이다. 그렇다고 섭사리 운명에 굴복되어서는 아니 된다. 부단한 반발 정신이 있어야 할 것이다. 불연不然이면(그렇지 않으면) 침체요 위축이오 퇴패退敗(패하여 물러남)가 뒤를 따를 것이다.

영원한 과오, 영원한 수정!

영원한 태만, 영원한 초조!

영원한 기척棄擲(던져 버림), 영원의 갈구!

영원의 방산放散(풀어 헤침), 영원의 정리!

영원의 부채, 영원의 청산!

11 머리를 숙이고 몸을 낮춤.
12 스스로 믿고 나아가 이름.
13 처음부터 끝까지 오르락내리락 함.

등등이 인생 전체 불가회피의 진로이다. 아니 진로가 아니라 일종의 장벽도 철회될 것이다. 필자 또한 이 반발 모순되는 양개兩個 원리 사이에서 방황 주저는 할망정 값싼 후퇴는 아니 할 것임을 자서自誓(스스로 맹세함)하여 둔다.

176

도락 倒落 단애 [1]

이 저것을 모르는 혼수상태에서 잠을 간신히 깬 나는 규호呻號[2]할 지경으로 우견부右肩部(오른 어깨 부분)에 격심한 고통을 느꼈다. 처음에는 전연히 까닭을 모르고 보통 때로만 여겨 몸을 돌아누우려 한다. 그러나 천만 근이나 되는지 그야말로 꼼짝달싹을 할 수가 없었다. 앙와仰臥한 채 가인家人을 불러서 소이연所以然을 물어서 대개 아래와 같은 사실과 추측의 결론을 얻었다.

나는 대취하여 귀가할 때 전차로 왔는지 택시로 왔는지는 알 길조차 없는데 전차든 택시든 강하처降下處(내린 곳)가 삼각지 로터리 조금 지나서이다. 무엇으로써든지 그곳까지는 확실차確實且무의無疑(의심할 게 없음)한 바 게서부터는 취중에도 격에 맞지 않게 빠른 길을 간답시고 삼각지 공설시장 후측으로 해서 경사가 심한 언덕배기 길을 비틀거리며 오르다가 2장丈여나 되는 단애(낭떠러지)에서 암야(어두운 밤) 실족하여 도락倒落(거꾸로 떨어짐)되었던 것이다.

1 낭떠러지에서 거꾸로 굴러떨어짐.
2 큰 소리로 부르짖음.
3 가슴을 위로 하고 반듯하게 누움.

「단애」란 말이 났으니 이 단애로 말하면 그 부근 사처四處(여러 곳)에서 위집蝟集4하여 오는 전재민戰災民의 급증설急增設의 필요로 해서 취한醉漢 회로回路의 불편이나 위험을 염念, 안중眼中에 둘 심적 여유가 있었을 리 만무다.

그리하여 터(기지基地) 부족으로 턱없이도 언덕 밑을 함부로 범하여 깎아내려 문자 그대로 언덕길은 「병삭屏削」5이 되었다. 취중은 그만두고라도 맑은 정신에도 까딱하면 실수를 하게끔 되었다. 그런데 나는 불행히도 이 「인조 단애」에 도락되어 규고삐꿈6하는 것을 인근인들이 발견하고 떠메어 들였던 것이다.

아이유! 그때의 그 말할 수 없는 고통! 이제껏도 생각만 하여도 그다지 기분이 상연爽然(시원한)치 않을 노릇이다. 나는 예의 인조人造란까 급조 단애에서 도락하는 바람 좌견左肩(왼 어깨)7 안은 「이중흉二重胸」의 소유자가 되어 버렸다! 병원에는 가야 할 터이나 갈 도리나 방법이 없었다. 보행은 물론이오 자동차도 무용일 정도로 미동微動(작은 움직임) 있을 때마다 격심한 고통을 느끼는 것이었다.

의사의 내진來診을 구하려도 보통 왕진하는 도구만으로는 간단 처리가 될 것 같지 아

4 한꺼번에 많이 모임.
5 병풍처럼 깎아지른 듯한 모양.
6 괴로움을 부르짖음.
7 좌견? 우견? 앞부분에서는 「우견부에 통증을 느꼈다」고 기록함.

니하였다。 나는 생각다 못하여 남영동에 있는 소위 「호네쓰기」 접골사를 초래招來(불러 옴)

하기로 하였다。 사람이 간 지 얼마 만에 접골사 공 당당한 왕진 터를 내느라고 꼭 한 정

거장 사이건만 기어期於(마지막에 이르도록) 고집하여 택시로 온 것이다。

나는 빨리 와 준 것만 고마웠다。 접골사는 이윽고 입실하는 말으로 치료 개시하였다。

꼼짝도 못하고 달싹도 할 수 없는 몸을 조수의 조력助力으로 마구잡이로 일으켜 앉히고서

갑자기 엄한 구호조로 『꼭 참아!』하는 것이었다。

심약한 나의 가처家妻가 내는 아해兒孩(아이)들을 모아서 인가隣家(이웃집)로 보내고 자기 역

시 눈을 감고 방을 나가 버렸다。 이로부터 건곤일척乾坤一擲8의 대시술大施術을 개시하는

것이었다。 한 번 더 『꼭 참아—!』하며 조수와 합세하여 자기의 발로 나의 탈골된 팔을 꼭

누르고 『에잇, 에잇』하면서 잡아 흔들어 들어맞추려는 것이었다。 내 만일에 조금이라도

인내력이 없었던들 고통의 나머지 동네가 떠나갈 규환성叫喚聲9을 내었을 것이다。

이리 틀고 저리 휘두르며 접골사는 나의 초인적 인내력을 십이분으로 이용한 다음

『우지직』하고 어긋났던 견골肩骨(어깨뼈)은 제자리에 가서 들어맞는 것이었다。 접골사는

뼈를 바로 맞추어 놓고서는 권마拳摩(주먹으로 문지름)를 하고 찜질을 하다가 최후 절차로 붕

8 운명을 걸고 단판에 승부나 성패를 겨룸。
9 큰 소리로 부르짖고 외치는 소리。

대를 감아 주고 사거^{辭去10}하는 마당에 완전 치료가 되려면 일삭^{一朔(한 달)} 내외는 걸린다 하며 접골원에 매일 다니라는 것이었다.

나는 들을 만하였지만 내심으로는 역여시^{亦如是} 자연치료의 자신을 잃지 않은 나로서는 『실없는 사람, 일삭 동안 접골원 내왕이라니!』하며 중얼거리는 것이었다. 그러나 수삼 일 경과하여도 고통은 감퇴되지 않아 신음 중 김치호 군이 내방하여 어름어름하여 가지고는 아니 될 것이니 운수부 병원에 가서 「렌트겐」 사진을 한번 찍어 보자는 것이었다.

나는 그의 성의 있는 권고를 사각^{辭却11}할 수도 없어 응종^{應從(받아들여 따름)}하였다. 병원에를 가서 사진을 찍어 보니 다소간 기우하였던 대로 접골은 제자리에 바로 있지 않았다. 하여간 동원^{同院} 민 과장의 친절한 재접골을 받았다. 그러나 쓸데없이 책임감이나 있는 듯한 아픈 팔을 어깨에 메고 그 익일 등교하였다. 학교에서는 『저래 가지고 무엇하러 나왔느냐』나는 그 말에 『가르치기를 입으로 하고 팔로 하지 않는다』고 답하였다.

10 사거하여 물러침.
11 작별하고 떠나감.

180

속고續稿의 사辭 1

〈명정酩酊 40년기〉 7회분 말미에도 부언한 바와 같이 나는 이래저래 그 호로 완결을 지으려는 심산이던 중 《신천지》 편집자의 기회幾回(몇 회)만 더 속고續稿하여 달라는 누촉累囑(여러 차례의 부탁)도 있어, 내가 하필 명정 기사 집필의 적임자로 선발이 되었는고 하는 경미한 불쾌를 새삼스레 느끼는 일방 아방我邦(우리 나라) 속담에 『내친 걸음이면 뻗는다』는 격으로 승낙은 하였으나 입맛은 과히 당기지를 않는다.

기호지세騎虎之勢랄 것은 아예 없어도 이왕 시작하여 놓은 노릇이라 하는 수 없이 붓을 다시 잡기로 하였다. 그러나 필자로서 독자께 일언一言(한마디)의 변해辨解 비슷한 말씀을 할 것은 이 호부터는 제호題號를 고친 것인 바 이유는 극히 간단하다.

다소라도 기분 전환의 필요가 첫째이고 「명정 40년, 무류 실태기無類失態記」라면 제호가 턱없이 요란스런 데다가 필자 개인 중심이 되어서 취재의 범위가 좁았으나 「명정 낙수초落穗鈔」라면 다소 「숨구멍」이 열리는 듯한 것이 둘째이다. 그러니 나는 이제부터는 시간적으로나 지역적으로의 극히 자유스러운 태도로 가물거리는 기억을 더듬어 문자가

1 앞의 원고에 이어지는 글.

181

표시하는 바로 그대로 명정 낙수落穗2랄지 주국酒國 낙수를 하여 독자 해이解頤3의 일자一
資(한 도움)가 되게 하려 함이 필자의 속임 없는 의도이다.

갑자기 딴소리 같지만 명정 명정하니 말이지 명정은 나의 독천물獨擅物4이 아니고 이
즈음 와서 보면 거세차일명정擧世此日酩酊5이더라. 나는 내 술이고 남의 술이고 취후 명정
은 하고 지낼망정 자격 불비不備와 수완 부족의 탓인지는 몰라도 「명리」나 「사욕」에 명정
치는 않았음을 이에 말하여 둔다.

나의 생활태도가 그러니만큼 자연적 귀추歸趨(돌아가는 추세)로 나는 항시 고영孤影(외로운 그
림자)이 표표飄飄(가볍게 나부낌)하여 때로는 적요寂寥(쓸쓸하고 고요함)를 느껴본 적도 불무不無(없지 않
음)한 채로 이러한 경우일수록 고도의 자제와 극기가 필요한 것이다.

부재다언不在多言(여러 말 할 것 없이)하고 나는 비굴을 사갈시(뱀이나 전갈 보듯)하고 자기네의
심혼을 영욕과 교역하는 「암시장」에 출입 부침하는 도배들과 자초自初(처음부터)하고 기취其趣의
(그 취향)가 판이하다. 어느 친구는 있다가 대접 삼아 「명철보신明哲保身6」 4자의 낙인을 찍

2 추수한 후 땅에 떨어져 있는 이삭. 여기서는 뒷이야기.
3 턱이 빠지거나 턱을 푼다는 뜻으로 입을 벌리고 크게 웃음을 이르는 말.
4 마음대로 쥐고 흔드는 물건.
5 이즈음 온 세상이 술에 몹시 취함.
6 명철하고 사리에 밝아 자기 한 몸을 잘 보전함.

어주는 것이다. 어찌 들으면 정문일침頂門一鍼[7]을 느끼지 않는 바도 아니다.

그러나 명철보신 이야기가 기왕 나왔으니 말이지 명철보신 쳐놓고 취와대로醉臥大路[8]

나 분뇨구중糞尿溝中[9]에 전전하는 명철보신은 고왕금래古往今來(예로부터 지금까지) 없을 것이

다. 그러니 명철보신이니 무엇이니 하고 필자의 격이나 분에 넘치는 막연한 찬사는 거절

하는 동시에 나의 명정은 아무 사상적·지조적임에서 출발하는 것이 아니고 주도酒徒(술

마시는무리)의 상습적 행사란 것을 말하여 두는 것이다.

<hr/>

7 따끔한 비판이나 지적.
8 술이 취해 대로에 누움.
9 하수구 속 똥오줌.

「신음가慎飮家」[1] 일당

근래에 와서는 많이 기강이 해이하여 졌지만 나 알기에 30년 전후만 하여도 교역자教役者는 그만두고 이름을 교적教籍에 올린 사람 쳐놓고는 줄잡아 형식상으로라도 교규教規(종교상의 규칙)를 지켰던 것이다. 남 보는 데 음주치 않음은 물론 노상에서는 끽연조차 자피自避 (스스로 피함)하였다.

교인 쳐놓고 만일 길에서 담배를 피우는 것이 남의 눈에 띄일 때에는 『아무개 타락했데. 담배를 공공연히 피우고 다니네』하는 말이 쫙 퍼져 그것으로 하여 출교黜教까지는 되지 않아도 독신자篤信者(깊이 믿는 사람)의 명예만은 유지할 도리가 없었다.

그리하여 어떤 사람은 애호하는 담배를 참을 수 없어 담배 한 개 피우는 데도 뉘 눈에 뜨일세라 휘휘 둘러보아 가며 샛골목에서는 뻑뻑 피우다가도 대로변에 나와서는 으레 발로 쓱쓱 꺼버리는 것이었다. 그런데 가관인 것은 그네들이 담배 붙드는 손 맵시였다. 비도 오지 않고 바람도 불지 않건만 담배의 점화된 끝을 장심掌心(손바닥 한가운데) 속으로 틀림없이 보내어 잡는 것이었다. 우리네같이 담배를 두 손가락 사이에 끼는 법은 좀처럼 없다. 그러니 담배 한 개에 5지五指(다섯 손가락)가 총협력을 하는 것이었다. 구차 막심莌

1 삼가면서 술 마시는 사람.

184

且莫甚2이나 무언중無言中 당시 교풍敎風(종교의 기풍)의 제재와 압력은 그러하였다.

담배 등사(등의 일)에 대하여 이러하였으니 술에 이르러서는 이 무가론已無可論3이었다.

『아무개가 술을 마신다』하는 소문이 일차 뻥 돌면 적어도 교인 사회에서는 거두擧頭(고개를

들다)를 못할 지경이었다.

이러던 시대 이러던 무렵 장안 시중에는 호세豪勢스러운4 절음당窃飮黨5이라면 실례

이고「신음가愼飮家」의 한 그룹이 있었는데 그네들은 출근처에서 파사罷仕(일을 마침)만 되면

시중 유명 내외 주점 아니면 요정으로 몰려들 갔는데 그네들은 직접 교역자는 아니라 해

도 적어도 교회 경영의 모 대기관에 출사出仕(세상에 나아감)하는 당시는 혁혁한 사회적 존재

들이었다.

독자들의 궁금증도 있겠지만 필자로서는 그 궁금을 풀 도리는 없고 각자 추측에 일임

할 뿐이다. 그네들은 대개가 필자에게는 대선배들이고 개중에는 이 작고인以作故人6한 분

도 끼었고 지금 와서는 그분네들의 자여질子與姪7이 필자의 주붕급酒朋級임에 그분네들의

---

2 구차하기가 매우 심함.
3 이미 논할 필요가 없음.
4 크고 강한 기세가 있음.
5 몰래 술을 마시는 무리.
6 세상을 떠난 사람으로써
7 아들과 조카.

성함이 누구누구이었다는 것은 새삼스레 현로顯露(겉으로 드러내)할 수는 없다.

하여간 그네들은 호주가요 애음당愛飮黨들이었다. 그네들은 남의 눈에 뜨일세라 몰래 숨어 다녔지만 무소편지無所遍至8하는 우리네의 감시망을 벗어날 길은 없었다. 그당시에 보면 그네들은 확실히 주국酒國(술나라)에서는 특수계급이었다. 어느 주점이나 요정에를 가든지 예약이나 한 것처럼 으레껏 맨 뒷골방으로 안내되든지 제일 구석진 은밀한 장소가 제공되는 것이었다. 원청강 종용從容히들 마시었던 까닭으로 부주의하다가는 여느 주객들에게는 어느 틈에 그네들이 왔다가 어느 겨를에 갔는지를 모를 지경이었다. 이것도 시대적 풍경의 한 토막이라 할까?

186

호號도 음상사音相似[1]는 금물

나는 성내城內에서 거의 아니 살아본 동리가 없을 지경으로 자주 이사라는 것보다는 차라리 전거 轉居(살던 곳을 옮김)를 하였는데 이번에는 봉익동 우거寓居 시의 일이다.

나는 술이 취하여 혼수昏睡(정신없이 잠이 듦) 중이었는데 옆에서 자고 있던 나의 아내─선처先妻─가 나를 잡아 흔들며 바깥에 싸움이 벌어진 모양이니 어서 나가서 보라는 것이었다. 나는 곤히 든 잠을 깨어 심중心中[2]이 나서 입속으로 투덜거리며 일어나서 시계를 쳐다보니 자그마치 오전 3시경이나 되었었다.

나는 옷을 주섬주섬 집어 꿰고 훤요喧擾[3]스런 문밖을 나가서 보니 바깥채─나는 안채에 살았었다─의 사람과 취객 수인이 격투에까지는 이르지 않았어도 악언상거惡言相距[4]하는 폭이 이만저만 아닌 중 쌍방의 진술을 추려 듣고 총합하여 생각하면 대략 아래와 같은 것이었다.

──

1 소리가 비슷함.
2 마음에 차지 않아 화를 냄.
3 시끄럽고 떠들썩함.
4 못된 말을 주고받으며 거리를 둠.

취객 수인이 야심이 취안에도 흘끗 나의
문패를 보고 불러낸 의사로서인지 빗장 걸은 문을 요란스레 왈가닥 왈가닥 흔들며 혀 꼬
부라진 목소리로, 『수수주 수수수주』를 연호하였던 모양이었다. 바깥방에 사는 사람은
참다못하여 창을 열어젖히고 『이놈들, 술 처먹었으면 고이들 가서 잘 것이지, 도대체 술
이 무슨 술이며 때가 언제인지나 아느냐? 그리고 이 집은 술집이 아니니 냉큼들 가라』
고 소리를 쳤을 것은 틀림없는 노릇이었다.

하면 취객들 편에서는 『술집 찾아온 것이 아니고 모처럼 친구 집에를 찾아 왔는데 이
밤중에 난데없는 욕설이냐』고 항변, 하여간 쌍방은 서로 아니 지려고 옥신각신하던 판
내가 나간 것이었다.

나는 나가는 말으로 우선 취객들을 백방으로 타일러 몰아들 보내고 이번에는 바깥방
사람에게 양해를 구하는 설명을 하였다.

『그네들이 야심해 와서 가지고 야료를 빨아서 모두들 구동驅動(몰아 움직이게 함)을 시킨
것은 만만불가萬萬不可[6]나 술집으로 착인錯認(잘못 알다)한 것은 아니오. 공교로이 나의 별호
가 나무 수 자 고을 주 하고 말하면 수주樹州라고 부를 것을 취여醉餘(취한 나머지) 허를 채

5 깊은 밤 만취한 상태.
6 전혀 옳지 않음.

188

지 못하는 어눌한 노래로 하여 필시는 「술 주, 술 주」로 들린 모양이지요. 조금도 괴이치 않은 일로 이 이상 더 심구深求(깊이 구함)할 것은 없으니 불쾌는 한 채 주무시오. 밤은 날

다시 이야기합시다.」

이 설명을 듣고 난 바깥방 사람은 다소는 석연하여졌으나 아직도 여분餘憤(남은 분함)이 가시지 않은 채 자기 방으로 들어가서 우선은 사건의 일단락을 지은 셈이 되었다. 호號를 음상사音相似히 지은 탓으로 하마터면 일이 좀더 확대될 기세였었다.

공초空超와의 소광騷狂[1] 이태二態

공초空超(오상순)는 30여 년의 구교舊交(오래 사귄 친구)이다. 그가 동지사同志社 신학부를 마치고 와서 모 교회의 전도사의 직임을 맡아볼 때부터 서로 알게 되었다.

이즈음 공초는 머리를 중같이 빡빡 깎고 다니지만 당시는 길게 길러 「올백」을 하고 종일 그긴 손으로 쓰다듬어 넘기는 것이 일이었다. 챙─차양遮陽─넓은 모자를 쓰고 단정한 보태步態(걸음걸이)로 성서나 철학서를 옆에 끼고 다니는 것이었다.

하루는 내가 어디를 지나려니까 어느 조그마한 교회의 문앞에 「금야今夜(오늘밤) 오상순 전도사 특별 설교」라는 광고가 붙어 있기에 제백사除百事[2]하고 들어갔더니 한창 설교 중이었다. 그때까지는 비록 피차에 인사한 적은 없었어도 그는 나를 잘 알고 있었기 때문에 내가 들어가서 뒷자리에 착석하는 것을 흘끗 보자 설교를 게둥대둥[3] 끝을 내어버리고는 그 길로 교단에서 내려와서 그「유난히도 길고 부드러운 손」으로 악수를 청하는 것이었다.

진소위眞所謂[4] 일면여구一面如舊[5]이었다. 부랴부랴 교회 문을 나서서 거리로 나오자 머

---

1 떠들썩한 미친 짓.
2 온갖 일을 다 젖혀 놓음.
3 말이나 행동을 되는 대로 아무렇게나 하는 모양.
4 정말 그야말로.
5 처음 보고도 오랜 친구 같이 친함.

리 잘 쓰다듬는 얌전한 오 전도사는 어디 가서 독주毒酒를 마시자고 돌연히 의외의 제의

를 하는 것이었다.

우리는 일로一路(곧바로) 대관원으로 직진하여 배갈을 마셨다. 실질實質(실제) 나이는 공초가

위이나 술 나이는 내가 위여서 나는 술을 한창 먹을 때였지만 공초는 풋술6도 채 못 되

고 비로소 배우는 중이었다. 물을 것도 없이 이번이 공초와 나와의 초대작初對酌(처음 마주하

고 술을 마심)이었다.

술도 술이지만 그날에 한해서는 술은 도리어 제2차적이 되고 주는 이야기로, 시이야

기 소설 이야기 철학 이야기로 복잡하여 두서가 없는 듯 미묘하여 됩다7 요령이 없는 듯

밤이 이슥토록 종횡환담縱橫歡談을 하고 나오는 판인데 공초는 또 파천황破天荒8의 제의를

하는 것이 아닌가? 다름이 아니라 이 같은 양야良夜(좋은 밤)에 집에 돌아갈 수는 없고 하

니 남산에를 올라가자는 것이었다! 나에게는 좀 벅찬 제의이긴 하였으나 이의를 한다

든지 반대를 하였다가는「구치救治(구해 치료함)할 수 없는 범물凡物(평범한 사람)」이란 인상을

줄까 보아서 나는 하는 수 없이 묵종黙從(말을 않고 따름)하였다.

6 맛도 모르고 마시는 술.
7 「됩다」는「도리어」의 북한 말.
8 아무도 한 적이 없는 일을 처음으로 함.

산을 허위허위 올라가면서 괴테의 《파우스트》에 나오는 「발푸르기스의 밤」생각이 떠올랐다. 야반에 양(兩) 취한이 인적 끊어진 산을 기어오른다는 것이 주준(酒樽)(술통)들을 타고 발푸르기스의 산중으로 나는 데 비하여 다름이 무엇이랴! 광인들의 광태라고나 할까. 그것은 해석할 탓이다.

우리는 이윽고 정상에를 올라가서 잠두(蠶頭)(누에머리같이 생긴 산봉우리)에 자리를 잡고 뻔린 듯이 찬연한 성두(星斗)(별)를 첨앙(瞻仰)(우러러 봄)하면서 산상 경야(經夜)(밤을 새움)의 결의를 한 바술에 취하고 이야기에 취하고 「신교(新交)(새로운 사귐)」에 취하여 시간 가는 줄을 모른다

가 어느 때쯤인지 습골(襲骨)(뼈에 스미다)하는 한기에 경기(驚氣)(놀람)하여 보니 전신이 비 맞은 듯 안개와 이슬에 흠뻑 젖었던 것이다!

이 일이 있은 다음 기일(幾日)(며칠)이 격하여서였다. 이번도 틀림없는 공초의 제의로 중추야(仲秋夜)(대보름 밤) 한강행을 하였던 것이다. 술은 양주 수병(數瓶)(몇 병) 휴거(携去)(가지고 가다)하는 정도였으나 담배만은 굉장히 무역(貿易)해 가지고 갔었다. 당시 5전 하던 파이레트(칼표)를 50여 갑이나 자그마치 꾸려 가지고 들고 갔었다.

강변에를 이르니 그야말로 강색무한호(江色無限好)9이었지만 교교명월(皎皎明月)10 더할 나위

9 강가 풍경이 더할 수 없이 좋음.
10 매우 맑고 밝은 달.

192

없는 풍경이오, 정취였었다.〈적벽부赤壁賦〉한 줄도 못 지은 채로 동파東坡11 시재詩才의 졸

拙(서투름)함을 새삼스레 느꼈다.

우리는 사공 하나를 불러서 교섭하여 배를 중류에 띄우라고 하였다. 배에 오르는 사
공은 눈치 없이 『어디로 저으랍쇼?』하였다. 우리는 사공 말에 『젓기는 그 어디로 저어? 사
우리 탄 배는 가는 배도 아니고 흐르는 배도 아니며 건너는 배도 아니니 그저 강상에 띄워
만 달라』고 답하였다.

우리 말에 어리둥절한 사공은 의아스러운 태도였으나 우리 소청에 응할 밖에는 없었
다. 선복船腹(배의 바닥)에 좌정한 다음 우리는 가지고 나갔던 술과 담배를 놓았다. 황양장漾12한 강상 안에 두둥실 떠서 담배를 유일한 안주로 서로 술잔을 주고받았다.

우리는 우리들의 흥에나 겨워서 그랬지만 사공은 무료無聊를 못 이기는듯 선두船頭(뱃
머리)에 쭈그리고 앉아서 우리들의 동정을 유심히 살피다가 팔짱 낀 채 새새 조는 것이었
다. 우리는 술은커녕 어찌도 실새없이 밤새껏 피웠던지 사공은 참다못하여 『무슨 궐
련卷煙들을 그리 피우시오. 동도 트이게 되고 춥기도 하니 그만들 들어 가지요』하며 독촉을
하며 아무리 선가船價를 많이 내어도 귀찮다는 태도이었다.

11 중국 송나라 때 문인 소식蘇軾의 호。
12 물이 깊고 넓게 출렁거림。

193

사실로 중추의 새벽은 여간 춥지를 아니하였다. 담배 탓이겠지만 혀는 감각을 잃을 지경으로 깔깔하였다. 사공 독촉에 마지못하여 양보를 하고 강안江岸으로 나오고야 말았는데 그다지도 많이 가지고 나갔던 담배는 불과 4、5갑밖에 남지를 아니하였다. 그날 밤 한강의 청류는 우리의 내어버리는 흡각吸殼(꽁초)으로 기분幾分(몇 분)간은 오락汚濁(더러워진)되었으리라. 일부러는 재연 못 할 지난날의 광태여!

194

윤尹빠와 황보추탕黃甫鰍湯

내가 중앙고보 — 현 중앙중학 — 의 「고금여시古今如是」[1] 한 영어 교원질을 다니던 때였다. 당시 중앙교에는 손꼽을 만한 명교원이 기개인幾個人(몇 사람)이나 있었던지 술로는 대교對校(학교 대항) 시합을 하면 절대로 어느 교校에든지 낙후치 않을 만한 정도로 술꾼이 골고루 모였던 성시盛時(왕성한 시기)였다. 정부 사령司令숙의 순위는 막론하고 근일近日 중 실종을 전하는 애류崖溜(권덕규를 비롯하여 나원정, 백봉제, 박해돈, 한기악(월봉月峰), 장석태(반산자半山子)이었고 새새 틈틈이 끼는 패로는 교원은 아니고 교우였던 손준모, 박만서 등등 주천酒天(술의 하늘)의 기라성들로서, 석양 무렵 모였다가는 누구 입에서 나오는지 모르게 「윤尹빠」를 제창하는 것이었다.

「윤尹빠」의 내력을 약기略記(간단히 적음)하면 여하如下(다음과 같음)한 바 당시 안국동에는 주효酒肴(술과 안주)로 유명한 집이 있었는데 경영주는 그때만도 60이 넘은 노부인으로 그 집의 특색은 가정적인 점으로, 4, 5인 내지 6, 7인이더라도 5, 6원 내외면 취차포醉且飽할 판이어서 저녁 술꾼끼리 서로 만나서는 번다繁多(복잡하고 어수선함)를 피하여「윤尹빠」라고 군호軍號 삼아 압축하여 말하였던 것이었다.

이런 제의에는 추종자는 허다하여도 이의자異議者는 하나도 없었다。늘 보는 주인이고

늘 가는 손들이었기 때문에 요즈음 문자로 무엇무엇 주문을 할 필요는 자연히 생략되어

었다。시식時食(계절 음식)을 용히 분간하여 차려 내놓는 솜씨와 범절에는 경복驚服(놀라 감복

합)치 않을 도리도 없고 까닭도 없었다。

여담 삼아 부언 하나 하여둘 것은 그때 그 「윤빠」에 출입하는 축 중에는 내가 제일 연

소年少이었는데 인음증引飮症2은 고여시금여시古如是今如是3로 영어 교원이랍시고 꼭 행티4

를 내는 것도 아니지만 One bottle more(한 병 더)라는 수작이 나오기만 하면 그날은 갈데없

이 자타가 코를 곯게 되었던 것이었다。일이 여기에만 그쳐도 필의畢矣5인데、그 익일 등

교하여 후문을 들으면 한둘은 틀림없이 그 전일前日 과음 소치所致로 결근을 하는 것이었

다。용서받을 수 없는 과일過日(지난날)의 방만이여!

바로 일전에도 반산자半山子(장석태)와 함께 술을 마시다가 우연히 회억담 삼아 한 것

이 윤빠에 무상출입하는 축이 직원、교우 합하여 무려 수십 인이었는데 근일 애류崖溜는

실종을 전하고 남은 것은 반산자와 필자 2인뿐이니 우리 역시 반 넘어 명부冥府6에 입

2 술을 마실수록 자꾸 마시고 싶어 하는 버릇。
3 예나 지금이나 같음。
4 심술을 부려 남을 해롭게 하는 버릇。
5 마침。 그만함。
6 사람이 죽은 후 혼령이 가는 세상。

적한 셈이란 것이었다!

윤빠에 불급不及(미치지 못함)치 않게 유명한 해정解酊 주점이 화동ー지금 경기중학 부

근ー에 있었는데 일컫기를 황보 추탕집이라 하였다. 그 당시 황보 추탕하면 간이주점의

별칭이고 해정 술집의 대용어나 상징어가 될 만한 정도의 명물 집이었다. 우리는 거시

래시 未時7 심심하면 들러서 해정보다는 차라리 해갈을 한 바 이것은 그 집 주인공의

일화 한 토막이다.

그 주인공의 16、7세 되는 아들이 하나 있었는데 학교에를 다녔다. 차츰차츰 기

골이 커짐을 따라서 늘 저의 부친의 술 경업經業(사업)하는 것이 불만하여 학교에만 다

녀오면 퉁명스럽게 책보冊褓를 동댕이를 치고 술 경업 폐지하라고 강박을 하는 것이었

다. 그러면 어안이 벙벙한 황보 공은 술 바가지를 뒤흔들면서 『애 이놈, 별소리 말아

라. 여기ー술 바가지를 지칭함ー서 밥도 나오고 네 월사금8도 나오는 것이야!』하고 껄껄

거리는 것이었다.

황보 추탕집 하면 그 집과 거의 불가분으로 연상되는 인물은 애류였다. 그러던 무렵

역시 화동에 있던 4、5칸 두옥斗屋아주 작은 집을 어디로 전거할 작정으로 팔아 가지고 앞

7 오갈 때.
8 예전에 매달 학교에 내던 수업료.

197

다리도 정하기 전에 술집에 들락날락하는 바람에 집 판 돈은 차츰차츰 줄어들어갔다.

아무리 우활迂闊한9 애류였기로서니 처음 예산이나 요량에는 그렇지를 않았을 것이란 것은 추측키 어렵지 않은 일이 아닌가?

이러쿵저러쿵 간에 결과로 보아서 총회계로 보아서 집 판 돈은 어느덧 비거석양풍飛去夕陽風10이었다. 하루는 집 판 돈 마지막으로 그야말로 일종의 청산주를 마시고 나니 회중회중中(품 속)에는 무일문無一文(돈이 한 푼도 없음)의 상태였다. 이약以若(이 같으니) 애류로도 다소는 기가 막혔는지 위연자탄喟然自嘆11 왈,『너 이 놈ㅡ집더러 하는 말ㅡ괘씸한 놈, 내 비록 오늘까지는 네 속에서 살았지만 오늘부터는 네가 내 속에서 살것이다!』하였다. 추수追隨

(뒤좇아 따름) 못할 애류, 모방 못할 애류여!

9 「오활하다」의 원래 말. 현실의 경우와는 관련이 멀다.
10 석양에 부는 바람처럼 날아가 버렸다.
11 한숨을 쉬며 스스로 탄식함.

198

가두 진출[1]의 무성과

나는 명정기_{酩酊記}(요점만 뽑아 적음)한 바와 같이 「영원의 초조심」에서 출발하여 내 깐으로는 득성_{得姓}[2] 이래 처음으로 가두 진출을 결의하였던 것이다. 그리하여 학교 방면, 신문사 방면과 일체 관계를 끊고 자본 없고 상략_{商略}(판매 전략)조차 없는 처지에 누가 보든지 무모_{無謀}에 가까운 맹용적_{盲勇的}[3] 발심_{發心}(마음 먹음)을 하여 가지고 식당업을 개시하려던 차에 때마침 알아보니 역시 안국동 일각ㅡ별궁_{別宮} 앞ㅡ에 이문당_{以文堂}이라는 서적업을 경영하는 3층 건물이 신축 중이라 하였다.

나는 불류_{不留} 시각[4]하고 뛰어가서 낙성되는 때에는 3층만은 내가 식당부로 사용하겠다고 예약을 하여놓았다. 예약을 마치고는 종로로 내려와서 올림피아 다방에를 들렀던 바 해_該(그) 다방은 당시 이기붕 군이 경영을 하고 있었다.

차 한 잔 마신 다음 나는 이 군에게 내 모처럼의 설계를 피력을 하였더니 대찬의_{大贊} 의_意(크게 찬성하는 뜻)를 표하면서 양요리를 맡아 볼 적임자에는 수십 년간 미주_{美洲}에서 일등

---

1 길거리로 나아감. 여기서는 실제 생업을 시작한다는 뜻.
2 성을 얻음. 여기서는 태어남을 뜻함.
3 눈먼 용기로. 무모한 용기로.
4 시각을 늦추지 않고.

쿡으로 지내던, 마산에 거주하는 윤영오라는 친구가 있는데 이의만 없으면 서신으로라도 연락하여 올라오게 하겠다 하였다. 때마침 허정 군이 내석하였다가 이 말을 듣고 역여시 대찬성을 하며 미주서 오래 같이 지내던 상기 마산 윤씨의 기술을 보증하다시피 하였다.

나는 벌써 하여본 적 없는 식당업에 난데없는 자신을 가지고 대용약 大勇躍(기뻐서 크게 뛰다)하였다. 이제부터는 실행 단계이다. 나는 중국요리에는 자타 공인하는 사계 斯界(이 분야의 세계) 권위자인 정순원 여사를 초빙하기로 내심 작정하였다. 얼마를 지난 다음 마산서 윤 군도 상경하여 우리 경영자 일동은 일석 一席(한 자리)에 회집하여 주도 周到5(?)한 설계를 하였던 것이다.

우활 迂闊한 치음의 요량으로는 북촌 일대는 그야말로 부촌으로 웬만하면 그 부근 식객은 대개는 흡수하고 또 흡수되려니 하였다. 그러나 현실과 실제는 공상과 공리와는 이곳에서도 괴리되어 소기 所期(기대한 바)와는 다소 달랐지만, 출발도 비교적 화려하게 하였고 경영 진행도 심심치는 않을 정도이었다.

당시 식당에를 매일같이 찾아오던 명사들의 명부는 번다를 피하여 생략하고 순연히 지난날의 회고랄까, 일화 한 토막을 약기 略記하건데 도대체 우리네 소위 「책상물림」들 경

5 빈틈없이 찬찬함.

업 상황은 이러하다 하였다. 벌써 이 작고인以作故人하였지만 마산 윤 군은 원체 물자 풍부하던 미주 견문으로 적고 잔다란 일에는 등한하였다. 고인 미덕의 일단이지만 주방에서 내어 다보다가 자기의 친한 벗이 찾아올 때에는 그 호인형의 독특한 미소를 띠우고는 영리를 안중에 두지 않는 기술 발휘를 하였던 것이다.

부재다언不在多言(여러 말 할 것 없이)하고 우리 문우식당文友食堂ー이문회우以文會友의 뜻ー은 어느 결 영리 본위가 아니고 기술 본위, 명예유지 급급의 식당화를 하여 버린 것이다. 그런데 호호인好好人(좋고 좋은 사람)의 윤 군 역시 나만 못지않은 호음객好飮客(술 좋아하는 사람)이었다. 그리하여 경업이 흥왕하면 흥왕하다고 한 잔, 한산하다고 한 잔, 이 격으로서도 경쟁까지는 아니라 하더라도 부지런히 마셨다.

그러나 경업經業이 경업인 만큼 무회계식無會計式으로 해서는 절대로 수지는 맞을 길이 없어서 처음에는 규정을 세워 가지고 한 컵, 두 컵이면 두 컵 실비제로 현금을 출납기에 넣든지 현금이 마침 없을 때에는 신사적으로 계배計杯(잔 수를 헤아림)하여 일기장에 올려 두었다가는 월셈을 하자고 타협을 지었던 것이다.

물을 것 없이 첫 한두 달은 규정을 엄수하였으나, 두 달 석 달 지나는 동안 부지불식 중 식당 기율은 해태懈怠(책임을 다하지 않음)하여진 것만은 자백 삼아 가릴 수 없는 사실이었다. 그리하여 고인된 친구도 있지만 현재 정부 화직華職(고귀한 벼슬)에 있는 모모는 『아무 개가 식당을 한답시고 손한테 팔 술은 제가 다 마셔 버린다』는 등 『밀져야 본전으로, 수지는 틀림없이 맞추는 장사이다」라는 둥 험담과 독설들을 토하고 다녔던 것이다.

자업자득이라 그네들을 허물하지 않는다. 하여간 우리 경영인 일동은 가지각색의 신고후풍(곤란한 일로 애를 쓸을 겪고 치러 가면서도 경업만은 꾸준히 계속하였다. 하루는 집에서 조반을 일찍이 마치고 식당에를 나가서 사무실에서 그날의 식탁표를 일심불란[6]히 꾸미고 있던 중 의외에 졸지로 돌연히 서대문경찰서에서 왔으니 동행을 하자고 일인 형사 3명이 급습을 하였던 것이다.

나는 그들에게 피울 줄 모르는 애교를 최대한 피워서 다과를 권하고 또 무슨 까닭이냐고 갖은 엉너리[7]를 떨어 가면서 물었으나 도적더러 인사불성[8]이란 셈이지만 인정과는 배치되는 생활에 찌들어난 그네들은 『가면 알 것이다』라고 극간단한 답을 남길 뿐 남의 말은 듣는지 마는지였다. 나는 이 엄연하고 냉혹한 사실 앞에 항거할 도리가 없었다. 서양식으로 말하면 가시차(축斃)는 격이고 동양식으로 말하면 이란격석지류以卵擊石之類(계란으로 바위 치는 격)이었다.

나의 명정酩酊과는 무관한 일이니 장황히 적을 것은 없으나 독자들의 궁금풀이를 하기 위하여 나는 「청구구락부」 사건으로 그 길로 서대문경찰서 유치장에 들어갔던 바 그

6 마음을 한 가지에만 써 흐트러지지 않음.
7 남의 환심을 사려고 어벌쩡하게 넘기는 짓.
8 「도적더러 인사불성이라 한다」는 애당초 기대할 수 없는 사람에게 무엇을 기대한다는 뜻.

때 그 서대문경찰서 유치장은 초만원 상태로 나와 수인은 본정本町 서―그 당시의―지하 유치장으로 분감分監(나뉘어 수감)이 되었다가 107일만에야 광명일월을 다시 대하게 되었다

는 것으로 우선 단락을 짓겠다.

나와서 알아보니 그간 식당은 부채만 늘어가고 아무리 하여도 유지할 방책이 없어서 딴 사람한테로 넘어갔다는 것이다. 만일에 서대문 사건만 아니었다면 사태는 그다지 급전직하 하지는 아니하였을지 모른다. 그러나 이것은 결코 자위의 생각이 아니고 생후의 처음으로 발심하여서 하던 노릇이 이 꼴에를 이르르니 자연히 마음은 섭섭지 않을 수가 없었다.

하루는 나는 패장의 느낌이 불무不無한 채로 경영 실패의 식당에를 찾아갔었다. 가서 보니 문전부터 쓸쓸하여졌다. 육리陸離[9] 한 빛을 밤이면 내던 네온사인도 반 넘어 깨지고 유리창도 수삼 파손되어 있었다. 여하간 나는 식당으로 올라갔다. 경영인의 한 사람으로 간 것이 아니고 식객의 한 사람으로 식당 일우에 쓸쓸히 앉아 있노라니, 나 있을 때 부리던 보이 수명이 『변 선생 오셨다』고 나와서들 반색하여 맞이하며 주문치도 않는 술부터 내다 놓으며 번갈아 권하는 것이었다. 나는 이같이 「문우식당文友食堂」과의 결별주를 마셨던 것이다.

9 서로 뒤섞여 눈이 부시게 아름다움.

졸한무예보래 猝寒無憀報來! 1

그해 3월 하순경으로 기억된다. 공초空超와 횡보橫步와 나 3인은 진종일 시중 방랑을 하였는데 석양 무렵이 되니 피차간 피로도 하고 정당기시正當其時2라 한잔 생각이 불현듯이 일어났다.

오등吾等(우리) 3인은 노중에서 맥맥脈脈 상간相看할 따름으로 별로 시원한 도리나 방책은 없었다. 3인 낭중囊中(주머니 속)이 일공一空(텅 비다)이었기 때문이었다. 일이 이에 이르니 기어코 한잔 없이 쓸쓸히 헤어질 수는 없어서 내가 또한 악지혜를 주출做出3하여 일안一案을 제의하니 반대나 이의가 있을 리 없었다.

요는 다름이 아니고 그날 날씨가 유난히도 온화하여 외투의 필요성이 상실된 데다가 전의고주典衣沽酒란 말은 자고로 없는 배도 아니고 다 같이 마실 술을 누가 편무적 봉사를 하기도 무엇하여 그야말로 공정 무사하게 3인의 외투를 우미관 부근 어느 전당포에 가서 동시 입질入質4을 하여 30원이라는, 그때 돈으로 불소不少(적지 않다) 금액을 투정 투정

1 갑작스런 추위가 예보없이 닥치다.
2 그때에 꼭 맞음.
3 없는 것을 꾸며 만듦.
4 저당으로 물품을 맡기는 일.

204

하여 염출捻出하여 내었다는 것이다.

수중에 30원은 있고 무겁던 외투는 벗겨지고, 남은 사무는 술 마실 것을 생각하니 과장하여서 말하면 몸이 홍모鴻毛보다도 더 가벼움을 느끼었다. 큰돈이 있는 김에 선술집은 갈 생의 生意(마음 먹음)가 나지를 않아서 이 또한 나의 제안으로 종로 뒷골목에 있는 당시 장안을 울리던 「해당화」라는 유명 노온老媼(늙은 부인)이 그 놀라운 솜씨로 경영하는 주점에를 갔던 것이다.

그 집 주인은 고품高品의 여걸 타입으로 특히 주효에 대한 천재적 솜씨는 정평이 높았다. 나는 그 집에 출입하는 주객 중에는 최연소한 편이었지만 우우優遇(후한 대우)를 받는 편으로 가기만 하면 틀림없는 비장품주가 나오고 다락에 올라가서 보통 요릿집에는 보도 못하던 진효珍肴(귀한 안주)를 한두 가지 손수 내려다 주는 것이었다. 듣건대 그분도 수년 전 작고하였다는 바그 인품과 그 솜씨 이제껏도 몹시 그립다.

하여 간 주객 공히 우리는 밤늦도록 창쾌하게 마시고 놀았던 것이다. 취감음진醉歡飮盡5하여 각산各散(각기 흩어짐) 귀가하였던 것이다. 그 익일 창호를 열고 내다보니 「야래문안夜來問安」6 격으로 그 전날 그리도 온화하던 날씨는 갑작스레 돌변하여 엄동 이상으로

5 즐겁게 술을 마시고 만취함.
6 자고 나서 문안하기. 때 지난 다음에 새삼스러운 일을 하는 경우를 가리킴.

로 추웠다. 우리나라 속담에 「2월에 대독이 깨어진다」[7]더니 틀림없는 말이었다. 춥고 떨리지만 나는 외출 아니치 못할 사정이 있어 두 손을 바지주머니에 넣은 초라한 꼴을 하고 종로 가상에 또 나타났던 것이다. 흥진비래興盡悲來라고나 할지?

7 뜻하지 않은 늦추위가 닥치다.

206

2부 — 명정酩酊 낙수초落穗鈔

어딘지 내가 〈명정 40년기〉 중에도 적은 줄로 기억하지만 주국酒國에는 인물난이 절대

로 없어서 난신적자하대무지亂臣賊子何代無之 3의 대대로(대신으로) 기인고사 대불핍절하는 성

관성관盛觀(성대한 구경거리)을 이루는 것이다.

과거, 현재를 통하여 주국의 기인이나 고사들의 열전이나 군상록群像錄을 쓴다는 것

은 이 「낙수초落穗鈔(뒷이야기 모음)」의 좁은 범위나 척도로는 도저히 불가능한 일이다. 그 허

다한 인물들의 행장行狀 4을 나의 무딘 붓끝과 부실한 기억으로는 누락 없이 기록한다는

것이 너무도 감인堪忍(참고 견딤)키 어려운 과제가 되기도 함인 까닭이다.

그리하여 극히 소략 소략疏略(듬성듬성 간단함)하게 두서너 분에 대한 것을 적어 보려는 바, 첫

째로 나의 기억에 떠오르는 분이 고 적암赤巖(이한길)이다. 적암이야말로 선성仙聖(신선과 성인)

급에 속하여 우리 주도酒徒들은 그를 일시 주국 대통령으로 봉대奉戴(공경하여 떠받듦)한 일이

있다. 거의 주이계야晝以繼夜하고 야이계주夜以繼晝하여 무일불취無日不醉가 아니라 무시불

---

1 기이한 사람과 고결한 선비.

2 대가 아주 끊어지지 않고 이어짐.

3 나라를 어지럽히는 불충한 무리가 어느 대엔들 없었겠는가.

4 사람이 죽은 뒤 평생의 행적을 적은 글.

취無時不醉의 상태로 지내면서도 취한 정도는 늘 「그만」 하여 더 취하고 덜 취한 것을 대작

자對酌者는 식별키 어려울 지경이었다.

나로서는 적암이 취중 추태를 피운다든지 광담패설狂談悖說하는 것을 한 번도 본 적이

없다. 도연陶然히 취하여 고품의 해학을 간발間發사이사이 발설함할 뿐이었다. 참으로 주국

대통령의 명예를 훼손은커녕 빛나게 하던 분이었다. 이렇던 분이 10여 년 전 서대문

외外(밖) 인성여가印姓女家(인씨 성 가진 여성 집) 건넌방에 우거寓居(임시로 살다)-하

다가 장서長逝[6]를 하였는데 부보訃報[7]를 듣고 뛰어가서 보니 방 툇마루 끝에 반병 술이 놓

여 있었다.

알아 보니 50년을 하루같이 자시던 술이언만 별세하기 수일 전부터는 갑작스레 술

을 입에 대지만 않을 뿐이 아니라 곁에서 누가 술 이야기만 하여도 머리를 흔들었다는

것이었다. 일평생 기십 기백 석의 술을 자신 적암이 그 반병 술을 마저 자시지 않고 떠

난 것을 생각하매 나는 참으로 감개무량하였다. 주도로는 만절晩節(늦도록 지키는 절개)을 완

수치 못하였다고나 할까?

적암 이야기를 적고 보니 불가분으로 연상되는 분이 심농心儂(김찬영)이다. 심농과 적암

---

5 홀아비로 삶.
6 영영 가서 돌아오지 않음. 죽음.
7 죽은 것을 알리는 통지. 부고.

은 그야말로 수어지교水魚之交[8]라 할까, 관포지의管鮑之誼[9]라 할까, 하여간 그 두 분 사이에 교분은 근래 보기 드물게 두터운 배 있었다. 예사로운 주붕酒朋이나 취우醉友가 아니었음은 물을 것도 없다.

이에 특기하나 할 것은 적암이 외로이 쓸쓸히 상기한 인성여가 건넌방에서 돌아가던 날 밤도 심농 유일인唯一人이 철소徹宵(밤을 새움) 운명殞命을 한 것이다! 이 어인 아름답고 숭고한 우정의 유로流露[10]인가?. 이제껏도 당시 일을 회상하면 감회가 자못 깊다.

이렇든 저렇든 심농은 그러한 심성의 미덕을 갖춘 채 누구에게나 누구에게나 주는 그의 두드러지는 외적 인상은 그의 「단정端正」이오, 「아결雅潔」[11]이다. 누구에게나 친절하고 다정한 중 취미랄까 도락이랄까는 바둑과 술이었다. 나는 바둑을 손에 대어본 적이 없으니 심농의 바둑과는 인연이 머나 심농의 술과는 어지간히 관계가 깊어서 그의 주성酒性(술버릇) 여하도 잘 짐작한다.

거두절미하고 간단히 말하면 취후 심농은 평시의 심농과는 전연 배치되는背馳 인상을 줄 때가, 물론 「늘」은 아니나 간혹 있었다. 때로는 그 단정, 그 아결이 온데간데없이

8 물과 고기 사이처럼 뗄 수 없을 만큼 친밀하게 사귐.
9 관중과 포숙처럼 친한 친구 사이의 정의.
10 자연스럽게 밖으로 나타남.
11 마음과 하는 짓이 고아하고 결백함.

맹용猛勇(날래고 사나움)을 발휘하는데, 더욱이 주석에는 어느 불쾌한 위인이 불쾌한 수작을

할 때에는 불행히 인내의 미덕을 발휘치 못하는 것이었다.

내가 아는 범위 내에서는 심농의 취후 일사 逸事(알려지지 않은 일)나 기행은 한둘이 아니

어서 모두 열거하다가는 이 낙수초의 균형을 잃어 버릴 우려가 있어 두어 가지 이야기

만 적으려는 바 적다 보니 놓칠 뻔한 것은, 심농은 취하기만 하면 어디선지 사자분신獅

子奮迅12의 용용이 있다는 것이다.

한번은 명월관인지에서 술이 대취하여 익선동(?) 자기 집을 인력거로 돌아가던 도

중인데 무슨 까닭이었는지 때마침 지나가던 일순경日巡警이 「불심不審」힐문을 하니 이

에 분격한 심농은 일언의 답만 없기커녕은새레13 양수兩手(두 손)에 혼신의 힘을 집중하여

가졌던 단장短杖을 격검擊劍때같이 취고 그 순경의 두골을 내려친 것이었다.

그 결과는 불문가상不問可想14이다. 파출소를 거쳐서 경찰서까지 가게 되었다. 원체 취

후지사醉後之事인 데다가 취조하여 보니 신분이 뚜렷하여 그 익일 귀택歸宅(집으로 돌아감)이

허락되었다.

또 한번은 인사동에 있던 계명구락부의 간부 몇 사람이 한강으로 선유船遊(뱃놀이)를

12 사자가 성내듯 그 기세가 사납고 날램.
13 새로에의 준말. 「고사하고」 「커녕」의 뜻.
14 묻지 않아도 상상할 수 있음.

212

나간 일이 있었는데 선상에서 쾌담, 쾌소, 쾌식을 하던 판 일행 중 민 모 씨가 무슨 이유
로인지 심농의 격양의 대상물이 되었다. 취하면 상기한 바와 같이 사자분신의 용을 발
휘하는 심농은 어느 결에인지 그 민 모 씨의 양족(兩足두 다리)을 불끈 들어서 강중(江中에 투
입시키어 일대 소동을 일으킨 일도 있었다.

적암과 같이 역시 고인이 되었지만 주국 주민 중 오늘날까지도 잊히지 않는 한 분은
아현동에 살던 남상목 군이다. 군은 누가 보든지 참으로 선량의 표본이었다. 생후 악의
나 고의의 죄과는 한 번도 저지른 적이 없었으려니 하는 인상을 누구에게나 주는 것이
었다. 인상뿐이 아니라 실제로도 그랬을 것을 나는 확신한다. 술과 농을 좋아하였는데
어느 때 만나든지 취안(醉眼은 몽롱하고 융기한 주먹코가 주독으로 계관(鷄冠닭 벼슬을 같이 붉
던 것이 제일 뛰어난 그의 풍모이었다.

나와는 그다지 자주는 상종치 않았건만 만나기만 하면 하시하처(何時何處15에서든지
술을 같이 나누지 않고 헤어진 적이 없다.

피차에 낭탁(囊槖주머니)이 늘 풍부치 아니하여 대개 가는 곳은 선술집이었는데 하루
는 우연히 동대문 턱에서 만났다. 만나자마자 제일착으로 찾아간 곳이 바로 동문 밖에
있던 어정주점인데 그곳서 2、3 배를 하고 나니 남 군 돌연히 제의하기를 한자리에서만

15 어느 때 어느 곳이든.

먹으면 갑갑도 하고 지루도 하니 바람도 쏘일 겸 선술집 순례를 하자 하였다. 나는 수동적인 채로 응종應從(응하여 따름)하였다.

이 집, 저 집을 들러서 맛이 좋으면 두 잔, 좋지 않으면 한 잔식으로 코스는 서대문까지로 작정하고 한 집 두 집 모조리 훑으면서 서진西進을 개시, 포복절도할 일은 그날은 약간의 강우降雨가 있어 나는 양복에 레인코트를 입고 나와서 무방하였으나 남 군은 한복에 우산을 받쳐 들었던 바 비도 그럭저럭 개이고 보니 우산의 처치가 곤란하던 중 어느 술집에 유기遺棄하고 가게 될는지 몰라서 취중에라도 한창 굼뜬튼한16 체 순진무비 純眞無比17 한 남 군은 우산을 집어서 두루마기 옷고름에 매어단는 것이었다. 이것이 무슨 짓이냐고 나는 처음에는 이의를 하여보았으나 남 군은 이것이 제일 안전 차료(또) 확실한 보관법이라 끝끝내 말을 듣지 않았다. 우리는 황토현 부근에서부터는 술이 대취하기를 시작하였는데 거기서부터는 어디로, 어느 때까지 헤맸는지 기억이 전연 불명한 채 각산各散되고 말았다.

며칠 지난 다음 남 군을 만나서 이 이야기 저 이야기 하던 끝에 문제의 우산 안부를 물었더니 술 취하여 휩쓸고 다니는 바람에 우산 「폭」은 갈가리 찢겨 형해形骸(뼈대조차

고
17 16
비 헤
할 프
데 지
없 않
이 고
순 싫
진 하
함 다
. .

214

없고 우산의「대」와「살」만이 안전 차표 확관確管(확실히 관리함)되었더란 것이다……。 주국酒

國에라고 난민적자 때때로 없는 배 아니지만 그네들의 열상列像(벌여 놓은 모습)을 기술함은

이 낙수초 취의趣意(취지)에 어그러지므로 일체 생략하기로 한다。

215

주장酒場이냐? 목장牧場이냐?

그럭저럭 10년이 지났지만 전영애라고 하는 유명 마담이 공평동에서 꼬챙이 안주술집 (오뎅)을 경영한 일이 있었다. 그런데 그 술집은 참으로 번창하였다. 오후 들어서서부터 밤 늦도록 어느 때든지 초만원의 성황을 이루었다.

그리고 딴 술집에 비하여 특이한 것은 출입하는 주객들이 거의 전부가 당시 소위 지식층 분자들임이었다.

그 집에만 가면 모 학자, 모 시인, 모 기자, 모 불평객─사상적으로─들이 위집蝟集하여 일 사교구락부의 관觀(같모양)을 띠었었다. 무슨 이유로 그 술집이 그다지도 흥왕하였을까? 딴 술집에 비하여 술맛이 좋아서 그랬을까? 아니다. 안주를 잘 만들어서 그랬을까? 그 도 아니다. 그러면 주인 마담의 미모에 끌려서 그랬을까? 그 역亦 아니다. 단순한 까닭은 주인 마담이 놀라울 만한 재녀才女로, 그 종횡한 기지와 능소능대한 사교술을 겸비하여 일종의 「자석성」을 띠었던 것이다.

그리하여 필자 또한 일참자日參者(매일 참석하는 사람) 중의 하나로서 딴 곳에서 술이 취한 때라도 막연한 궁금증으로 회로回路에는 반드시 들러서 몇 잔을 마시는 것이었다. 그런 데 이제껏도 잊히지 않는 모습이 으레껏 눈에 띄었거니, 딴 사람도 아닌 시인 고故 오일

216

도1 군이었다.

일도는 술에 취하려서보다는 주인 마담에 취하려 매일같이 드나들었다. 그 선량한 긴 얼굴에 극히 리리컬2한 표정을 띠고 술 한 잔 마시고는 주인 마담 한 번 바라보는 것이었다. 이에 심심풀이로 애란愛蘭(아일랜드) 시인 예이츠의 단시短詩 하나를 역재譯載(번역하여 싣다)하여 보자.

술은 입으로 들어오고
사랑은 눈으로 들어오나니
그것은 우리가 늙어서 죽기 전
꼭 알게 되고야 말 것일세라 —
나는 내 입에 술잔을 들어올리고
그대를 바라보며 한숨 쉬노라.

적의適宜(알맞고 마땅함)한 비유시인지는 몰라도 그때 일도의 술 마시던 풍경은 내 눈에는 그

1 서정시를 주로 쓴 시인(1901~1946).
2 서정적. lyrical.

217

와 달리 보이지를 아니하였다. 말하자면 일도는 「순정주」를 마시러 다녔던 것이나 그 불붙는 순정은 아무 보람이 없었던 것으로 나는 기억하는 중 수년을 계속하여 그 꾸준한 순정주를 먹는 바람 자기 향리에 수백 추수하던 전답이 날아갔다고 나에게 술회한 일조차도 있다.

하루는 그 술집 장락長卓에 열좌列座(나란히 앉음)들을 하여 가지고 술을 권커니 잣거니 마시고 있던 판인데 웬 낯설던 일위 중년 신사가 반취나 되어 가지고 들어와서 한자리를 잡은 다음 수삼 배를 기울이고 나서는 자기 딴에는 흥이 겨운 탓인지 주인 마담을 응시장구凝視長久3라가―외설한 수작이다―데통맞게4 한다는 말이, 『어디서 들으니 너의 거기에는 ○○라고 하니 과약果若5 기언其言이냐?』라고 하였다.

이런 경우에 보통 여자이면 『아무리 술장수를 하기로 그것이 무슨 무례한 언사이냐』고 노발대발하였을 것이 거의 틀림없었을 것이나 이 집 마담은 결코 그러한 범속한 타입의 여성이 아니었다. 기경무쌍機警無雙6한 마담은 서슴지 않고 준비나 하였던 것같이 태연히 언하에 답 왈 『아하 네 애비한테서 들었나? 연불연然不然(그런지 그렇지 않은지)은

3 오래도록 바라봄.
4 말과 하는 짓이 미련하고 거칠다.
5 알고 보니 정말로.
6 재빠르고 재치 있기가 짝을 할 만한 것이 없음.

218

네 애비밖에는 알 사람이 없는데—」라 하였다.

이 거의 「천래天來하늘이 준의 돈지頓智[7]」에 다른 주객들은 잠깐은 숙연타가 나중에는 박장대소들을 하였다. 그 데퉁바리 취한은 술에 취하고 무안에 취하여 어름어름하다가는 내빼어 버리고만 것이었다.

그런데 이같이 기지종횡하여 응구첩대應口輒對[8] 잘하는 마담도 한 번만은 입이 봉쇄된 일이 있었다. 다름이 아니라 그 술집에는 누구보다도 양 윤尹 군이 매일매야每日每夜 경쟁적으로 드나들었는데 우리나라 농담에 이를테면 「정鄭」은 당나귀라 하고, 「구具」는 개라 하는 것같이 「윤尹」은 소로 통하는 것이었다. 파자破字를 하면 尹에서 아래로 삐친 획을 떼어 버리면 「축표」이 되는데 축표자가 되기 때문이다.

하여간 우기右記 양 우공牛公들이 그 집 출입하는 다른 취객들의 질투를 일으킬 지경으로 열심껏 드나들며 주인 마담한테 번갈래로 「애정 분양」(?)을 받는 모양이었다. 그리하여 하루는 취여醉餘에 저으기 불쾌하여 마담을 붙들고 시비를 걸었다.

『도대체 이곳은 주장酒場이냐 목장牧場이냐? 그리고 양 우공 중에 어느 것이 기르는 소요, 어느 것이 식용우인가?』하였더니 입 빠른 마담도 빙그레 웃고 답이 없었다.

7 썩 민첩한 슬기. 기지.
8 묻는 대로 막힘없이 대답함.

사족 같지만 설명 삼아 한마디 보태어 둘 것은 기르는 소, 식용우란 것은 당시 마담은 일윤一尹한테서는 재정적 후원을 받았으나 타윤他尹은 도리어 경제적 비호庇護를 받았다는 은유로이다. 전 군소君, 이 글을 혹시 읽고 사실의 상위相違(서로 다름)가 있으면 항의하라.

미 하졸下卒보다도 열악

해방 전에는 그다지도 귀하던 술이 8·15 해방이 되고 나서는 도처에 지천이었다. 말하자면 무엇보다도 술이 해방된 셈이었다. 사람마다가 해방의 환희에 도취하여 친구들을 노상에서라도 만나면 상옹相擁(서로 껴안음)할 지경으로 반가웠고 찾는 곳이 주점이었다.

어느 주점에를 들어가든지 주효가 풍성풍성 하였다. 양양洋洋(한없이 넓음)한 국운의 전도前途(앞길)를 축복하는 기세이고 기분이었다. 그러나 그렇듯이 길스럽던 상태는 그다지 길게 계속되지는 못하였다. 미군 진주 이래 어느 결 가두 풍경이 일변하는 동시에 풍기 따라 어느 정도로 해이하여진 것이다. 거리거리 미국 물자의 범람, 난데없는 양풍洋風(서양 풍속)의 대진大振(크게 떨침)으로 물정은 자못 소연騷然(어수선함)하였다.

무엇보다도 눈에 제일로 거칠은[1] 것은 반벙어리 통역들과 소위 양갈보들의 횡행이고 혈안 분주血眼奔走[2]하는 모리배謀利輩의 발호跋扈(함부로 날뜀)이었다. 집에 있자면 생전 한 번도 찾지 않던 사람들이 뻔질나게 찾아들 와서 서반아西班牙(스페인) 누각 짓는 격의 일확만금一攫萬金할 계획을 개진하는 것이었다.

221

나의 귀에는 스쳐 지나가는 바람소리로밖에는 들리지를 아니하는 수작들이었다. 이러이러한 설계로 군정 미美 요인들과만 잘 교제를 한다면 성공은 틀림없다고 충동거리는 것이었다. 어떤 사람은 서류 한 보따리를 싸 가지고 와서 영문으로 번역하여 달라는가 하면 어떤 사람은 어디서 조사들을 하여 알았는지 모모 소좌, 모모 중좌들과 연락을 취하여 달라는 것이었다. 간단히 말하면 나를 일개의 번역생이나 통역꾼으로 「이용」을 하자는 것이 뻔한 그네들의 심산이었다.

하루는 M군을 모 다방에서 만났는데 오래간만에 서회敍懷도 할 겸 술 한잔 낼 터이니 저녁나절 국일관으로 부대(부디) 오라고 하는 것이었다. 이런 유혹 거절에 지약至弱(지극히 약)한 나는 그야말로 심모원려深謀遠慮[3] 없이 서슴을 거릴[4] 조차 없이 쾌락하였던 것이다.

상약相約(서로 약속함)한 시간이 되어 나는 상기 요정으로 찾아가서 M군을 찾으니 M군 뛰어나와 잘 왔다는 듯이 흔연欣然[5]히 나를 지정하여 놓았던 방으로 영입하는 것이었다. 막상 방에를 들어가서 보니 내객이라고는 천만의외에 미군 소령 일인과 기생 3, 4명이 늘어앉아 있는 것이었다. 처음에는 당황보다는 차라리 불쾌하였지만 사이지차事已至此하여는 별무도리別無道理로 생각하고 나 역亦 좌정 후 양장교 공양장교 公洋將校公(서양 장교 양반)과

3 깊은 꾀와 먼 장래를 내다보는 생각.
4 「서슴거리다」는 머뭇거리며 망설이다.
5 기쁘거나 반가워 기분이 좋음.

통성명하고 「요담」 통변通辯⁶보다 음주가 「요무要務(중요한 임무)」이니 만큼 나는 일배 일배

부일배 수없이 잔을 거듭하였다.

술이 반감半酣(술에 반쯤 취함)에 이르자 미 장교 공은 자기 딴의 「요무」는 이야기보다도

술보다도 댄스이라는 듯이 기생들을 번갈아 끼고 빙빙 방안을 돌고 매이는 것이었다. 원

래로 나는 춤도 출 줄 모르고 춤에 대한 흥미조차도 없어 마침 좌중에 술 잘 먹는 기생 하

나를 붙들고 권커니 잣거니 술을 기울이다 취흥으로인지 주광酒狂으로인지 값싼 재·농담

과 그다지 고상치 않은 욕설을 나의 어휘 자라는 한도까지 늘어놓고 퍼부었던 모양이었

다. 형세가 자연히 이렇게 됨에 좌석은 따라서 평온할 이치는 없었다. 뒤죽박죽으로 그

날 밤 주연酒宴(연演)의 막은 내려졌을 것은 필연이오, 필정必定이었을 것이다.

그런지 수일 후 M군을 역시 명동 모 다방에서 만났더니 군은 그날 밤 소경과사所經過

事(지나간 일)를 상세껏 이야기한 다음 그 미군 장교가 『미스터 변이 술 취하기 전에는 참으

로 교양이 있는 신사이더니 술 취하고 나서는 우리 미군 하졸下卒보다도 더 입이 더럽더

라」는 나에 대한 인상담으로 매조지7를 하는 것이었다.

6 말을 번역하여 그 뜻을 알게 함.
7 일의 끝을 단단히 단속하며 마무리함.

교실 내에 로이드 극劇

아무리 달야達夜(밤을 새다)를 하여 술을 마시고도 그 익일 근무처에 아니 나가는 법이 거의 없는 것이 무장처無長處1한 나에겔망정 장처長處라면 틀림없는 장처일 것이다.

30 전후만 하여도 집에를 들를 사이가 없어서 술집에서 학교로 직행한 일이 한두 번 아니었었다. 그러므로 취안은 몽롱한 채 그날도 나는 어김없이 등교를 하였다. 시간이 되어 나는 영시英詩를 강의하러 교실로 들어갔다. 나는 텍스트를 펴들고 상의 주머니에서 돈보기를 꺼내어 썼다. 어김없이 틀림없이 정녕코 썼다.

그러나 펼쳐 든 텍스트는 일자 일획도 뜨어볼 수가 없다. 아뿔사, 이 어인 일인고! 밤사이 갑작스레 실명이나 되지 않았나, 불길하고도 불쾌한 생각이 스치고 지나간다. 동각同刻(같은 시각)에 불현듯 밀턴2의 실명음失明吟 14행시가 떠오른다. 밀턴은 《낙원 상실》외 무수한 거작웅편巨作雄篇3을 영 문단에 지고유산至高遺産4을 남겼지만 『나야……』 『나쯤으로서……』를 탄嘆(한숨 쉬다)하는 호젓하고 하염없는 생각이 무겁지는 않게나마 가

1 장점이 없음.
2 영국의 시인(1608~1674). 《실락원》 등을 썼음.
3 대작이나 뛰어나게 좋은 글이나 작품.
4 더없이 높은 유산.

224

슴 눌렀다.

　나는 어쩔 줄을 모르고 안경을 썼다 벗었다 하는 서슬에 비로소 두 쪽 알이 어느 결에

빠져 버린 것을 발견하였다! 이제껏 테만 남은 안경을 쓰고서 공연히 법석을 하였던

것이다. 다시 말하자면 해롤드 로이드 극을 교실 내에서 연출하였던 것이다. 영화광이

면 무인부지(無人不知)[5]로, 로이드는, 알 없는 안경, 즉 테만 있는 안경을 쓰고 만인을 웃겼던

미국의 희극 배우이었던 바 취중에 어찌어찌하다가 두 알이 공교스럽게도 모조리 빠져

버린 것을 꿈에도 생각지 못하고 교실 내에서 그 본의 아닌 광대질을 하였던 것이다.

　나의 우스운 동작과 어색스런 표정에 학생들은 천장이 날아갈 듯이 박장대소를 하였

다. 나는 할일없이 『금일 휴강』을 선(宣)(공포하다)하고 고무실로 돌아가서 신문조차도 보지 못

하고 기분이 저으기[6] 불쾌하여 앉아 있었다. 면학에 열심인 어느 학생ー정치과 재학 중의

김광연 군으로 기억된다ー이 오후 느지막이 돋보기 한 개를 사다가 주었다.

　이 이야기에 뒤를 이어 한 가지 더 적어둘 것은 언제는 하루아침 자리에서 일어나

는 길로 안경을 찾았더니 찾는 안경은 온데간데없었다. 물어 보고 알아볼 것도 없이 안경

을 그 전날 밤 술집에 놓고 온 것이 틀림없었던 것이다.

5 모르는 사람이 없음.
6 「적이」의 비표준어.

225

학교에 출근은 하여야 하겠는데 없어서는 절대 안 될 소중한 안경은 그림자도 보이지를 아니하여, 학교로 오늘은 다소 지각한다는 전화를 걸고서 부랴부랴 세브란스 안경부로 달려가서 되는 내로 하나를 사 가지고 학교에를 나갔다.

급기야 학교에 당도하니 「변 선생卞先生 께」라고 표기된 봉투 하나를 사무원이 나에게 전하여 주는 것이다. 뜯어서 보니 잃어버린 안경이 그 속에 들어 있지를 아니하였던가! 말하자면 안경이 나보다 선착하여 있었는데 이놈의 안경이 사람하고 숨바꼭질을 하나 어리둥절함을 금할 길이 없었다. 곰곰이 생각하여 보니 함께 술 먹던 친구가 학교에는 으레히 갔으려니 하고 안경을 봉통封筒(봉투)에 넣어서 집으로 보내지 않고 학교로 보냈던 것이다. 그리하여 안경 하나를 잃어 버린 바람에 안경 두 개가 생긴 셈이다.

3부 — 남표 南漂

현대 출애굽出埃及[1]판

지난 일 새삼스레 늘어놓을 것 없으나 나는 6·25 괴뢰란偯儡亂을 사방과 주위에 중중첩첩重重疊疊한 군사시설로 위요되어 있는 초위험지대인 삼각지(한강로漢江路) 고구高皋(높은 언덕)상에서 「사불범정邪不犯正」[2]이라는 그야말로 턱도 없는 망신妄信[3]하에 요지부동하고 끝끝내 버텼었다. 비교적으로 안전하였고 또 안전하리라고 기대 혹은 희망하던 시내 거주의 친지들은 나의 침용沈勇[4]은커녕 나의 무감각과 무신경을 냉소하였다. 그러나 기실은 무감각이라서 그런 것도 아니고 무신경해서 그런 것도 아니라 피난의 기회를 탈 분복分福이 없는 나는 자연지세自然之勢로 「피난민 전선」에서 낙후 낙오되어 좌이대사坐而待死[5]라는 수동적인 채 비장(?)한 결의를 하였던 것이다.

하여 하여튼 괴뢰군偯儡群ㅡ군군軍의 대어代語ㅡ3개월간 진주 중에 겪고 치른 괴롭고 쓰라린 고초는 필설로 표현할 길이 없다. 목전에 닥친 새 고초 크거니 지난 고초를 고담古談(옛이

1 이스라엘 민족의 이집트 탈출기.
2 요사스러운 것이 바른 것을 건드리지 못함. 곧 정의가 반드시 이길을 뜻함.
3 그릇된 것을 망령되이 믿음.
4 침착하고 용맹스러움.
5 앉아서 죽기만을 기다림. 대책 없이 운수에 맡김을 뜻함.

야기) 삼아 할 겨를이 있으랴. 기세등등하던 괴뢰군도 침의沈毅[6]한 우리 국군과 고대 십자

군의 재현인 듯한 UN군의 용전사투勇戰死鬪[7]로 말미암아 우리의 수도 서울과 서경西京인

평양 탈환으로 그 적구赤狗들을 저 멀리 국경선까지 몰아내어 우리는 바야흐로 수미悲眉(근

심스런 얼굴) 활짝 펴고 환천희지歡天喜地[8] 하던 판에 이번에는 난데없는 중공 호군胡軍(오랑캐

군인)의 침습侵襲으로 전국戰局(전쟁의 국면)은 급격하게 변모되어 이번에는 부득이의 화액禍厄(재

앙과 곤란)을 재회하게 되었다.

지난번 하도 놀란 가슴이라 이번에는 아무리 철석같은 심장의 소유자라도 태연할

길이 없었다. 거리에 나서면 피난 짐과 사람을 만재滿載(가득 실음)한 트럭, 트럭, 트럭의 장

사진이 끝없이 뻗친 바 남부여대男負女戴[9]한 세궁細窮[10] 피난민의 행렬! 아무래도 그 일

반적 공포에 전염이 되지 않을 도리가 없었다. 아무리 악학惡虐(매우 심하고 모진 학대) 무도타

하여도 지난번 난은 동포 사이의 난이었으나 이번 난은 난데없는 오랑캐의 불법 대거의

침공으로 그 혹화酷禍(매우 심한 재화)의 정도 전자에 비하여도 오히려 지나칠 것이 있을 것이

니만큼 우리의 기우와 공포는 거기 따라 일층 더 크지 않을 수 없는 것이다.

6 침착하고 굳셈.
7 용감히 죽자 하고 싸움.
8 하늘도 즐거워하고 땅도 기뻐함.
9 남자는 등에 지고, 여자는 머리에 이다. 어려움을 당한 사람들이 이리저리 떠돌아 다님을 뜻함.
10 몹시 가난함.

그리하여 피난한다는 것이 무한히 분하고 아니꼽게 느끼고 생각하던 나로서도 하는 수 없이 남하를 결의하고 피난민 와권渦卷(소용돌이) 중에 휩쓸리고 만 것이다. 객고客苦 타지에서의 고생을 치르는 데 필요될 듯한 약간의 보따리를 구루마에 싣고 제일 나어린 5세너는 짐 위에 올려 앉히고서 굴러 떨어질까 밧줄로 비끄러매고는 남천南天(남쪽 하늘)을 향하는 길을 떠났던 것이다.

오롱이조롱이[11] 철부지 아이들은 무슨 원족遠足(소풍)이나 가는 기분인지 기뻐 날뛰었으나 늙은 우리 내외의 심중은 말 없이도 끝 없이도 무거운 채로 흔들렸다. 그런데 우리네와 같이 행색行色 차린 다른 피난민들의 가족들도 에누리 없이 길을 메웠다.

아아, 그지없이 슬프고 쓰라리고녀, 이 무리 이 겨레의 가는 곳이 어디메뇨? 우리는 예부터 집시의 유랑족이었던가? 만약 후자 경우로 이스라엘족이라면 고토故土(고향땅) 찾아가는 이스라엘족이었던가? 불연不然(그렇지 않으면) 가나안[12]의 복지福地를 찾아가는 「희망의 여로旅路」이었거니 선조 전래의 전원과 사랑하던 집과 가재 일체를 헌신같이 버리고 남부여대하여 가는 곳이 과연 그 어디멘고?

이스라엘족 고토 찾아가는 무렵 천우天佑(하늘의 도움) 내려 홍해 갈라져 길을 틔워 주었

11 생김새나 크기가 각기 다른 여럿.

12 성경에서 하나님이 아브라함과 그 자손에게 주겠다고 약속한 땅. 요르단강 서쪽 지역의 옛 이름.

거니 우리네 밀려가는 길에 수많은 험산과 하천에 마주쳐도 신조神助(신의 도움) 내려 열리

고 뢰울 건가! 이스라엘족에게는 지고지순 향도자嚮導者(길잡이) 모세가 있었거니 우리 길

에 앞잡이 모세는 과연 그 누구이런가? 남천을 바라보며 하염없는 눈물 옷깃을 적시는

고녀!

232

한양아, 잘 있거라

지난해 12월 26일 조조무朝(이른 아침)에 우리 가족은 구루마꾼[1]을 불러서 약간의 짐을 실리고 짐 위에 5세녀를 얹고서 집을 두서너 번 둘러보고 단장斷腸[2]의 여로를 떠나고야 말았다.

상기에도 말하였거니와 길에를 나서니 똑같이 피난하는 짐바리와 사람의 무리가 에누리 없이 길을 메이고 한강 편으로, 한강 편으로 밀물인 양 흘러가는 것이었다. 구슬 픈 노릇이오, 가슴이 아픈 광경이었다. 느리고 더딘 연연嫋然한[3] 장사진, 한 많은 한강 두江頭에 이르러서 멈추었다.

짐바리는 나룻배로 실리우고 사람들은 임시로 놓은 부교 교두橋頭에서 시민증 사열을 받고 강을 건너섰다. 강을 건너서니 짐 실은 배는 건너올 체도 아니하였다. 하는 수 없이 우리는 쌀쌀한 강풍을 쏘이면서 빙설 깔린 강안(강기슭)에서 배 오기를 기다리고 배회하였다. 될 수 있는 대로 후착厚着(두텁게 옷을 입힘)을 시켰건만도 가엾은 나의 5세녀는 춥다고 비죽비죽 울려고만 들었다.

1 짐수레꾼.
2 창자가 끊어지는 듯한 슬픔.
3 모양이 서로 비슷하다.

233

때마침 부근에 부패하여 공동孔洞(빈 구멍)이 대개 대개大開(크게 뚫리다)한 고목 한 그루가 서 있어 5세녀를 그곳에 들여앉혔더니 훌륭히 방풍이 되었다. 그리고서는 유연悠然히[4] 눈을 들어서 한양 성중을 바라다보니 『인제는 정든 너를 뒤에 남기고 머나먼 남쪽 나그네의 길을 떠나는구나』하고 두 눈이 화끈하여지며 만감이 용솟음을 치는 것이었다.

짐구루마가 건너오며 노량진으로, 영등포로 향하는 지렁이 행진은 다시금 시작이 되었다. 마침내 영등포에를 다다라 보니 그야말로 인산인해이었다. 역내, 역외는 발 들여놓을 터전도 없이 짐과 보따리로 산적山積(산처럼 쌓임)이 되었고 사람들은 「홈」은 물론이고 역구내에 들어서 있는 소위 무개열차無蓋列車(지붕 없는 열차)들는 차내는 두말할 것도 없고 차개車蓋(차 지붕) 위에까지 사람들이 탔는지, 매어달렸는지, 열렸달는지, 덮였달는지 하여간 우물우물 들끓어서 짐 한 짝 올려 놓는 것은커녕 사람 하나가 운신하기 극곤란하였다. 가슴은 조일 대로 조이고 무거울 대로 무거웠다.

때로는 피난을 단념할 생각조차도 더럭 나는 것이었다. 쓰나 다나 살 만큼 살아 보아 아깝지 않은 생명의 소유자인 나 한 몸 같았으면 그리하였을지도 모르지만 아무 죄 없는 처자들을 적마赤魔(공산주의자들) 수중에 방치한다는 것은 상상만 하여도 모골이 송연하여

234

절치마아 切齒磨牙[5]하여 가며 짐을 실리우고 사람은 올려 태웠는데, 한 가지 빼놓을 수 없

는 것은 운수부에 그무하는 하 중사가 특별한 호의로 무개차라는 불행과 고초를 면제하

여 주는 동시에 적지 않은 짐들과 역시 적지 않은 가족들을 유개차 有蓋車 일우 一隅(한 구석)

에 실리우고 태워준 것이다.

우리는 군의 호의를 갚을 길이 없어 레코드 2、30매와 콜럼비아 축음기 1대를 짐

경감시키는 의미를 겸하여 선사를 하였던 것이다. 이제 와서 생각하면 그때 우리 피난

짐은 일부 경감이 되었을지 몰라도 그 중사 군의 피난짐은 일부 보태졌다는 운명 작희 作

戲[6]의 한 토막을 연출하는 결과로 된 것이다! 세상사는 항용 이런 것인가 생각하고 혼

자서 웃은 일도 있었다.

그리고 차항 此項(이번 항)의 끝으로 일언 부가할 것은 우리가 탄 찻간은 탄약 만재한 찻

간으로 끊임없이 피우던 끽연의 자유가 완전히 박탈되었다는 것이다.

5　이를 갈며 각오를 다짐.

6　남의 일을 방해함.

235

남으로, 남으로

본의 불본의를 따져볼 겨를조차도 없이 나는 나의 가족 6인과 우리와 작반作伴[1]케 된 이석규의 가족 7인이 기어코 차중에 올라타고야 말았다.

차에 올라 좌석을 될 수 있는 한도로 정돈하고 진종일 선 채로 지내서 뻣뻣하여진 군은 다리를 쭉 뻗고 나니 무슨 필생의 대업이나 성취시킨 듯 순간적이나마 어느 유열愉悅(유쾌하고 기쁨을 느꼈다. 그러나 그 유열은 수상水上(물 위)의 설편雪片(눈송이)인 양 어느 결 사라지고 마는 것이었다. 눈을 감고 곰곰이 생각하여 보니 하루 동안의 일인 것만도 지낸 일은 아득하고 닥칠 일은 캄캄하다. 고민의 전음계소음階를 올린 까닭이다. 말하자면 일일간一日間의 겪고 치른 비애와 고초의 기록은 나에게는 일생을 통하여 망각할 길 없는 일종의 《일리아드》[2] — 트로이전란의 — 인 것이다.

하오 2시경에 올라탄 차가 날이 어두워서야 기적성汽笛聲(기적 소리)의 예고도 없이 떠나는 것이었다. 그저 떠나는 것만 고맙고 반가웠다. 차내에는 점등이 있을 리 없었다. 그렇다고 모진 잠이나마도 올 리가 없었다. 피곤은 할 대로 하면서도 두 눈은 반반하고 부

1 길동무를 삼음.
2 고대 그리스의 호메로스가 지은 서사시. 트로이 전쟁에서 활약한 영웅을 그렸다.

236

질없는 공상이나 망념_{妄念}(망녕된 생각)만이 꼬리에 꼬리를 물고서 오락가락하였다. 설상가상으로 상항_{上項}에서도 기술한 바와 같이 올라탄 차가 공교롭게도 탄약 적재한 차인지라 끽연이 엄금되어서 고통의 도度는 기극其極(그 끝)에 달하였다.

아무리 홀망지중忽忙之中[3]에라도 일호병一壺瓶(한 개의 병)에라도 술 준비를 하여 가지고 오지 못한 것이 한사중우한사恨事中又恨事[4]이었다. 철 모르는 아이들의 곤히 잠들어 숨 쉬는 소리, 역시 잠 못 이뤄 뒤척거리는 노처老妻의 한숨짓는 소리는 교교交交[5] 나의 신경을 날카롭게 할 뿐이었다.

혹시 역 비슷한 곳을 지난대도 원체 암흑천지라 역의 표지조차 알아볼 길 없어 「남행」을 하는지 「북행」을 하는지 갑갑하기 그지없었다. 그런 데다가 더욱이 답답한 것은 역인지 벌판인지 판단할 길조차 없는 곳에 10리쯤 가서는 3, 4시간씩을 예사로 정차하는 것이었다.

나는 종야終夜(밤새) 앉았다 누웠다, 누웠다가는 또다시 일어나 앉아 그야말로 전전반측輾轉反側[6]이었다. 슬프고도 가엾고나, 전전반측이라니 그 누구를 위하여서인 전전반

3 갑자기 큰일을 당하여 앞이 아득한 중.
4 한스러운 일 중에서도 한스러운 일.
5 서로서로 번갈아.
6 잠 못 들고 누워서 이리저리 몸을 뒤척이는 모습.

237

가? 그지없이 망연한 심리 억누르고 가라앉힐 길이 없다. 하여 하여튼 이와 같은 날과 밤을 대구까지 내려오는 사이에 경인庚寅의 대회일大晦日(섣달 그믐날)과 신묘辛卯의 원단元旦 (설날 아침)을 차 중에서 보내고 맞이하였다. 그러니 말하자면 송구영신送舊迎新을 한가지로 수난열차 중에서 한 것이다.

다만 원컨대 서력西曆으로 환산하여 북한 괴뢰와 중공 화액의 1950년은 한시바삐 물러가고 북한 괴뢰와 중공 격멸의 길상吉祥[7]의 1951년은 촌각寸刻을 다투어 닥쳐와 서 삭풍朔風에 불리는 후엽朽葉[8] 같이 남표南漂[9]하는 우리 한 많은 피난 동포들의 염원은 이루어지고 이루어지고!

7 운수가 좋은 조짐.
8 썩은 나뭇잎.
9 남으로 떠돌음. 여기서는 남으로 피난 가는 것을 뜻함.

238

이경 離京[1] 9일 만에

상기한 바와 같이 송구영신을 차중에서 하고 초이일 初二日(초이튿날) 대구역에를 도착하였는데 대구역에서 1일간 一日間을 지체하였어도 차는 떠날 체념을 하지 않았다.

하도 궁금하고 답답하여 역 구내 RTO사무소에 가서 차 번호를 말하고 언제쯤 떠나냐 하고 물었더니 서양 사무원 군 답하기를 경우에 의하여선 내일 떠날 수도 있지만 또 경우에 의하면 내내 안 떠날지도 모른다고 어리벙벙한 수작을 하는 것이었다. 궁금과 답답을 풀려다가 가일층 더 궁금하고 답답한 비운에 봉착하는 결과로 되었다.

아연자실 啞然自失[2]하여 홈을 거닐고 있노라니 때마침 역을 떠나려는 열차가 있는데 미인 美人 사관 士官이 차를 점검하고 있어 나는 그를 붙들고 전후사정을 위곡 委曲히 말하고 가족 승차를 청한 바 UN측 가족 외에는 절대 불허라는 엄거 嚴拒(단호한 거절)를 당하였다. 나는 하는 수없이 트럭과 지프차들을 실은 차판 車板 위에 일우라도 빌려 달라고 뱃심 좋게 굴었더니 상기 미인 사관 군 저도 딱한지 하는 수 없이 OK, OK하였다. 나는 부리나케 나 탔던 찻간으로 달려가서 짐과 가족들을 옮겨 놓고는 긴 한숨을 내쉬었다.

1 서울을 떠남.

2 기가 막혀 얼이 나감.

기쁨도 순간이라 난데없는 일위 철경鐵警(철도경찰) 군이 달려와서 하차를 엄명하는 것이었다. 앞으로 터널도 많고 열풍과 매연을 못 배길 것이란 것이 친절한 이유이기도 하였다. 나는 미 사관의 승낙을 얻었다고 하차를 불응하였더니 미 사관이고 무엇이고 어서 내리라고 독촉이 성화같았었다.

이렇게 피차간 승강이를 하는 판에 역여시 뜻밖에 이정규라는 해병대원이 달려와 서 인사를 자청하고 늘 서울서는 노상에서 뵈옵고 이런 데서 인사를 여쭙게 되었다고 말하는 것이었다. 자기는 과거에 중학교에서 영어와 독어를 가르친 적이 있노라고 부언하였다.

절처봉생絶處逢生[3]이랄까, 이 군이 나에게 하차 강요를 하던 철경 군을 어떻게 주물 러 트렸던지 우리의 좌석을 차판 위에서 기관고 차내부로 옮기도록 하였다. 출자유곡 出自幽谷하여 천우교목遷于喬木[4]이란 데나 비할까? 우리는 작약雀躍하다시피 짐과 사람을 옮기는데 호사다마로 새삼스러운 말썽이 벌어지는 것이었다.

다름이 아니라 그 차내는 선점하였던 경찰 가족이 있었는데 그네들을 몰아내고 우리 가족 도합 13명을 태웠다고 하여서 군경 간에 권총까지 빼드는 일대 소동이 일어났었

---

3 막다른 판에 살길을 찾음.

4 깊은 골짜기에서 나와 도시 근처의 크고 높은 나무에 옮겨 앉는다는 뜻으로 출세함을 비유. 《시경》의 한 구절.

240

다. 이런 경우에는 나는 조정책이 없어 보고도 못 본 체 듣고도 못 들은 체 운명의 귀추만 기다리는 수밖에는 도리가 없었다. 하여간 시끄럽던 싸움은 원만히 끝을 마치고 일로 순편히 5 남하를 계속하게 되었다.

그러나 차의 진행은 그야말로 지지遲遲(몹시 더디다)하여 한 정차장에 가서는 예사로 하루, 적어도 반일半日씩 지체하였다. 아이들은 배고프다고 야단법석이나 차 내외에서는 사과 나부랭이, 엿 나부랭이, 정만서鄭萬緖 6 말을 차용하면 천광운영공배회天光雲影共徘徊 7 할 멀건 콩나물죽 외에는 아무것도 없었다. 값 없는 돈만 부스러졌지 충복充腹(배를 채움) 할 길은 없었다. 마침 가지고 내려오는 수승數升(몇 되)의 쌀과 밀가루를 꺼내어 닿는 역마다 궤도 곁에서 밥도 지어먹고 수제비도 끓여 먹었다.

이같이 신고辛苦(쓰고 괴로운 한숨의 여행을 서울 떠난 지 만 9일 만에야 부산진에를 도착하였는데 일언 부가하여 둘 것은 오는 도중 무개차 위에서 어린 고아들이 동사凍死하고 어른 두 사람이 추락 참사慘死(비참하게 죽음)한 것이다.

5 부드럽고 편하게.
6 鄭萬瑞의 오기인 듯. 조선 순조, 철종 때 시인 정수동(1808~1858)을 가리킴.
7 하늘빛과 구름 그림자가 함께 어른거려. 죽이 하도 멀건 것을 노래한 김삿갓(김병연)의 시에 나옴.

241

부산 제일야 第一夜

병원차 외에는 부산역까지 통通케 하지 않는다 하여 우리 일행은 할 수 없이 부산진에서 하차를 하였다. 하차 후 짐짝들은 홈에 내려놓고 보니 새삼스레 갈 길이 망연하였다. 수도 헤아릴 수 없는 기백 기천의 피난민들은 짐들과 아울러 역 내외를 빈틈없이 채우고 막고 하였다.

짐 지키는 아이들, 냄비와 심지어 깡통에다가 밥 끓이는 여인들, 어성어성(어정어정) 분망奔忙히(매우 바쁘게) 왔다 갔다 하는 남자들로 그야말로 초초잡답超超雜踏[1]의 혼란 상태를 남김없이 드러내었다. 면면에는 피로와 공포의 빛이 비쳐 있고 새겨져 있었다. 참으로 가슴 무거운 광경임에 틀림없었다.

우리도 별 방법 없어 구루마꾼 하나를 불러다가 짐을 실려 가지고 역 외驛外로 나와서 역 부근으로 쏘다니며 방 한 칸을 대색大索(찾음)하였으나 도처에서 거절이다. 노변에서 노숙할 비운이 닥치었으나 은우隱憂[2]를 하고 있던 참에 서울서부터 동행한 이석규를 부르는 소리 있어 이 군이 그 소리 임자를 만나 교섭이랄까 타협이랄까를 한 결과로 천만다행

---

1 사람들이 매우 많아 이리저리 휩쓸려 매우 혼잡한 상태.

2 남모르는 근심.

으로 역 부근 모 약방 2층의 일실一室(한 방)을 수일간이란 조건하에 두 가족이 빌려들게 되었다.

식사는 자취 혹 매식買食하고 불안한 2야二夜(이틀 밤)를 보낸 뒤에 가족들을 김해 가락 면에 사는 나의 딸 집으로 재소개再疏開키로 결의하고 여비가 탕갈蕩竭[3]되어 하는 수 없이 범일동에 거주하는 우인友人(정우현)에게 돈을 빌려서 치송致送[4] 후 나는 단신 부산으로 향하였다.

문자 그대로 동가식서가숙[5]의 행장行狀(몸가짐이나 행동)은 부산에 들어서면서 개시되었다.

이 여관에 하루, 저 여관에 하루, 이 친구 집에 하룻밤 저 친구 집에 한 끼 밥, 심지어는 어느 사무소 일우一隅 의자 위에서 쓸쓸한 경야經夜를 한 적도 있었다.

그런데 부산 오던 첫날 모 다방에를 갔더니 서울의 명동가 재판인 양 부산 인사들보 다는 피난민으로 우글우글 초만원의 현상이었다. 그 총총囊中(무리 가운데)에서 오래간만에 우연히 공초(오상순)를 만났던 바 나는 그의 소개로 김창섭 군과 알게 되었다. 군은 음악가 로 모 밴드의 컨덕터로 있다 하는데 어느 정도 예술가의 소질여였다.

일면여구一面如舊라 할까 여사如斯(비슷한) 경우에 불가무일배주不可無一盃酒이란 듯이 술

3 재물을 다 없앰. 탕진.
4 행장을 차려 떠나보냄.
5 이곳저곳으로 떠돌아다니며 얻어먹고 지냄.

을 마시러 나가자 하였다. 나는 처음 생각에 소위 「동동주」나 2, 3배씩이나 하자 할 줄 알았더니 어느 중국요릿집으로 끌고 가서 엄청나게 배갈 일승一升(한 되)을 청하는 것이었다!

공초나 김 군도 자기네 주량에 맞는 정도로 마셨으나 태반 이상은 거의 의무적으로 내가 마셨다. 창담호음暢談豪飮[6] 끝에 필경에 나는 대취를 지나서 혼취昏醉에 이르렀다. 나중에는 서로서로 어떻게 헤어졌는지 기억이 전폅專乏[7] 된 중 가로에 익지 못한 부산 바닥에서 교통시간을 지나치며 방향을 잃고서 방황타가 누구 구호 손에 걸렸는지 잠을 깨어 둘러보니 난로는 피워서 춥지는 않았으나 아주 생소한 어느 일실에서 뒹굴고 있었다. 나는 부랴부랴 자리에서 일어나서 어느 곳인지 알아볼 용기와 염의廉意(염치)가 없어 호구虎口 탈출하듯 그곳을 떠나 나왔다. 이같이 나는 부산 제일야를 무료 숙박한 셈이고 결과를 지은 것이다.

244

심인 尋人 1 **광고**

나는 부산에 도착 이래 상기한 대로 동가식서숙하여 낮에는 갈 곳 없어 마음에 없는 각 다방을 순력 巡歷(돌아다님)하고 석양만 되면 마음에 아니 끌릴 수 없는 술집을 찾아다니며 우유도일 優遊渡日 2하기 한없이 맥칼없고(매가리 없음) 괴로워서 진해 있는 해군사관학교의 교관이나 되어보려는 나 혼자로서의 지망 志望(뜻하여 바람을 품게 되었다.

그러나 해군 측에 모수자천 冒羞自薦 3을 하다가 거절을 당하면 어찌나 하는 생각으로 시청으로 이 李 서울특별시장을 찾아가서 위우모충 爲友謨忠 4의 사무 대행을 의촉 依囑(남에게 청함)하였더니 제백사 除百事하고라도 진력하겠다 쾌락하기에 나는 우선 그의 말을 믿고 이곳에서 재소개 再疏開시킨 나의 가족을 찾아서 그 익일 김해로 출발하였다. 청전 青田(이상 범)과 작반하여 김해 나의 사가 査家(사돈집)로 가서 삼일 삼야(사흘 낮 사흘 밤)를 두류 逗留 5하고 다시 부산으로 나오니 나 없는 동안 이 시장의 교섭이 주효하여 해군 측에서 나의 거처를 찾던 것이라는 것이다.

1 사람을 찾음.
2 하는 일 없이 세월을 보냄.
3 부끄러움을 무릅쓰고 스스로 추천함.
4 친구를 위해 정성껏 일을 도모함.
5 머물러 있음.

245

나는 지체 없이 이력서만을 제출하였더니 수일 후에 신분증명서와 추천서 각 2통

을 형식상으로라도 제출하라 하여 분부대로 신속 이행하고 2월 1일 비로소 가출사假出仕

(임시로 일함) 격으로 해군본부로 찾아갔었다.

해군본부에 이르러서 본부 인사국장 김일병 준장을 만났었는데 내가 지원하는 해사

행海士行은 얼마 동안만 보류하고 당분간은 이곳 UN연락관의 임무를 보아 달라는 것이

었다. 물론 나의 본의는 아니지만 처음부터 나의 호불호 선택을 너무 주장함은 도리상으

로나 예의상으로 보아 미안히 생각되어 지시대로 청종聽從(듣고 따름)하게 되었다.

이곳 일을 맡아 보게 됨에 적지 않게 유쾌히 생각되는 것은 칠공漆空(최희송)과 화산花

山(노재명) 두 구우舊友(오랜 벗)와 일실(한 방)에서 같이 시간을 보내게 된 것이다. 하여 간 당분

간 이곳에 처지며[6] 번역 기타 연락 사무를 보는 한편으로 해양에 관한 시가詩歌도 틈틈

이 써보련다.

상기한 대로 분주무가奔走無暇[7] 우왕마왕牛往馬往[8]하는 바람에 부산진 범일동에 있는

우련友連(정우현)에게는 심지어 전화로도 연락을 취하지 못하여 나의 처소를 알 길 없는 그

는 나를 대색사방大索四方[9]하던 나머지에 필경에는 하는 수 없었던지 《부산일보》에다가

심인광고尋人廣告까지 내려고 광고 원고까지를 보내고 있던 판에 공교스럽게 시청 내에서

개최되었던 교수단회의에서 해후상봉[10]되어 피차 간 구활久闊을 서서敍한 다음 그의 주선

으로 여관에 2박을 더하고 나서 보수동에다가 일실을 얻어 성재誠齋(이 관구)와 동거케 되

었다. 동군同君의 절대한 후의로 우선은 표박漂迫(흘러 떠돌음)의 비경悲境(슬픈 형편)은 타개되

었으나 딱하기 그지없는 일은 해군에 근무하게 되어 말하자면 공무를 띤 몸이라 최대한

음주의 자유가 제한지지制限之地[11] 박탈된 셈이란 것이다.

9   사방으로 찾음.
10 우연히 서로 만남.
11 제한하기에까지 이름.

247

우련友蓮[1]에게

예니 穢泥[2] 속에서 나고 자랐건만,

티 하나 없이 곱게 피어난 연꽃을,

옛 주염계周濂溪[3] 그지없이 사랑터니,

오늘의 그대로는,

아아 우련友蓮이여,

사랑타 못하여 그 연꽃 벗—우友—하렴인가.

슬프다,

이 깨끗지 않은 이 땅 위에 어느 뉘 그 연蓮일시며,

그 연蓮은 벗할 제 그 뉘이런가?

1 앞의 글에 나온 수주의 벗 정우현의 호.

2 더러운 흙.

3 중국 북송의 유학자 주돈이(1017~1073)의 호. 성리학의 기초를 닦았다.

몽조夢兆1의 탓인지

꿈이란 원래 아무 연관도 없고 순서도 없는 것이지만 이즈음 며칠 동안 계속하여 꿈자리가 유난스레 뒤숭숭하더니 해군 측에 취직되어 출사出仕한 그 익일에 김해로 재소개시킨 가처家妻의 병보病報(병환 소식)를 듣고 부랴부랴 3, 4일간의 말미를 얻어 가지고 김해로 향발向發하려던 차 이번에는 우연히도 두류逗留하던 보수동 숙소를 나오려니 동래 있는 나의 말매末妹(막내 누이동생)가 찾아와서 육군 소위로 있는 나의 제2자(둘째 아들) 공수恭壽가 그간 제일선에 나가서 전투하다가 족부에 관통상을 당하고 장운莊雲(장엄한 구름) 덮인 산 또 산을 배와 무릎으로 몇이나 기어 넘어 천우신조로 제가 소속되었던 부대를 만나서 후송 우조又조(또) 후송, 부상병으로서 부산까지 이르러 시립병원에 입원 중이라고 내전來傳(소식을 전해 옴)을 하는 것이었다.

상세한 이야기를 듣건대 제일선에서 부산까지 오는 데 월여月餘(한 달 남짓)나 걸렸다는 바 그동안 완전한 치료를 못하였던 만큼 군화 속이 넘칠 지경으로 출혈이 과다한 중 동상凍傷이 가뜩이나 심한 데다가 화농化膿조차 되어 족부 절단까지 할 지경은 아니나 완치되기까지는 수삭數朔이 걸리리라는데 완치된 뒤에는 석고를 처매야 된다는 것이

249

었다.

나는 듣는 길로 불뮤시각不留時刻(서둘러)하고 병원으로 뛰어갔으나 입원 환자들의 면회

인들이 위집蝟集하여 있었다. 몇 시간이 걸러든지 차례를 기다리라는 것이었다. 수비병

에게 특별 사정을 말하고 간신히 문내門內까지는 허입許入이 되었지만 초初(처음) 면회인에

게는 병실 찾기가 극곤란하다는 이유로 안내자의 안내를 기다리라는 것이다.

어느 때에나 면회될 지도 까마득하고 문외에서는 다녀 나오기를 기다리고 서서 계시

는 나의 사백舍伯과 사형査兄2으로 해서 나는 하는 수 없이 차기 면회일—일, 수 양일—을

기약하고 떨어지지 않는 발꿈치를 돌려 초량으로 가서 버스를 잡아타고 일로 김해행을 한

것이었다. 구포를 지나서 낙동강을 가로 걸친 장교長橋(긴 다리를 넘어서 선바위에서 버스

를 내려 십리나 도보로 사가査家 있는 봉림리에 다다랐을 때는 모색暮色3이 방농方濃4하

였었다. 가처는 긴장 풀린 여독인지 난중에 얻은 심화증인지 하여간 고열로 규고呌苦5를

하고 있었다.

2 자기보다 나이가 많은 사돈.
3 날이 저물 무렵 어스레한 빛.
4 바야흐로 짙음.
5 괴로워서 울부짖음.

250

하여간 간병 3일 만에 차도도 있을 뿐더러 전시 중 너무도 결근함이 심중에 미안하고 송구막심하여 시간을 다투어 귀부歸釜키로 하였다.

유감천만의 일은 김해에서 기필코 만나질 줄 알았던 우산愚山(조규갑) 역시 지척지간尺之間6 이건만도 길이 어긋난 것과 성재誠齋(이관구)、월탄月灘(박종화)、석천昔泉(오종식)、나절로(우승규諸友(여러 친구)가 뇌약牢約7을 무단히 파기하고 오지를 아니하여 창담호음暢談豪飮의 기회를 상실한 것이다.

나의 사돈되는 아산我山(문위열)은 자기 계군季君(막냇동생) 혼사 때의 소용所用(쓸 물건)으로 공들여 기르던 돼지까지 잡았건만 상당相當어지간히 많음은한 친구들이 오지를 아니하여 섭섭히 생각하던 한편 나는 덩달아 미안하기 그지없었다. 일이 이에 이르니 이제껏 하는 수가 없어서 나는 가처에게 부산이고 진해고 간에 거처와 거소가 안정되는 대로 불안한 채 사가査家집 신세를 당분간 참고 지내라 부탁하고 상기한 시립병원에 입원 중인 나의 아들을 금번에는 기필코 면회할 양으로 저의 손위누이 되는 딸자식을 데리고 총총히 김해를 떠나서 부산으로 향하였다. 발걸음보다 마음이 일층 더 바빴다.

6 매우 가까운 거리.

7 굳은 약속.

251

하나의 전환

나는 10일 김해에서 돌아와 일야一夜를 쉬고 그 익일 즉 면회일로 정하여진 일요일 부산에서 집합된 8, 9인의 가족들을 육군병원으로 입원 중인 나의 제2차 공수恭手를 찾아가게 하고 그 면회의 회보를 기다리며 불가피의 딴 볼일을 보았다. 딴 볼일도 볼일이었으려니와 기실은 면회인이 의외로 격증되어 너무도 수효가 많이 가면 도리어 방해가 될까 두려워서 나의 면회는 후기로 미룬 탓이었다.

하여간 면회의 결과는 만족할 정도이었다. 아직껏도 기동치는 못하나 경과는 극양호하더라고 하여 저으기 안심하는 한편으로 내 자식이 조국의 자유를 위하여 분전하다가 부상한 것을 생각할 때 나의 마음은 무엇이라 형언할 (길) 없는 감격에 사로잡히는 것이었다. 하루바삐 쾌유되어 다시금 제일선으로 나아가서 공구共仇(공산당 원수) 격멸의 성전聖戰(성스러운 전쟁) 완수를 빌어 마지않았다.

12일인 일요일에는 여러 날 결근한 미안을 품고서 해군본부에 출사하였다. 제1부두 UN연락관실 일우에 자리를 잡고 앉으니 만감이 교집交集하는 것이었다. 틀림없는 생활의 일 전환인 동시에 일 전기이기도 되는 까닭이었다. 30개 년이란 긴 세월에 교단생활을 하던 나로서 평소 같으면 상상조차도 못하던 해군의 UN연락관이 되니 자신 없는 나머지 내가 과연 어느 정도로 임무 수행을 할까 위구심이 앞을 서는 것이었다. 이렇든

252

저렇든 일차 일을 맡은 이상에는 최대한의 노력을 하여 보겠다고 심중자서心中自誓[1]를 하였다.

연락관실 서창西窓으로 멀리 갈매기 나는 바다를 바라보며 아침은 손에 익지 않은 사무를 보다가 이윽고 점심시간이 되어서 실장인 전정표 씨의 안내로 부두에 정박되어 있는 LST(수송선) 내에 있는 선저船底 식당에를 들어가서 보니 참으로 일종의 진풍경이었다. 수백의 해원海員들이 죽 행렬을 지어 식기들을 각자 들고서 자기네들의 차례를 기다리는데 꼭 미국서 보는 카페테리아식 구내식당에서 국수를 매식하였다. 차례도 기다리기 지루하여 식권을 포기할 셈 치고 다시 밖으로 나와서 구내식당에서 국수를 매식하였다.

오식午食 후 다시 일 보는 처소로 돌아오니 인사국에서 제출된 서류가 불비不備한 점이 있다 하며 부산경찰서의 신분증명서와 사진 3매를 얻어 오라는 것이다. 해군본부에서는 이미 제출된 서류만으로도 충분하지만 B급 이상 사무관은 반드시 국방부에 보고하여 결재를 받아야 한다는 것이 부연敷衍된 설명이었다.

사진 3매는 박으면 그만이지만 경찰서 증명 얻는 것은 힘드는 일이었다. 아무리 생각하여도 부산경찰서에는 아는 사람이 없으니 만큼 선선히 증명을 하여 줄 것 같지 않았다. 나의 곤경을 살핀 동실同室(같은 방)에서 일하는 화산花山(노재명)이 자기가 서장을 잘 아

253

는 처지이니 동행하여 얻자 하기에 나는 용약勇躍(용감하게 뛰어 감)하여 서書로로 가니 쾌활한 박문기 서장은 언하에 승낙하고 사찰계에 말하여 증명서를 무난히 얻게 되었다. 서장에게 사의를 표하고 나와서 이번에는 증명사진을 박으려 수처數處(몇 군데)의 사진관을 찾아갔으나 조그마한 사진은 취급치 않는다고 모조리 거절하므로 하는 수 없이 30분간 노상사진을 박히었다. 이리하여 나는 소요所要(필요한 바)의 서류 완비를 한 셈이 되었다.

254

부공부수婦功夫守[1]와 기외其外[2]

2, 3일 전에 나의 가처는 참다못하여 김해에서 단신 부산으로 뛰어나와 나를 만나는 길로 다짜고짜 공격의 화개火蓋[3]를 여는 것이었다. 피난 내려온 지도 이미 수삼 삭이나 되었건만 지내기 거북하기 짝이 없는 사가査家에 말썽스러운 아이들 데리고 질펀히 어느 때까지나 있으랴고 내버려 두고 혼자서만 부산 바닥에서 장취長醉[4]만 하고 돌아를 다닌다니 그럴 법이 있느냐고 시비를 톡톡히 차리었다.

이번이란 이번에는 세상없어도 그냥은 다시 김해로 가지 않을 것이니 아무 데고 방 한 칸을 얻어서 따로 나와 살림을 하도록 차비를 차리라는 것이었다. 나의 현재 형편으로는 딱하기 짝이 없으나 그렇다고 무리한 강요라고 일축할 수는 없는 노릇이었다.

그렇지 않아도 이제야 말이지만 나는 보수동에 방 하나를 성재와 공동으로 얻어서 평화스럽게 지내던 중 하루는 뜻밖에 대구에 있던 성재 부인이 내도來到(도착함)하여 동실同室 기거케 되어 불편한 한편 불안, 미안하던 중 금번에는 가처의 침습侵襲으로 불편, 미

---

1 아내는 공격하고 남편은 방어함.

2 그 밖. 기타.

3 불뚜껑.

4 늘 술에 취함.

255

안이 중대된 바 성재 부인은 자연지세自然之勢로 나에게 맹공을 가하는 나의 가처에게
가세하는 눈치요, 기분이었다. 부군夫君으로서 역시 큰소리 못할 처지에 있는 성재만이
나의 유일한 우군의 역할을 하게 된 셈이었다.

나는 가급可及한5 한 방을 구하여 볼 터이니 우선은 김해로 다시 가서 얼마 동안 있
어 보라 하였더니 무가내하無可奈何6라 하며 방 얻기까지는 촌보寸步(한 걸음)도 부산을 떠
나지 않겠다고 완거頑拒(완강하게 거절함)를 하는 것이었다. 이야말로 에누리 없는 진퇴유곡
進退維谷이었다.

나는, 하는 수 없이 집 아닌 방을 나와서 4, 5 지우知友아는 친구들을 찾아다니며 방
부탁을 하여 놓고서는 다시 돌아와서 마침 그날이 수요일이고 해서 나는 가처와 동반하
여 15육군병원에 입원 중인 자식을 면회를 하러 다시 나왔다.

가던 도중 청과물전에서 과실을 좀 사 가지고 우리 부부는 병원 문전에 당도하였으
나 예방주사 증명서 없이는 절대로 면회 불능이라는 것이었다. 우리는 하는 수 없이 부
근에 있는 어느 조그만 병원에 가서 400원 수수료를 내고 주사를 맞은 다음 증명서를
얻어 가지고 나와 이번에는 무난히 병실을 찾아 들어가게 되었다.

5 힘닿는, 가능한.
6 고집이 세어 어쩔 수 없음. 막무가내.

들어가서 보니 저의 고모 모녀와 종제(從弟) 둘이 먼저 와서 있었는데 모처럼 어미와 아

비를 대하니 제 딴에는 퍽도 반가운 모양이었다. 치료의 경과는 극양(極良)(매우 좋음)하여 내

월(來月)(다음 달)이면 그 병원에서 나와서 정양차로 수삭 동안의 기간으로 동래에 가게 되었

다는 것이다.

부상 시 상세한 이야기를 들어보니 오대산 전투에서 적군에게 족부(足部)에 관통상을

받고 배와 무릎으로 밀고 기어서 적설(積雪)이 심한 준령(峻嶺)(험한 고개)을 둘이 나 넘었는데 전

후좌우로 부절(不絶)히(끊임없이) 적탄이 색색 눈(설雪)을 뚫고 들어가는 바람 비산하는 설편(雪

片(눈송이)은 마치 낭화(浪花)[7]같이 보였다는 것이다.

그리고 적의 기마대까지 추적하던 판 이같이 신명이 경각(頃刻)(아주 짧은 시간)에 달렸음

에도 불구하고 지방 농민인 듯한 한 사람이 따라오며 기진맥진하여 밀기도 못할 때에

는 이끌고 끌고서 산을 넘겨주어서 원대(原隊)를 만나게 하여 주었다는 것이다. 참으로자

식에게는 둘도 있을 수 없는 재생의 은인이었다. 돈 가지고 따질 일은 아니나 제 딴에

는 하도 고마워서 제 수중에 있던 전부인 2만 원을, 사퇴하는 것을 굳이 주었다는 것

이다.

7 파도가 부딪쳐 하얗게 일어나는 물방울.

* * *

변변치도 못한 글을 죽 계속하여 쓰지도 못하고 간헐적으로 써서 독자께도 미안하고 나 자신 면목에도 관련되어 「남표초南漂草」는 일단 이것으로써 끝을 마치고 일후日後(앞으로 다가 올 날) 딴 제목으로 문채文債(글로써 진 빚)를 갚으련다.

4부 — 명정酩酊 남빈南濱

〈명정 남빈南濱1〉은 사실상 서울서 《신천지》 잡지에 연재하던 〈명정 40년기〉의 계속인

동시에 부산으로 피난하여 《민주신보》에 8, 9회 게재한 〈남표南漂〉의 계속이기도 하다.

〈명정 40년기〉는 지금 와서 회상만 하여도 모골이 송연한 동족 침벌侵伐(침범하여 침)

의 괴뢰란으로 부득이 중단되었다가 국군과 UN군의 용전역투勇戰力鬪2로 적색 마군魔軍

(마귀의 군대) 북둔北遁(북으로 달아남) 후 소강小康(조금 잠잠함)ㅡ결과를 보아 말함임ㅡ을 얻어서 〈명정

40년기〉를 〈명정 낙수초〉라 개제改題(제목을 고침)하여 속고續稿(원고를 이어 쓴) 중 소련의 사주

인지 김일성 괴뢰배의 세궁역진勢窮力盡3한 나머지 도입한 탓인지 금번엔 난데없는 소련

의 적자嫡子(?) 격인 중공군이 장차 당할 심대한 희생도 예측치 못하고 천둥벌거숭이같

이 뛰어들어 우리의 강역疆域(영토의 구역)을 짓밟게 됨에 6·25에 경혼실백驚魂失魄4한 서

울 시민들은 『이번에는』을 연호連呼(잇달아 부름)하면서 남부여대하고 남으로 남

으로 밀리는 물같이, 혹 자동차 혹 지프로 혹 트럭으로 혹 무개열차로 혹 도보로 쏠리고 쏠

---

1 남쪽 물가. 여기서는 부산을 뜻함.

2 있는 힘을 다하여 용감하게 싸움.

3 세가 꺾이고 힘이 다함.

4 몹시 놀라 정신을 잃음.

린 바나와 나의 가족도 그중에 한축 드는 사람, 앞일이 캄캄만 할 뿐 아무 여념이 없었

던 중 《신천지》의 모체 기관母體機關 《서울신문》도 나 한 꼴 남표하게 되어 모처럼 「속고續稿」케 되었던 〈명정 낙수초〉도 자동적으로 「단고斷稿(원고를 끝냄)」케 되었다.

부산 내려와서 고초는 일구난설一口難說(한 마디로 설명하기 어려운 이야기)이었다. 피난민 사태沙汰(한꺼번에 무너져 내림)로 나의 재조才藻(재주)로는 방 한 칸 얻을 수만 없을 뿐더러 여관이란 여관은 모조리 깡그리 만원이었다. 천사만려千思萬慮 끝에 나는 나의 가족을 나의 딸의 시가媤家ㅣ김해가락ㅣ로 분산시키고 나 혼자만 부산에 처져서 동가식서가숙하던 상태로 자연히 술만이 유일무이한 해우소수解憂消愁[5]의 진정제이었다. 술 마시는 구차한 변명은 아니지만 술 없이는, 술 마시지 않고는 나는 이미 민사悶死[6]하였을지도 모른다.

그런데 이에 한마디 부언하여 둘 것은 성풍혈우腥風血雨[7] 제일선에서 우리의 국군과 UN우군이 떨어지고(산散) 쓰러지며 이 초비상 시기, 다시 말하면 생이냐 사냐를 결할 이 마당이거늘 내 무슨 할 일 없어 경향京鄕(서울과 시골)을 유리표박流離漂泊[8]하여 명정위사酩

[5] 근심을 풀고 시름을 없애버림.
[6] 고민하다 죽음.
[7] 피비린내 나는 바람과 심하게 흐르는 피.
[8] 이리저리 떠돌아다님.

飼鳥事9함이냐는 것이다. 동기와 이유 여하를 막론하고 자꾸 자폄自愧自貶10할 일인 중 아소시兒少時부터 지나치게 성질이 격월激越11, 과감한 데다가 생래의 삭막증索寞症12으로 남과 무리 짓기를 기피하던 버릇이 장성함을 따라서 증대되는 경향을 보이었다. 언제나 혼자서 생각하고 혼자서 행운行運13하며 「남과 나눌 수 없는 느낌」에 혼자서 도취하였던 것이다. 자나 깨나 믿도 끝도 없는 형광螢光(반딧불)같이 명멸하는 상념을 추수追隨(뒤쫓아 따름)하고 갈구하였다.

한마디로 요약하면 현재까지의 나의 생활기록은 외면적ー활동을 의미함ー으로는 영零 혹은 영에 가까운 것이나 내면적ー모색을 의미함ー으로는 촌시寸時(짧은 시간)의 휴식이 없는 그 무엇이었다. 부재다언不在多言14하고 「갈渴(목마름)」일 자ー字가 나의 생을 상징도 하고 대변도 할 것이다.

다만 탈인 것은 그와 같은 「심리적 갈渴」에다가 어느덧 「생리적 갈渴」마저 가세하게 되어 둘 다를 해갈시킬 수 없는 비극적 곤경에 함입陷入(깊이 빠짐)된 것이다. 이러쿵저러

---

9 술 취하는 걸 일로 삼음.
10 스스로 부끄러워하고 스스로 깎아내림.
11 목소리 따위가 격하고 높음.
12 인정이 없어 메마른 증세.
13 이동함. 오감.
14 여러 말 할 것 없음.

쿵 나는 음주당飲酒黨의 요지부동이고 확고불발確固不拔[15]한 일원이 된 바 당수는 채 몰라도 줄잡아 부당수副黨首쯤 자허自許(스스로 인정함)할 지경이다.

15 확고부동。 튼튼하고 굳어 흔들리지 않음。

264

계엄주[1]의 범람

술 마시는 사람에게는 술 마실 까닭뿐이오, 술 아니 마실 핑계는 언제든지 없는 것이다. 청우晴雨(맑은 날과 비 오는 날)와 한서寒暑(추위와 더위)와 희비를 통하여 술은 일종 천부天賦 (하늘이 줌)의 불가피적 임무를 거의 어김없이 수행하는 바, 만나면 반가워 한 잔, 여의게 되면 섭섭하여 한 잔 셈으로 그 까닭과 핑계를 헤아리려 함이 도리어 부질없는 일이다.

이래저래 마시는 것이 술이오, 이래저래 마시게 되는 것 또한 술인지라 지기투합志氣投 合(뜻이 맞음)되고 술 비위脾胃 맞는 좋은 벗네 만난 다음에야 더할 나위 있으랴? 꽃 꺾어 산算 놓아가며 무진무진無盡無盡[2] 마셔도 진음盡飮(끝없이 마심)을 모를 그야말로 아무런 교계상량較計 商量[3] 없는, 다시 쉽게 말하면 온갖 타산을 초월한 허심방담虛心放膽[4]의 「승평昇平주[5]」는 애 살인주인 「책략주」, 즉 「모략주」 등등이 출현 등장하여서 이즈음 각 주사酒肆나 요정은 전시 처롭게도 옛것이 되고 세강속말世降俗末[6]의 탓인지 근년에 이르러서는 듣도 보도 못하던 일종

---

1 경계를 엄중히 하고 마시는 술.
2 무진의 강조 말. 다함이 없을 만큼 매우.
3 서로 견주어 헤아려 생각함.
4 거리낌이 없어 행동이 대담함.
5 나라가 태평할 때 마시는 술.
6 세상이 그릇되어 풍속이 어지러움.

기분은 새려 폼페이[7] 말일 전야前夜 풍경 그대로를 정로呈露드러낸하고 있지를 아니한가?

모리 謀利(이익을 꾀함)를 하여 치부하고 엽관獵官[8]을 하여 현달顯達[9]하려 함은 일반 상정常

情이기도 하지마는 그 욕망 달성의 수단과 방법, 천루賤陋(낮고 더러움, 악랄, 비굴무치無恥(부끄

러움이 없음)함에도 한두가 있었으면 하고 통탄을 지나서 신명神明 전 기원을 할 지경이다.

필자의 협애狹隘[10]한 경험으로도 군정과 민국을 통하여 상기 풍경을 포간飽看(싫증이 나도록

봄)한 중 때로는 아무런 이렇다 할 사회적 지위나 지반이 없는 미미한 존재인 필자에게 까

지도 온갖 청탁이 들어오는 것이었다. 모든 소청을 선선히 들어주지 못하는 필자의 무능

을 자괴自愧할 뿐만 아니라 더욱이 자련自憐스로 가엾게 여김할 때가 한두 번이 아니었다.

집안의 애경哀慶(슬픈 일과 경사스러운 일)간 한 차례의 현영現影(그림자를 비침)조차 아니하던

사람들이 돌연히 찾아오기도 하고 평시 같으면 한 잔의 술은 그만두고라도 일완一椀(한 주발)

의 밥마저도 인색히 굴던 사람들이 노상에서라도 혹여 만나면 있는 친절, 없는 은근慇懃

(겸손하고 정중함)을 다하여 본의 아닌 구활久闊을 길게 늘어놓고 그 끝에는 반드시 서회叙懷차

어디로 가자는 것이다.

7 서기 79년에 일어난 화산 폭발로 묻혀 버린 고대 로마 제국의 도시.
8 부정한 방법으로 관직을 구함.
9 벼슬이 높아져 이름을 떨침.
10 마음이 너그럽지 못하고 소견이 좁음.

불계淸濁不計(맑고 흐림을 따지지 않음)하는 주도酒徒인 필자로서도 득음得飮(얻어 마심)의 환희보다

이런 경우에는 언제든지 상식보다 「직각直覺」이 한걸음 앞서는 것이다. 아무리 청탁

때문에 취불성흥醉不成興11은 물론이었다.

자면 창음暢飮(유쾌하게 마심)할 방심주放心酒가 아니고 신탄愼呑(신중히 삼킨)할 계엄주戒嚴酒이기

는 기우杞憂의 중하重荷(무거운 짐가 마음을 누르는 것이었다. 천속賤俗(천하고 속됨)하게 말하

하는 유혹조차도 때때로 일어날 정도였다.

는 결과는 막설莫說(말을 그만둠)하고 「인사소개소」 간판을 거는 것이 차라리 낫지나 않을까

눈이 돌아갈 주문과 청이 에누리 없이 빗발치듯 하였다. 수입 적은 학교 교원 생활보다

달라는 둥 이권, 구직 심지어는 학생 입학, 엽총 허가에 이르기까지 참으로 가지각색의

중한 서류이니 능숙한 솜씨로 영문화를 하여 달라는 둥 모 장교, 모모 부처장을 만나

지면장至面長13이며 경찰 방면이라면 총경까지는 턱도 없고 고작해야 경감이나 경위쯤이

로는 중앙청이면 고작 과課·계장—이상은 감불생의敢不生意12—이오, 외방으로는 자군수自郡守

에 속한 건은 격감하고 구직이나 엽관에 관한 건은 반대로 증가된 바 관등官等의 대상으

이상은 대개 군정 중의 일이나 우리 정부가 수립된 이래로는 다소 변모되어 모리誤利

11 술이 취해도 흥이 나지 않음.
12 감히 엄두도 내지 못함.
13 군수에서 면장까지.

었다。 공무원은 박급薄給(얼마 되지 않는 봉급)이라는데 어인 환욕宦慾(벼슬 욕심) 무슨 일로 그다

지도 왕성한지 빌자의 두뇌로는 판단키 어렵다。

하루 오후는 하다못해 그 흔하던 계엄주도 걸리지를 않고 낭중무척분囊中無隻分[14]으로

기분이 자못 침체되어 보수동 우거寓居 사첩 반 방 한복판에 두 손을 깍지한 팔베개로

앙와仰臥하여 잡힐 듯한 생각、 놓칠 듯한 생각 오리숭아리숭[15] 번갈래로 자아내고 있는

차에 뜻밖에 범일동 우련友連(정우현)이 길보吉報나 전傳는 사명을 띤 듯 만안희색滿顔喜色[16]

으로 뛰어들어 소풍 겸 어디를 잠깐 동안 나가자고 충동거렸다。 그렇지 않아도 꽁무니가

들먹들먹 하던 판이라 불응할 이유는 호무毫無하였다。

그러나 언제든지 호사에는 다마多魔라、 인가隣家(이웃집)에 간 줄 알았던 아내는 보초 이

상의 감시안으로 별불[17]같이 달려들어 『어쩐지 일찍이 들어오나 하였더니…기껏 누워

있다가 새삼스레 어디를 가느냐……』고 「중공中共」식의 럭도 없는 간섭을 하는 것이었다。

어색스러운 경우에 봉착한 우련 군 말말끝에 『……선생」 하고 잠깐 동행할 데가 있는

데 혹 주석이 벌어지더라도 결코 과취過醉(지나치게 취함)치는 않으시도록 하겠으니 안심하시

14 주머니 속에 적은 돈도 없음。
15 기연가미연가 뚜렷하지 않음。
16 얼굴 가득 기쁜 표정。
17 아궁이 바깥으로 뻗치는 불。

라」고 우선 안위安慰를 시킨 다음 우리 둘은 거리로 해방이 되었다.

거리에 나서 한두 골목 지나서 「들리지 않을 거리」에 이르자 비로소 우련은 나에게 말하기를 『기실은 선생의 명정기酩酊記를 애독하는 일 여성이 있는데 선생이 피란을 내려온 줄은 소문 들어 알지만 만난 적 없으니 기회 보아 한번 가 찾으라고 합디다······』라고 하였다. 스스로 기물棄物[18]인 양 자처하던 나를 보고자 하는 미지의 여성! 더구나 나의 졸문拙文[19]을 애독한다는 「정신의 반려자」인 아아, 그 여성! 50이 지난 노물인 나로서는 가슴은 울렁거리지를 않다 하여도 그 누구일까 하는 궁금증은 금할 길이 없었다.

막상 당도하여 보니 부용동에 있는 동일각이란 스키야키집이오, 나를 원일봉지願一逢之(한 번 만나기를 원함)하더란 그 여성은 그 집 마담으로 연기年期(나이)는 30 될락 말락, 그 이름은 나의 기억이 정확타면 숙향이었다. 맑은 눈 반기는 눈 하고 싶은 말을 재빨리 하였다. 좌정 후 미구未久(오래지 않음)에 주욱이 나와 서로 받으며 권하며 시간의 걸음걸이 더디고 느리기만 마음에 졸이며 마셨다.

사실 우련 소전所傳(전한 바)대로 어김없이 졸문을, 애독의 도를 지나쳐 줄줄이 암송할 지경이었다. 일이 이에 이르니 이날 이 밤의 술은 계엄주도 아니고 방심주도 아니며 일

18 버려도 괜찮은 쓸데없는 물건.
19 자기 글을 낮춰 이르는 말.

종 탐닉주였다.

그러나 흥진비래興盡悲來 격으로 최명催命(목숨을 재촉한)하는 듯한 교통시간은 다가들어 떨어지지 아니하는 자리를 일어나서 돌아오려 할 제 숙향은 「집알이」[20]를 겸하여 나의 우거까지 작반을 한 바 문어귀에서 「불휴不休(쉬지 않음)의 보초」인 나의 아내에게 포착되어 독자 상상에만 일임할 장면을 연출하였다.

숙향 귀후歸後(돌아간 후)에 나는 전후 경로를 사리껏 사실대로 아내에게 개진하고 설명 하였으나 「듣는 귀」는 간곳 없고 「노리는 눈」만 못 박은듯 남아 있었다. 나는 인내를 쌓 고 거듭하였으나 아무런 타협의 성과를 거두지 못하여 분연憤然 수난의 장소를 떠나서 부근 여관을 찾아가 칠분취七分醉 삼분울三分鬱[21]의 뒤숭숭한 한밤을 치렀던 것이다.

특히 일언 부기할 것은 그날 주식료酒食料가 기만 원은 되었을 터인데 『아무리 술장사 를 하기로서니 명정 선생과 일음一飮(한 차례 술을 마심)한 셈을 받을까 보냐」고 완거頑拒를 하 는 것이었다.

20 이사 간 사람의 집을 구경 겸 인사로 찾아보는 일.
21 70퍼센트는 취하고 30퍼센트는 우울함.

「하꼬방」¹ 순음巡飲 ²

전야前夜(전날 밤) 통음하고서도 남달리 조기早起(일찍 일어남)하는 것이 나의 버릇인 바 개안開眼 제1차의 사무는 그저도 살아 있나 죽었나를 검사하기 위하여 수족을 조심스레 굴신屈伸(굽혔다 편)하여 보는 것이다. 대행大幸(크게 다행한 일)으로 목숨이 붙어 있음이 확인된 다음에는 지구덩이와 같이 무거운 몸을 혼신의 용력을 총집하여 자리에서 떨쳐 일어나는 것이다.

기상 후 제2차의 요무要務(중요한 임무)는 냉수 마심과 담배 피우는 것인데 그 다음에는 기어코 어김 한 번 없이 반수伴隨(짝이 되어 따름)하는 사무 아닌 고역은 제지할 수 없는 해수咳嗽(기침) 끝에 끊임없이 담痰(가래)을 깡통—타구 대용—에다 뱉는 것이다.

그 다음은 세면, 변소행 등등 상기 제반 행사가 필하고 나서도 미필의 최대 최긴最緊(가장 긴요함)의 과업은 해정解酊이다. 늘 먹는 술이오, 으레껏 마시는 해정주—남표 이래는 재경在京時보다 우심尤甚(더욱 심함)—이건만 아내는 조조무朝(이른 아침부터 승산 없는 전단戰端(싸움의 꼬투리)의 포화를 여는 것이다.

1 판잣집의 비표준어.
2 돌아다니며 술을 마심.

271

『아침술만이라도 끊어 버릴 결심도 없고서야……』하며 혀를 차는 것이다.

『몇십 년 계속하는 버릇을 끊을 결심을 그만두고 아무 성금 서지3 않을 쓸데없는 잔소리를 끊을 결심은 왜 없나? 결심 없기는 마찬가지 아닌가……?』라고 나는 억설臆說 (우겨대는 말) 삼아 응수를 하는 것이었다. 아이들더러 술을 사 오라고 하면 눈과 태도로 제지시키는 어미의 눈치만 흘깃흘깃 보면서 응종應從(응하여 따름)을 꺼리는 것이다.

그러한 경우에는 나는 하는 수 없이 모자를 떼어 쓰고 분연히 뛰어나와 부근에 있는 하꼬방 술집으로 가든지 그렇지 않으면 동대신동, 서대신동으로 우제偶霽(노한용) 노老와 임당林堂(하성재)을 찾아다니면서 요갈療渴(목마름을 면함)을 하였던 것이다. 조주삼배진일대취朝酒三盃盡日大醉4라더니, 조주 십여 배이면 나의 주량으로 대취하지에는 미치지를 아니하여도 오주午酒(낮술)까지 이르는 동안 도연陶然한 심적 유열愉悅(즐거움)을 유지하기에는 충분하였다. 상기한 우제, 임당 외에도 때때로 심농心農(김찬영)、심전心田(김익진) 양노兩老(두 노인)와 성재(이관구)도 주국酒國 캔터베리5 순력행巡歷行에 참가하였던 것이다.

우리네는 원래 주도酒徒인지라 어느 「이유」가 있어 먹는 것이 아니고 어머 마시는 것이 아니라 만나서 반가워 마시는 술이오 순전히 술 때문에 술을 즐기기 위

3 「성금 서다」효력이 나다.

4 아침 술석 잔 마시면 하루 종일 취함.

5 초서가 캔터베리 성당에 순례하러 가는 사람들의 일화를 엮은 산문시 《캔터베리 이야기》를 가리킴.

하여 권키도 하고 반기도 하는 「일호탁주희상봉一壺濁酒喜相逢」[6]격의 비타산적 술이었다.

그러니만큼 요담 대신에 한담이 일쑤이고 긴의 緊議(간절히 논의함)할 재료 돈핍頓乏(매우 부족함)하여 턱도 없는 장광설법長廣說法[7]이 언제든지 채를 잡는[8] 것이었다.

이리저리다가 어느 땐가 한번은 엄수하여야 할 교통시간을 범하여 가지고 「법의 사도」에게 힐문을 당한 바 낫살 먹은 덕택으로 귀택歸宅(집으로 돌아감)의 특허를 받은 일도 있었던 것이다.

6 한 항아리의 락주를 만나니 기쁘다.
7 말이 쓸데없이 길고도 많음.
8 「채를 잡다」, 주도권을 쥐고 조종하다.

부질없는 간섭

나의 성질을 다소라도 아는 사람들은 나라는 위인은 남의 일을 간섭한 적도 없을 뿐만 아니라 그리하려는 의사조차도 털끝만치라도 품어본 적이 없는 동시에 남의 간섭을 받은 적도 없고 어느 누구나 그러한 의도를 품는 자가 있다면 그는 이미 나의 동포는 아니었다.

그러한 나로서 한번은 력도 없고 부질없는 간섭을 중인환시衆人環視 중에 감행한 일이 있었으니 취치 않고 맑은 정신으로는 판단키도 어렵고 해석키도 힘드는 노릇이었다. 그런데 그리된 내력과 경로는 대개 하기下記(아래 기록)와 같다.

수삼 삭 전 나는 청첩 한 장을 받았다. 피독披讀(펼쳐 봄)하니 김영희 군의 결혼초장招狀 이었다. 신부 측은 대강 짐작은 하여도 잘 모르나 신랑인 김 군은 잘만 알 뿐 아니라 나의 무이無二(둘도 없음)의 친우이었던 고 추범秋帆(김응집)의 영윤令胤[1]으로 반가움과 추회追懷[2] 가 반반인 중 나는 백사百事를 제하고서라도 참석할 결심을 하였다.

그 결혼식 당일도 나는 상례와 같이 조출무출(일찍 외출함)하여 볼일을 대강대강 치른 다음 식장으로 향하노라니 수시간의 여유가 있을 뿐만 아니라 때마침 일위 주대酒袋[3]를 만나서

---

1 남의 아들을 높여 이르는 말.
2 지난 사람을 생각하여 그리워함.
3 술 주머니. 술을 많이 마시는 사람.

불기 이회不期而會4인지라 그냥 헤어지기 섭섭하여 대뜸으로 국제시장—속칭 도떼기시장5—단

골로 다니는 어느「하꼬방」주점으로 향하였다. 몇 순배나 하였는지 술은 얼근할 정도를 지

나친 바 불현듯 결혼식 생각이 나서 부랴부랴 그 자리를 떠났다. 식장인 ○○동 ○○교회에

당도하여 보니 벌써 만원 상태로 식은 진행 중으로 나는 한 끝 말석에 좌정하였다.

귀를 기울여 듣자니 식순 진행이 아니라 인류 창성創成(처음으로 이루어짐)으로부터의 대

설교인데 언제나 끝날지를 모를 지경으로 내빈들도 지루하여 하는 눈치이고 신랑 신부의

고초도 이만저만이 아닐 듯 싶어서 나는 분연 기석起席(자리에서 일어남)하여 중목象目(뭇사람의

눈)의 시선을 일신一身(한 몸)에 집중시키며『일요예배가 아닌 이상 무슨 설교이냐? 식순

이나 빨리 진행함이 어떠냐?』고 성당 모독의 죄를 짐짓 저질러가며 항의(?)를 하였다.

당내堂內는 숙연한데 주례 목사는 퇴단하여 수삼 분 경과 후 재등단하여『내빈 중

어느 한 분이 이의를 하니 식을 진행함이 가하냐 부중하냐』고 내빈석을 향하여 묻기에

결자해지結者解之 격으로 나는 불류不留 시각하고 기립하여『나는 어느 의미로든지 방해하

러 온 것이 아니고 촉진시키려 온 것이니 속히 진행하라』고 말한 바 그 결과로인지 아닌

지는 모르나 하여간 식은 별 불평 없는 가운데 빨리 필하였던 것이다.

4 기대하지 않은 만남.
5 정상적인 시장이 아닌 중고품 따위의 도산매, 투매, 비밀거래로 벅적거리는 시장.

생의 하극

생의 하극 謔隙 1

인생 수한 壽限(수명의 한계)을 가사 假使(가령) 70으로 친다면 그 70을 다 사는 것은 아니다. 적어도 3분지 1을 점하는 수면 시간을 뺀다면 고작하여야 40년밖에는 더 못 사는 것인 바 그 수면 시간이야말로 인생의 하극 謔隙이라 아니할 수 없다.

그렇다고 그 하극은 전적 하극이 아니다. 자도 깨일 수 있고 꿈도 새새 끼는 까닭이다. 마치 그 대신으로 혼취 상태는 그야말로 완전무결한 생의 함결 陷缺(흠결, 흠)이다. 하극이다. 몽유병자처럼 걸으면서도 (보행步行) 판단은 그만두고 의식이나 기억조차도 전연 상실하는 것이다. 심지어는 벼락을 치고 인가 隣家에서 살인이 나더라도 타계 他界(다른 세상)의 일같이 돈연부지 頓然不知 2 다.

통틀어 취후의 일은 이 세상에서 산 적 없었던 것같이 곱다라니 누락되어 취중지사 醉中之事를 누가 어떻더라고 하면 놀리고 을러메려는 3 과장 아니면 허사 虛辭인 줄만 알았던 것이다. 주장 酒場이나 노상 경과사 經過事는 따라서 일체로 공허 空虛다.

『괜찮은가?』『댁에 무사히 들어가셨습니까?』『나 만난 기억이 있나?』『저를 알아

1 벌어진 틈.
2 도무지 알지 못함.
3 겁을 먹도록 위협하다.

보십니까요?』『댁까지 택시로 모셔다 드렸는데요』 등등은 대취했던 그 익일 거리에 나서
면 으레 받는 인사이었다. 그러나 아무리 머리를 짜내고 기억을 더듬고 뒤져도 아무런 노
력의 대가는 없었다.

일례를 들면 도암陶庵 조운제는 술잔만 대하면 늘 과거의 불평 삼아 하는 말이 『나는
술자리에서 수주를 다섯 번이나 인사를 하였건만 만나는 족족 종시終是 몰라 보더라』는
것이다.

우스꽝스러운 비유를 하나 들자면 찰리 채플린의 희극영화인 〈거리의 불빛〉4에 나
오는 명정위사酩酊爲事5하는 일 부호가 대취하여 오리걸음을 걷게 될 때에는 만나는 사
람마다 얼싸안고 있는 정을 다 기울이며, 옷 없는 사람이면 옷 주고 집 없는 사
람이면 집 사줄 듯이 서둘다가도 사람들이 그 취중 허망한 수작을 곧이 믿고 찾아가면
『나는 그대를 모른다』고 생판으로 잡아뗌과 비슷한 것이다.

어찌한 내력인지 경로인지는 물을 것 없이 알 길이 없는 중 하루는 의외로 한 맹소
년盲少年이 찾아온 것이다. 나는 그에게 들어오라 권한 다음 『어찌하여 찾아왔느냐?』고
물었더니 『선생님께서 취하시어 USIS 앞을 지나다가 저를 보시고 댁 번지를 일러주

4 찰리 채플린 감독·주연. 영화 City Lights(1931)
5 술 마시는 것을 일삼아 함.

시고 꼭 한번 오라고 하시어 왔습니다. 저는 군속으로 종군하였다가 폭탄의 작열炸裂[6]로
인하여 실명이 된 서울맹아원 출신인 박 모올시다』라고 답하는 것이었다. 『아뿔사、 내가
취중에 무슨 이행치 못할 언약을 박 군과 하였을까?』 하고 가슴만 무거워졌다.

기실 상세한 설명을 들으니 『이곳에서는 설비 부족으로 완전한 치료를 할 수 없으니
동경東京으로 가도록 주선하겠다는 것이었다. 그러고 자기 동무 중에 김 모라는 역시 맹인
하나가 있는데 원체로 수재 타입이라 재경在京 시에는 셰익스피어의 햄릿과 옥스퍼드 영
사전英辭典의 일부를 브라유[7]ㅡ맹인용 철점凸點符ㅡ문자화를 하였던 바 괴뢰 적마赤魔의 폭
격으로 재가 되었다』하며 하루 동행하여 오마는 눈물 없이는 들을 수 없는 이야기를 하
고 돌아간 것이다. 말하면 생의 진공이오、 하극인 취중에 상기한 애화哀話(슬픈 이야기) 일단
一端(한 자락)을 듣게 되는 인연이 맺어지게 된 것이다.

6 폭 발물이 러져 산산이 흩어 짐.
7 프랑스교사 · 발명가인 루이 브라유(1809ㅡ1852)。 6개의 점을 이용해 맹인이 읽고 쓸 수 있는 점자를 발명했다.

278

○○ 헌병 눈에 띄어

몽조夢兆를 믿는 것은 아니나 새벽 비몽사몽간에 아무 연락은 없는 채로 뒤숭숭한 꿈을 깨고 자리에 일어나 앉으니 심기는 자못 불쾌하였다. 해정解酲을 포함한 「조무朝務(아침에 보는 업무)」 일체를 요감了勘(끝을 막음)하고 집무처로 나아가려 문턱을 나설 즈음 나갈까 말까 몇 차례나 망설였다.

브루투스와 카시우스[1]에게 흉변凶變(좋지 못한 변고)을 당하려 시저가 원로원─옛 로마의─으로 향하려 할 때 그의 아내가 무슨 예감으로인지 나아감을 막으려 하였으나 고집 센 시저는 그 간지諫止(간하여 말림)를 들은 체 만 체 나아갔다가 비참한 최후를 마쳤던 고례古例(옛 사례)도 있지만, 내가 하도 집 떠나기를 망설이는 것을 보고 나의 아내 역시 자기의 꿈자리가 뒤숭숭하니 무엇하면 집에 누워 있으라는 것이었다. 그러나 이미 나섰던 길이라 결연히 길에 나서 근무처 편으로 향하였다.

대강대강 그날의 일을 마치고 오후 소한小閑(아주 짧은 겨를)을 이용하여 어느 친구와 약회約會(만나기를 약속함)하였던 모 다방으로 가서 수시간이나 이 이야기 저 이야기 하다가 결국 이야기는 술 이야기로 귀결되어 종당終當(마침내)에는 광복동 모 중국요릿집으로 전진轉

1 기원전 44년 로마의 독재관인 율리우스 카이사르를 암살에 가담한 인물들. 브루투스가 지도자.

進2하였다.

무슨 까닭인지 이날에 한하여서만은 술 마심이 긴치를 아니하였다. 첫 잔부터 실큼

한3 술을 그야말로 의무나 수행하는 관념이나 태도로 일배 일배 부일배, 잔을 거듭하는

기억까지는 있으나 기여其餘(그 나머지)는 전연 부지不知(알 수 없음)이다. 생의 대진공이오 대

하극은 이때에 생기었던 모양이다.

얼마 만인지 간신히 눈을 뜨고 사위를 둘러보니 틀림없는 보수동 나의 우거寓居 사첩

반 방이었다. 전후 곡절을 물어도 두 볼에 솜(면綿)을 둔4 나의 아내는 대꾸조차 하기를

싫어하는 것이다. 답답한 나머지 고문하다시피 아내와 아이들에게서 동강동강5 들은

「보고」가 대개 아래와 같은 것이었다.

과 취과醉(지나치게 취함)인지 식상食傷6인지 아무리 부축을 하여도 보수동 경찰학교 못 미

처 노상에 이르러서는 쓰러지고 말았는데 군복 입은 취객이 해가 떨어지기도 전에 대로

상 횡와橫臥하고 보니 자연 구경꾼이 백차일 치듯7 모여들어 때마침 공교롭게도 지나가

2 이리저리 굴러 차차 앞으로 감.
3 싫은 생각이 있다.
4 솜을 머금은 듯 양 볼이 부은 모습.
5 여러 조각으로 짧게 잘리거나 끊어진 모양.
6 복통이나 토사 등이 일어나는 병.
7 흰 옷 입은 사람들이 많이 모여 있는 모양. 백차일은 하얀 해 가림막.

던 ○○헌병 눈에 뜨인 바 되어 취체取締[8]를 당하게 될 판 천우天佑(하늘의 도움)라면 천우요 신조神助(신의 도움)라면 신조인 일위 청년이 구호의 사자使者같이 출현하여 헌병에게 자기 신분증을 제시하며 『내가 알아서 잘 조처할 터이니 가라』고 하였다. 헌병 거후去後(간 후) 하도 창피하여 나를 부근 일 상점에 떠메어 데려다 안치하여 놓고 대색大索 인근, 나의 우거를 먹출覓出(찾아냄)하여 내 가족에게 통지하여 준 바 이런 경우에는 유난스레 기경機警[9]한 나의 아내는 아이들에게 모포를 들려 가지고 통지하여 준 분들과 가족이 총출동을 하여 미냉취시未冷醉屍[10] 탁치托置(맡겨 둠)된 곳으로 가서 휴거携去(가지고 감)하였던 모포로 휘감아 가지고 지나가던 짐꾼을 불러서 송장을 쌀가마인지 무엇인지 모르게 위장을 하여 지게로 운반하였다는 것이다.

아아 일생에 두 번 피우지 못할 그 추태를 나는 감히 질매叱罵[11]를 무릅쓰고 독자께 자백을 하는 바 나를 구호하여준 불심佛心 지닌 그 미지의 청년은 이제껏도 그 누구임을 모르나 처음부터 나를 부축하여준 단 한 분은 서울모 학교시대부터 현재까지 동고同苦함께 고생함)하는 김제우 씨이다.

8 법령 따위를 지키도록 통제함.
9 슬기롭우며 재치가 있음.
10 아직 차가워지지 않은, 죽은 듯 취한 사람.
11 몹시 질책하여 꾸짖음.

281

환희 실망의 교착상

부산에 표착漂着한 이래 어언 9개삭朔(아홉달)이 경과하였다. 일생의 총총함이 백구과극白駒過隙[1]이란 인생 수유須臾(잠시, 잠깐)를 탄嘆(탄식함)한 고인의 비유도 있지마는 그것은 마음느긋한 승평昇平(걱정없이 편안함) 시절에나 적용될 비유이지 일분 일각이 삼추三秋 같기는 커녕 필설로 표현키 어려운 가지각색의 고초와 울민鬱悶(마음이 답답하고 괴로움을 끽진몰단喫盡沒呑[2] 않을 수 없는 운명에 봉착한 우리에게 적용될 비유는 아닌 만큼 9개삭이란 지루하기 고대식 7년 전쟁, 30년 전쟁은새레 백년 전쟁에 비할 바가 아니다.

아무런 방략도, 목적도, 계획도, 희망조차도 없는 하루하루를 녹슨 치차齒車(톱니바퀴) 돌리듯 보내며 아장餓腸(굶주린 뱃속)을 채우려는 극히 동물적인 궁리만 하고 있는 것이다. 사색이니 독서니 연구니 저술이니는 너무도 치레스러운 분복 바깥 일이다. 눈에 뜻이 나니 누문隨聞(더러운 소문)뿐이라 『나라여, 겨레여, 어디로 가느냐』를 울부짖지 않을 수 없는 것이다.

애국이니 위국이니 하는 것은 일종의 구두선이나 공불空佛(공염불)로서 주주야야晝晝

---

1 흰 망아지가 빨리 뛰어 가는 것을 문틈으로 보듯. 눈 깜짝할 사이를 가리킴.

2 끝까지 마시고 남김없이 삼킴.

夜夜 사리사욕에만 침윤浸潤(차차 젖어감)하고 매두몰신埋頭沒身[3]하는 현 정세하에 필자 같이 계획성 없고 생활력 박약하고서는 물을 것도 없이 그 자연적 결과로 행진엔 낙오병이오,

연극엔 배우는 그만두고 하등석의 관객도밖에는 못하는 것이다!

그러나 나는 피치 못할 운명의 지침에 따라 호사스럽게 말하면 자유인이나 소요학도逍遙學徒 중 일인이오, 자폄自貶(스스로 낮춤)하여 말하면 도식만음徒食慢飮[4]하는 장식품도 채 못 되는 일종의 기생적 존재인 것이다. 게다가 약지박행弱志薄行[5] 소치所致[6]로 아무 반발 심도 없고 추진력도 없어 사고思考 대신 망각, 갈구渴求 대신 포기, 가냘픈 안식과 위안을 그중에서 구하는 것이었다. 따라서 잠시라도 취기가 가신 뒤에는 부단不斷의 초조와 불안과 제지할 수 없는 불쾌와 우울에 사로잡혀 촌시寸時라도 심서心緖[7]의 평형을 유지할 수 없는 것이다.

부질없는 쓸데없는 음주의 변명이나 동기와 이유를 늘어 놓았다. 단순히 정직하게 말하면 나의 음주는 자포자기의 음주도 아니고, 기호嗜好로의 음주도 아니며 필요ㅡ사교상ㅡ로의 음주도 아닌 이상 나의 음주는 거의 생리적인 것이다. 아무런 악주惡酒나 혼주

3 일에 파묻혀 헤어나지 못함.
4 놀고 먹으며 아무렇게나 술을 마심.
5 뜻이 약하고 행동이 가벼움.
6 빚어진 바.
7 마음속에 품은 생각.

283

混酒를 마셔도 그 익조翌朝 갈증은 날망정 두통은 아니 나며 술탈이 난다고 좀처럼 위석委席(자리에 누움)한 일은 일찍이 없었다. 간혹 주량이 과했거나 음주시간이 길어서 2일 계속하여 명정酩酊한 일은 있었다.

하여간 자조지야自朝至夜(아침부터 밤까지) 무시불음無時不飮[8]하는 것이 나의 구치救治[9]할 수 없는 악습으로 남들의 빈축이나 질매기소叱罵譏笑[10]는 물론이고 가정 내의 풍파는 종식될 날은커녕 시간이 없었다. 내가 원체로 호주好酒(술을 좋아함)하는 줄 아는 사람들은 공수空手(빈손)로 오기 무엇할 때는 대개 술병을 들고 오는데 나의 아내는 술 가지고 오는 사람 대하면 거의 적대시할 지경이었으나 하루는 비족鄙族[11]되는 주조조합酒造組合 이사로 있는 순후淳厚(순박하고 인정이 두터움)한 고풍 그대로의 변상구 노옹老翁이 40도 되는 소주 일 두一斗(한 말)를 배달시켜 와서 나의 환희는 그야말로 천정을 모를 지경이었으나 술시중들 내 아내의 실망 낙담은 그 밑(저底)을 모를 정도였다.

---

8 술을 안 마시는 때가 없음.
9 치료하는 법을 구함.
10 몹시 꾸짖고 비방하여 웃음.
11 자기 겨레붙이를 겸손하게 이르는 말.

284

하루는 UN연락관실의 실우室友랄지 동료랄지 몇몇 분이 상의한 다음 LST선 중에서

역시 연락사무로 근무하고 있는 서양인 측 연락관 기인幾人(몇 사람)을 간친懇親(친하게 사귐)

이나 교환交驩(서로 즐김)차 일야일석一夜一席에 회음會飮 회식會食키로 작정을 하였다.

나도 반대할 하등의 이유 없어 흔연欣然(기꺼이 그러 함) 참가키로 하였으나 피차 빈

낭貧囊(빈 주머니) 소치所致로 비용 염출지방捻出之方3이 우려되는 중 영도에 거주하는 실업가

인 박성필 군의 불소不少(적지 않음)한 보조와 당시 연락관실 실장이던 전정표 군의 적의適宜

(알맞고 마땅함)한 안배로 요정에 들어 가자면 막대한 비용이 날 것인즉 어느 널찍한 사가私家

의 일실을 빌려서 차림이 좋다는 데 무이無異의 의견이 부합되어 결국 대교로 노변에

있는 고두동 씨 댁 2계二階(2층) 광간廣間을 일석一夕(하루 저녁) 징발식으로 차용하게 되었다.

특히 씨는 고물 애호가로 수집품도 불소하니 만큼 외국인들에게 완상시킬 기회도 언

게 되어 더욱 극가極佳(매우 좋음)하였다. 필요의 요리는 낙랑구락부 몇몇 여성들의 놀라운

솜씨를 빌리게 되고 주류나 음료는 위스키, 맥주, 정종, 코카콜라 등인 바 위스키는 국산

---

1 잔치가 끝나 손님들이 흩어짐.
2 그후.
3 어렵게 거두거나 모을 방법.

라이온 위스키로 동실同室—연락관—의 김제우 씨의 기증이고 맥주와 코카콜라는 내빈들인 서양 장교들이 휴래携來들고 온 한 것이었다. 이렇든 저렇든 연석宴席은 진선미는 못한 채로 어울리긴 하였다.

모인 사람들이 환담환소歡談歡笑 하는 중 음주 편중의 나는 위스키이고 정종이고 맥주이고 간에 무순무서無順無序(순서 없음)하게 혼음하였다. 따라서 취하는 것도 질서 없이 취하여서 재담이나 해학 대신에 객설광담客說狂談[4]이 속출하여 심지어는 ○○○○ 중위에게는 『내가 네 아범 친구지 네 친구이냐』는 등등의 그야말로 악농惡弄(못된 농담)까지 한 것이다.

일이 이에 이르매 나라는 존재로 해서 좌중의 조흥助興(흥을 돋움)은커녕 파흥破興(흥을 깨뜨림)을 시키는 결과만 초래하게 되었던 것이다. 나는 종당終當 대취하여 누가 나고들며(출입出入ㅅ), 노래를 부르고 춤을 추는지 전전회에 말한 바와 같이 나는 생의 대하극, 대진공경을 거쳐 눈을 번쩍 뜨고 돌아보니 나의 집 방이 아니고 틀림도 없이 작석昨夕(어제 저녁)에 놀던 방이긴 한데 방 한구석에는 치워지지 않은 배杯만이 낭자狼藉[5]하고 법석이던 사람들은 영자影子(그림자)도 보이지 않았다.

4 쓸데없는 말과 허황된 이야기.
5 어지럽게 흩어져 있음.

286

말하자면 나 혼자서만 횡뎅그레 빈 그 방안에서 뒹굴고 있었는 바 아이고 하느님 맙소

사! 놀라서 살펴보니 내가 깔고 덮은 금침衾枕(이부자리와 베개)은 부끄러운 말로 젖어 있

지를 아니하였는가? 참으로 참으로 딱하고 기막히는 일이었다. 어디고 구멍만 있으면 불

계不計(따지지 않음)하고 들어갈 판이었다.

어떻게 이 집을 탈출할까 궁리에 궁리를 가加하여도 백계무책百計無策6이던 중 주인

되는 분은 올라를 왔는데 모든 것을 할경할경割敬7하여 말하면 염라사자 이상으로 두려웠다.

그는 일목一目(한눈)에 모든 것을 간취看取(보아서 알아차림)하고 평정과 태연을 강작强作8하

고 말하기를 너무도 취하여 아무리 자동차에 실으려도 여의如意(뜻과 같음)치 않아 『누워 자

게 하였노라』고 하는 것이었다.

추후追後(얼마 지난 뒤)에 전문傳聞(전해 들음)하니 내가 깔고 덮은 그 침구는 한 번도 사용치

않던 신조新調의 것으로 그 오손汚損(더럽히고 손상함)이 빌미가 되어 그 댁 가정의 평화가 「교란

攪亂(뒤흔들어 어지럽힘)되었더란 것이다. 이 부끄러운 일이 있은 이후로 얼마 동안 그 집 앞

을 지나갈 용기가 없어 나는 조심조심 건너편 길로 다녔다.

6 백 가지 계책이 소용없음.
7 말로써 업신여김.
8 억지로 지어서 함.

일대전기래 一大轉機來

무슨 일인지 나의 두 손등은 심자색深紫色(짙은 자주색)으로 보기 흉할 정도로 피부색이 변하였는데 소매 끝에 노출된 부분과 숨긴 부분이 계선界線(경계를 나타내는 선)이나 친 것같이 또렷하게 빛깔이 달랐다. 그런 뒤 얼마 기간을 경과하여도 아프지도 않고 가렵지도 아니하였다.

해에 그슬리어 그런 것도 아닐 텐데 참으로 이상하다고 내심으로만 불쾌해 여기고 있던 차 하루는 남포동 「청원」 다방에 들러서 차를 마시고 있으려니까 최동 박사가 나와 동일 목적으로 입래入來(들어옴)하였다.

의자醫者를 만난 김에 문의를 하여 볼밖에 없다고 나는 그가 앉은 곳으로 좌석을 옮겨 이게 무슨 까닭이냐고 양수兩手(두 손)를 내어밀었다. 그는 일견一見(한 번 봄)에 「펠레그라」라고 단정하였다. 「펠레그라」는 우리나라 말로는 무엇이라든지 하여간 심상치 않은 병으로 치료를 하자면 약품을 구할 길 없으니 설비 완전한 미국 병원선病院船으로나 가보라는 것이 최 박사의 권고이었다.

인품 좋고 우스운 소리 잘하는 「청원」 마담은 재방在傍1하였다가 말참견 하기를 『펠레그라」는 무슨 펠레그라예요? 선생은 언제든지 술이 취하여 가지고 두 손을 축 처들이

1 옆에 있음.

고 팔짓하여 가며 걸어보신 적이 없어요, 만날 두 손을 이 모양—흥내를 내어가며—으로 하고 비칠비칠 다니시니까 손등만이 유난히 껄어서(그을어서) 그렇지요』라고 하는 것이었다.

그런데 그 흥내 내는 모양을 보니 마치 곡예하는 묘공묘猫公(고양이)이 두 전족前足(앞다리)을 가슴에 꼬부려 붙이고 뒤뚝이를 서는 것을 연상케 하였다. 나는 할 말 없어 『예끼순 그랬을리가 있느냐』고 하였지만, 옆에서 듣는 사람들은 모두 가가대소呵呵大笑하였다.

펠레그라! 펠레그라! 이 어인 병일꼬? 듣노라니 과음하여 나는 병으로 과음하는 사람은 아무리 잘 먹더라도 비타민 영양소가 고갈하여 그 부족으로 그러한 현상을 일으키는 것인즉 「비오늘래빈」이란 정제약을 복용하든지 그 유사 성질의 주사를 맞든지 하여야 한다는데 적더라도 치료 중에는 음주는 금물이라는 가슴이 주저앉는 일대 시련을 치르고 겪어야만 되는 것이다.

나에게만이 아니라 만천하 주도酒徒들에게 일대 경종이 아닐 수 없는 펠레그라병인 것이다. 그 병이 항상 무슨 병이길래 40년간 매일 아니 무시無時(때를 안 가림) 연음連飮(잇달아 마심)하던 술에 그 같은 중압을 가하느냐? 하는 일종의 억제할 수 없는 패퇴감을 뼈저리게 느끼게 하는고?

여하 하여튼 치료치 않고는 지나칠 수 없는 병이니 만큼 재고삼사再考三思2할 것 없이

치료키로 건고한 결심을 하고 상기 다방을 나와 일로 해군본부 소속 의무감실로 가서 해

처該處(그곳)에서 근무하는 김종설 대위의 동행을 청하여 가지고 제 1부두에 계류되어 있

는 혜본이란 순백 거대한 미국 병원선으로 갔다. 그 병원선은 돈수頓數(톤 수)로나 설비로나

정전회담 장소로 운위云謂(일러 말함)되던 정말丁抹(덴마크) 병원선의 약 배나 되는 문자 그대로

의 호화 거선이었다.

김 대위와 한께 배에 올라 시료施療받을 절차를 밟고 내과로 갈까 피부과로 갈까 망

설이다가 피부과를 먼저 들르기로 결정하고 그리로 가서 마쉬 의사에게 소개되었다. 마

쉬 의사는 나의 손등을 보기도 무섭게 단번 「펠레그라」라고 선언하였다. 시인의 사동詩人

意思同[3]이라더니 의사 검진동醫師檢診同으로 최동 박사의 집진執診과 부합된 바 마쉬 의사는

3D가 있는데 아느냐고 물었다. 모른다고 답하였더니 한 D는 Dermatitis(피부염)이오, 또 한

D는 Diarrhea(설사)요, 나머지 D는 Dementia(정신착란증)라고 하였다.

제1, 제2의 D도 이만저만 귀치않은 병이 아닌데 마지막 제3의 D야말로 말만 들어

도 끔찍스런 병이다. 심한 경우에는 성광成狂[4]까지 한다는 것이다. 어느 한구석 병신이

된다는 것은 몰라도 가뜩한데 미치기까지 한다는 것은 보통의 신경이나 심장으로는 배

3 시인들의 생각이 거의 같음.

4 미친 사람이 됨.

길 수 없는 일이었다.

결코 나 홀로만의 심약소치心弱所致가 아니라 나는 원래 강음자強飲者(많이 자주 술 마시는 사람)라고 의사에게 솔직히 자백하였더니 『That's it』(바로 그것)이라고 강음 탓으로 발생된 병임을 확인시켜 주었다.

치료함에는 주사와 정제(알약) 복용 양종兩種(두 종류)이 있다 하여 나는 편리상 후자를 택하였다. 처방전을 써서 주며 투약구에 가서 약을 찾아가라 하며 부언하기를 약효를 보려거든 술 마시지를 말 것이고 약효 유무불계有無不計5라면 마음대로 하라고 잘라 말을 하였다.

투약구에서 소요所要(필요한 바)의 약을 얻어 가지고 나오려니 동행한 김 대위는 자기 역亦 자외선 치료를 2, 3분간에 받고 나올 터이니 잠깐 기다리라라고 하여 다시 피부병실로 들어가서 나 혼자 복도에서 기다리고 있는 동안 머리가 다소 어뜩어뜩6함을 느꼈다.

소허少許7에 김 대위가 나오며 수상스런 나의 기색을 살폈는지 곁으로 와서 겨드랑을 끼며 『어디가 불편하십니까?』고 묻는데 그 음성이 극히 가늘게 들렸다. 그다음은 망각

---

5 있든 없든 따지지 않음.
6 정신이 희미해지면서 매우 어지러운 모양.
7 얼마 안 되는 동안.

세계이었다. 얼마 만인지 어슴푸레 의식이 돌아올 때 나도 모르는 사이에 졸도하였던 것을 깨달았다.

부축들을 하여 간신히 기립起立(일어섬)은 하였으나 그저도 다리가 허전허전한 데다가 말할 수없는 구내口內(입 안)의 고통이 심하였다. 입을 벌려 보고서야 엎으러지는 바람에 그 단단한 병원선 마룻바닥에 격돌되어 상부 전치前齒(앞니) 일 개가 부러진 것을 알았다.

고통도 고통이려니와 김 대위의 부액扶腋(겨드랑 부축)이 없었던들 하고 경황없는 중에도 나는 남모르게 몸서리를 쳤다. 왜 그러냐 하면 만약 그가 곁에 없고 나 혼자서만 넘어졌다면 절치切齒(이가 부러짐)뿐만에 그치지 않고 뇌진탕이라도 일으켜 응급치료를 받을 사이도 없이 절명되었을지도 몰랐을 것임으로써이다.

선내 치과실로 안내되어 치료를 받고서는 동요된 인치隣齒(옆 이빨)에 혹시 쇄흔碎痕(깨진 흔적)이나 없나 X광선까지 비춰 보고서 안심하고 역시 김 대위의 부축으로 병원선을 떠나 나오면서 금주할 결심을 가일층 뇌고牢固하게 하였다.

펠레그라! 펠레그라! 모르게 겉으로는 그다지 대수롭지 않은 병이 나의 일생에 일전기轉機를 초래하며 40년 명정 기록의 종언을 고할 줄이야!

292

중평衆評 구구區區 1

금주를 결심하였다고는 하였지만 기실 정직히 고백하면 항구恒久 금주가 아니고 잠정 금주로 몇 달이 걸려서 완치가 되든지 그 복약 기간만 의사의 명령대로 금주하려는 것이 애당초의 결심이라기보다 예정이었으나 막상 정제 백립錠劑百粒(알약 백 알)이 들은 약병을 들고 보니 알알이 저것을 다 먹어야 하겠지 하는 생각에 원망스럽기 짝이 없는 한편 그 백립百粒이 천립만립千粒萬粒(천 알 만 알)으로 수가 무한대 증식增殖이 되는 듯하였다.

그러기에 이제 와서는 일종 기호지세로 무가내하無可奈何(막무가내)라 석자昔者[2] 시저가 루비콘강 건너던 일대 용단으로 주 강생초降生[3] 1951년 8월 20일 조朝(아침)부터 상음常飮(늘 마심)하던 술과는 고별하고 기피튼 약을 맞아들인 것이다.

하여간 나의 금주 소문이 어찌도 빠르게 퍼졌던지 그 말을 들은 사람들의 논란은 구구불일區區不一[4] 하였다.

『수주가 술을 끊었다니 참으로 해가 서에서 뜰 일일세』 『과거도 몇 번이나 끊

1 뭇 사람의 비평이 각기 다름.

2 옛적.

3 예수 태어남, 여기서는 「서기」란 뜻.

4 각기 달라 일정치 않음.

293

었던 예가 있지 않나, 좀 두고 보아야지」「끊기는 무엇을 끊어 개가 똥을 끊을지」등

등은 해의 흥(해칠 뜻)까지는 아니라도 호의 없는 수작들이오,「수주가 술만 끊으면

야……」「그 사람은 아무 결점 없어도 꼭 술 때문에」「나이도 나이고 건강도 건강이

니 제발 이번에는……」등은 이해와 기대가 반반 섞인 평담評談들이며,「변 선생

이 술을 끊었다니 참 기적이야」「한번 단단히 결심만 하면 그대로 실행할 뿐이지」

「술 자시는 걸 보면 참으로 애석해」등등은 웨이브 아니하고 꽈리 불듯 딱딱 껌씹

지 않고 카르멘 타입으로 궐련 피지 아니하는 몇몇 여성들의 순정에서 나오는 말들이

었다.

세상이 다 마시고 나 혼자만 마시는 술이 아니언만 어찌하여 그다지도 유난스럽게 되

어 구설거리가 되어 화제에 오르내리는지 나 자신도 모를 일이다. 나의 주정뱅이 소문에

는 발과 날개가 돋치는 것이다.

일례를 들면 바로 재작일再昨日(전전날)〈10월 1일〉에도 동광동 부산 PX거리에서 비율빈

比律賓(필리핀) 마닐라 어느 대회에 참석하였던 구영숙 씨를 만났는데 그는 나를 보는 말으

로「참 반가운 소식을 들었다」고 하기에「무엇이냐」물었더니「이번 마닐라에 갔다가 돌

아오는 길 동경東京에 들렀더니「수주가 단주斷酒를 하였다는 이야기를 하더라」고 전하

는 것이었다.

「나의 술 이야기야말로 나 자신보다는 지나치게 낫구나. 한 번도 타보지를 못한 서

북항공기를 저 먼저 타다니』하며 혼자서 내심으로 웃었던 것이다. 호의고 악의고, 야유고

기소譏笑(비웃음)고, 동정이고 타기唾棄(침 뱉고 버림)이고 간에 나같이 남의 입초사5에 짓까불리

는 사람도 흔치는 않으리라.

호의나 동정을 표한다고 수회隨喜(덩달아 기뻐함)할 나도 아니고, 악의를 품은 야유, 기소,

타기를 받고 당했댔자 새삼스럽게 외축畏縮(두려워 몸을 움추림)되거나 조상弔喪6될 내가 아닌

이상 남이야 무엇이라 떠들고 외치든 괘치掛齒(마음에 걸림)할 까닭이 호무毫無하긴 하나 천

령천령賤齡7 이미 50을 훨씬 지나고 노건老健8도 한이 있으니 만치 「펠레그라」와 구설에 굴복

되기까지는 않고 면목 수습의 수호修好(사이좋게 지냄)를 하여 「평화로운 석양」을 누리렴이

이즘음 나의 심정이오 심경이다.

5 입길. 이러쿵저러쿵 남의 말을 하는 일.
6 기세가 꺾임.
7 자기 나이를 낮춰 이르는 말.
8 나이 들었으나 건강함.

명정酩酊의 「피날레」

불행히도 거년去年(지난해) 이북으로 납치된 추봉秋峯(박승철) 부인 김영애 씨는 내가 단주하였다는 말을 듣고서 무던히도 반가웠는지 하루는 나의 아내를 만나서 『변 선생이 술을 끊으셨다니 이런 기적의 일이 어디 있소? 축하 삼아 하루 소찬蔬餐1이나마 차릴 터이니 내외분이 오시오』라고 하였던 모양이다.

아내가 그 뜻을 전하기에 듣던 그때 나의 감상은 참으로 야릇하였다. 친구 없는 집에 그 부인이 홀로 차리는 음식을 먹으러 감도 무엇하려니와 한편으로 듣노라니 이북 간 자기의 사랑舍郞 양반 그리워서 자필로 「대망待望2」이라 쓴 현액懸額2을 문틀 위에 걸었더라 하며 그의 애끊는 현액 쳐다볼 생각하고 더욱 심리 안 좋아서 나는 빠지고 내 대신 아내가 갔던 것이다.

아내는 역시 이북으로 납치된 손진태 교수의 부인인 연영엽 여사도 그곳─김영애 씨 댁─에서 만나 가지고 어찌어찌하여 서대신동 최이순(문교부장관 부인) 씨 댁으로 전진轉進들을 한바 그곳에서는 박마리아(전 국방장관 부인) 씨 외 3、 4분들도 합석이 되었더란 것이다.

1　채소 반찬.
2　방 안이나 문 위에 거는 액자.

대개는 이 화梨花 그릇이라 모처럼 일석一席(한자리)에 모이니 이 이야기 저 이야기 많았

을 것은 물론이나 내가 술을 끊었다는 것이 주제의 하나이었던 모양으로 그날 밤 호스

테스인 최이순 씨가 동성同姓인 최동 박사에게 나에게 권할 목적으로 술 끊는 약, 마시면

술이 자연 싫어지는 약을 미국으로 주문하라고 부탁한 이야기며, 그 좌석에는 참여치 않

앉어도 윤예경─역시 이북으로 납치된 이능섭 군의 부인─씨가 동일 성질의 약이 일본서도 발

명되었다는 광고를 보고 내 아내를 만나면 나에게 전하라고 그 광고를 오려두었다는 이야

기 등등이 벌어졌던 것이다.

　나의 망세갑자忘世甲子[3]하는 명정 생활에 그다지도 관심을 가지고 런념眷念[4]하여 주는

호의와 동정은 무엇이라 표현키 어려운 정도이다. 그러면서도 나의 내심의 속삭임은 이

러하였다. 술을 끊더라도 나의 의지력과 극기심으로 끊었지 약효라는 「타력他力(다른 힘)」

으로는 끊지 않으리라. 그 이유인즉 첫째로는 약에의 퇴패감지고 물러가는 느낌이오 둘째로는

자존심의 상실이니 만큼 생리적으로는 어느 효과적의 「구치약救治藥」[5]일지는 모르나 정신

적으로는 일종의 「사약賜藥」임이다.

3　세월이 가는 것을 잊음. 망세간지갑자.

4　돌보며 생각함.

5　(목숨을) 구하고 치료해주는 약.

297

계속적 폭음난취暴飮爛醉[6]의 필연적 결과로 수삼 년래 나의 건강은 급격히 감삭減削(깎아서 줄임)되었다. 전신의 탄력성이 결핍되어 술 취하지 않고도 걸음이 헛놓일 지경에 이른 것이다. 거리에 지나가는 사람들도 이상하여 흘겨보고 돌아도 보도록까지 된 것이다.

과거의 건강을 너무 믿고 자랑하던 과보果報[7]인가 싶다.

아깝지 않은 생명이나 술과 교환할 까닭은 없다는 때늦은 관념과 근인近因(가까운 원인)을 지은 펠레그라병의 최촉催促(어떤 일을 빨리 하도록 조름)과 쇠퇴일로衰退一路를 걷는 나의 심신을 심심히 우려하여 주는 수많은 친지들의 지정至情[8]을 저버려서는 안 된다는 충동으로 이에 40년 명정 생활에 고별을 하는 한편 신의 가호加護를 빌며 치졸稚拙(유치하고 졸렬한)한 일문을 마감한다.

6 한꺼번에 많이 마셔 어지럽게 취함.
7 인과응보.
8 진심에서 우러나는 참된 정.

●

酩酊四十年

초판1쇄	2021년 11월 11일	펴낸곳	오트AUGHT
		등록번호	제2020-000065호 (2020.9.18)
지은이	卞榮魯	주소	서울 성북구 성북로 91, 지층 (우02880)
		전화	070-8882-1004
발행	김영준	팩스	02-765-7591
주간	송상훈	이메일	aughtpress@gmail.com
편집·교열	김성희, 박서진		
디자인	김정환	ISBN	979-11-972327-5-6 (03810)

ISBN 979-11-972327-5-6 ₩ 22,000